KB262166

몽상가
夢想家

김대산 퓨전 무협 소설

FUSION ORIENTAL STORY

몽상가 7

김대산 퓨전 무협 소설

초판 1쇄 찍은 날 § 2011년 9월 1일
초판 1쇄 펴낸 날 § 2011년 9월 8일

지은이 § 김대산
펴낸이 § 서경석

편집부장 § 권태완
편집책임 § 박우진

펴낸곳 § 도서출판 청어람
등록번호 § 제1081-1-89호
등록일자 § 1999. 5. 31
어람번호 § 제2-2145호

주소 § 경기도 부천시 원미구 심곡2동 163-2 서경B/D 3F (우) 420-822
전화 § 032-656-4452 팩스 § 032-656-4453
http://www.chungeoram.com
E-mail § chungeoram@chungeoram.com

ISBN 978-89-251-2613-5 04810
ISBN 978-89-251-2201-4 (세트)

몽상가

夢想家

7

몽상가

[완결]

김대산 퓨전 무협 소설

FUSION ORIENTAL STORY

도서출판 청어람

第七十章
기적

몽상가

1

산처럼 거대한 무형도강이 바닥에 늘어진 철민을 찍어내리는 바로 그 순간, 빛살처럼 허공을 가르며 쏘아온 신형 하나가 그대로 무형도강에 부딪쳐 갔다.

콰콰쾅~!

천지간을 온통 떨어 울리는 엄청난 폭발음과 함께 눈과 흙과 돌조각 등이 일시에 허공으로 비산해 오르며 주변은 한치 앞도 볼 수 없게 되었다.

"네 감히……! 이 무슨 짓이냐?"

노인이 격노하여 외치는 기세에 사방의 대기가 거세게 파동 쳤고, 허공 가득하던 비산물들이 마구 회오리치며 멀리까지 밀려갔다.

거구의 사내 하나가 무릎을 꿇은 채로 검붉은 피를 토해내고 있었다. 그는 철민을 안고 있었기에 그가 토해내는 피는 고스란히 철민의 얼굴과 가슴으로 쏟아졌다. 그러나 철민의 몸은 이미 형체를 분간하기 힘들 만큼의 핏덩어리나 마찬가지였기에, 그 같은 광경이 새삼스럽게 처절함을 불러일으키지는 못했다.

"무슨 짓이냐고 물었느니!"

다시금 떨어지는 일갈에 대해 거한이 붉은 피로 가득한 입을 열어 겨우 목소리를 내뱉었다.

"사부님! 이 아이가… 이 아이가 바로 제… 아우입니다."

울음이 섞여 비통하게 떨려 나오는 목소리였다.

거한은 바로 철위강이었다. 그리고 노인은 그의 사부였다. 노야라고 불리는 이 시대의 절대자!

"알고 있다!"

사부의 차라리 담담한 대답에 철위강은 부르르 몸을 떨었다.

"알고 있다고… 하셨습니까? 이 아이가 제 아우인지… 알고 있다고… 하셨습니까?"

힘겹게 떨려 나오던 철위강의 목소리가 이윽고는 울부짖음으로 변했다.

"그런데 왜? 알고 계시면서 왜? 도대체 왜, 제 아우를 죽이려 하십니까?"

노야는 조금도 흔들리지 않았다.

"그가 바로 천마령의 주인이기 때문이다!"

철위강의 어깨가 흠칫 떨렸다. 그러나 그는 이내 격렬하게 고개를 가로저었다.

"그렇더라도, 그것이 왜 제 아우가 죽어야만 하는 이유가 된다는 것입니까?"

항변이었다. 철위강의 목소리에, 눈빛에, 부르르! 떨리는 온몸에 격렬한 반발이 담겨 있었다.

처음으로 보는 제자의 거친 반발에 노야의 깊은 눈빛 속으로 언뜻 당혹감이 스쳤다. 그러나 그것은 이내 진한 노여움으로 번졌다.

"천마령이 진정 완성될 경우, 강호의 억조창생이 감당해야 할 참담함이 어떠하리라는 것을 네 진정 모르겠다는 것이냐?"

"모르겠습니다! 저는 정말 모르겠습니다! 제 아우가 강호에 그토록 엄청난 위해를 끼치리라고 어떻게 미리 확신을 할 수 있단 말입니까? 사부님께서 결코 신이 아니신데, 어떻게 미래의 일을 그처럼 예단하실 수 있으며, 더욱이 한 사람의 생사를 함부로 처분하실 수 있단 말입니까? 만약 지금 제 아우를 죽이고 나서 나중의 상황들이 사부님의 판단과 달라진다면 그때는 제 아우의 죽음에 대해 어떻게 책임을 지실 것입니까? 말씀해 주십시오! 그때는 제 아우를 다시 살려내실 수 있는 것입니까?"

"갈! 노부의 신념은 억조창생을 위한 대의에 기반한 것이거늘, 네 감히 작고 사사로운 인연에 얽매여 노부를 부정하겠다는 것이냐?"

철위강의 얼굴빛이 문득 암울해졌다. 그러나 잠시 침묵한 끝에 그는 사뭇 무겁게 입을 열었다.

"제자 또한 사부님과 같은 신념을 가지고 있다고 확신해 왔었습니다. 그러나 지금 이 순간 그런 확신이 없어졌습니다. 아니, 제자가 가져온 신념은, 결코 사부님의 그것과 같지 않다는 것을 분명히 알게 되었습니다."

순간 노야의 얼굴빛이 딱딱하게 굳어졌다.

"네 지금 무슨 뜻으로 하는 소리더냐?"

"제자의 신념은 세상의 소중한 사람들을 위한 신념이었습니다. 사부님과 제 아우를 위한 신념이었고, 또한 사부님과 제 아우가 소중하게 생각하는 사람들을 위한 신념이었고, 다시 또 그 사람들이 소중하게 생각하는 사람들을 위한 그런 신념이었습니다. 가장 소중한 사람조차 지켜주지 못하는, 오로지 신념 그 자체만을 지키기 위해 가장 소중한 사람마저도 가차없이 버려야만 하는 그런 냉혹한 신념은 결코 아니었단 말입니다!"

"닥쳐라!"

"제자는 떠나겠습니다! 제 아우와 함께!"

"네 감히……?"

"떠나게 해주십시오! 사부님의 신념에 대해 이미 회의를 가지고도 떠나지 않는다면, 사부님과 제 스스로에 대한 비굴한 기만이 될 뿐입니다."

"음!"

무거운 침음성을 흘리며 일그러지고 마는 노야의 얼굴로 곤혹스러움과 분노와 치열한 갈등 따위들이 복잡하게 스쳐 갔다. 그러나 아주 짧은 동안이었다. 그는 이내 차가운 얼굴로 돌아갔다.

"너와 노부의 신념에 일시간 약간의 괴리가 생겼다고 할지라도, 결국 신념이란 것은 산 자를 위한 것이어야 하는 것이지 이미 죽은 자를 위한 집착이 되어서는 아니 될 것이다!"

순간 철위강이 멍한 얼굴이 되고 말았으나, 이내 강하게 고개를 가로저으며 외쳤다.

"제 아우는 죽지 않았습니다! 제 마음속에 그가 살아 있는 한, 그는 결코 죽지 않습니다!"

노야의 고개가 천천히 끄덕여졌다.

"너의 상심이 어떠하리라는 것을 미리 짐작하여 마음을 써주지 못한 것은 노부의 불찰이라고 할 수 있으니, 네게 당분간의 시간을 주도록 하마! 그러나 조속히 마음을 추스르고 돌아와야 할 것이다! 너를 기다리고 있는 일들이 태산과도 같이 쌓여 있느니!"

철위강은 힘겹게 몸을 일으켰다. 온몸이 부서지는 듯한 고통이 밀려왔지만, 이를 악물고 철민의 핏덩어리 육신을 더욱 꽉 끌어안았다.

후드득!

끝내 사부의 얼굴을 보지 않고 몸을 돌리는 철위강의 발아래로 흥건히 피가 뿌려졌다. 그의 피이기도 하고, 철민의 피이기도 했다.

한 걸음 한 걸음 힘겹게 걸어가는 제자의 뒷모습과 그 발길 아래로 길게 이어지는 피의 흔적을 노야는 잠시 안타깝게 지켜보고 있었다.

그러나 노야의 표정은 이내 담담하게, 그리고 다시 무심하게 변하였고, 그리고 한순간 그의 모습은 공기 중으로 흩어지듯이 그 자리에서 사라졌다.

2

계곡의 얼음장 밑으로는 맑은 물이 졸졸거리며 흐르고 있었다.

안고 있던 핏덩어리를 물가에 눕히고 철위강은 얼음을 깼다. 손을 담그자 시린 냉기가 확 올라왔다. 그러나 차라리 시원했다. 그런 청량함이라면 그의 피와 철민의 피를 깨끗이 씻어낼 수 있을 것만 같았다. 아무리 굳고 엉겼더라도!

철위강은 조심스럽게 철민의 몸을 씻겨 나갔다. 무형도강에 파괴된 철민의 몸은 무참히 짓이겨져서 도저히 사람의 몸이라 할 수 없을 만큼 참혹하였다. 그렇더라도 철위강은 아주 천천히, 온 정성을 다해 조금씩 조금씩 씻겨 나갔다. 얼굴과 목과 가슴과 복부와 팔과 다리, 혹은 그러리라 여겨지는 부분들을!

그런 과정에서 철위강은 한 가지 사실에 대해 다시금 분명히 확인해야
만 했다. 철민이 죽었다는 사실에 대해! 호흡이 멎었으며, 맥이 뛰지 않는
다는 분명한 현실에 대해!

"흐으으으~!"

철위강은 소리 죽여 흐느꼈다. 행여 소리내어 울면 철민의 죽음을 정
말로 인정하고 마는 것이라도 되듯이!

3

철위강은 물가에서 멀지 않은 평평한 바닥에 구덩이를 팠다. 죽은 자
하나를 겨우 눕힐 만한 공간! 그 차디찬 바닥의 모래땅이 붉게 물들었다.
철위강의 몸 곳곳에 난 기왕의 상처에서 흘러내린 피와 언 땅을 굳이 내
력도 돋우지 않고 맨손으로 파내면서 엉망이 되어버린 두 손에서 흘러나
온 피가 진하게 배어든 흔적이었다.

철민의 몸을 조심스럽게 구덩이 안에 안치시키고 두 손을 가슴 위로 가
지런히 포개준 철위강이 한 줌의 흙을 집어 망자의 몸 위로 뿌렸다. 이미
눈물이 말라 버린 그의 두 눈이 무저(無低)의 공간처럼 휑하니 깊었다.

흙 두 줌!

흙 세 줌!

철위강이 이윽고는 참지 못하고 통곡하며 외쳤다.

"잘 가게, 아우! 그러나 영혼이 있다면 이 척박한 땅에 묻히지 말고, 이
형의 가슴으로 와주게! 제발 그리해 주게!"

그때였다.

─그는 죽지 않았어요!

그것은 소리라기보다는 마음속 깊은 곳으로 전해지는 기이한 울림 같기도 했고, 혹은 방금 철위강의 외침에 대해 메아리처럼 반향되는 누군가의 속삭임 같기도 했다. 당황스러워하던 중에 마침 저쪽에서 나타나는 두 사람을 보고 철위강이 무겁게 물었다.

"누구요?"

소녀 하나와 훤칠한 키의 사내 하나였는데, 사내는 등에 또 한 사람을 업고 있었다.

그때였다.

─저는 예인화예요!

예의 그 기이한 울림 혹은 속삭임이 이번에는 보다 분명히 의지를 전해왔기에, 철위강이 번쩍 안광을 토해내며 다시 물었다.

"설마 어의전성의 수법을 쓰는 것이오?"

─심동이에요!

"심동……?"

또다시 전해지는 그 의지에 대해 저도 모르게 반문하다가 철위강은 퍼뜩 앞서 전해왔던 의지의 의미를 기억해 내곤 다급히 의문을 토해냈다.

"한데 방금… 내 아우가 죽지 않았다고 했소?"

─그래요!

그 대답이 조금의 주저함도 없이 나온 것에 대해 철위강은 차라리 허탈해지고 말았다. 철민의 죽음을 확인하고 또 확인했거늘, 이미 그의 주검 위에 흙까지 뿌렸거늘, 어찌 이제 와서 그가 죽지 않았기를 다시 바란다는 말인가? 이 이해할 수 없는 대화조차도 다만 착각일 뿐이었다. 그 자신의 비통함과 애절함이 만들어낸 환청일 뿐이었다. 그러나 착각일지라도, 환청일지라도 차마 매정하게 부정해 버릴 수는 없어서 철위강은 힘없이 하소연하고 말았다.

"어떻게… 아아! 어떻게 그가 살아 있다는 것이오?"

그러자 '예인화'의 '심동'이라는 그 착각은, 그 환청은, 더욱 생기를 띠었다.

─처음에는 저도 그냥 간절한 바람이었을지 모르겠어요. 그가 죽을 리 없다는! 그러나 이제 저는 확신하게 되었어요. 그가 정말로 살아 있다는 것에 대해!

순간 철위강은 매달리는 심정이 되지 않을 수 없었다.

"확신이라고 했소? 어떻게… 대체 무엇을, 어떻게 확신한다는 말이오?"

─지금 우리 두 사람이 소통을 하고 있다는 자체가 그 확실한 근거예요!

"……?"

─그 사람이 살아 있지 않다면, 그래서 그 사람이 매개가 되지 않는다면, 당신은 결코 저의 심동을 읽을 수 없을 것이기 때문이에요!

"하지만 호흡과 맥이 완전히 끊어졌거늘, 어떻게……?"

─호흡과 맥이 끊어졌다 해도, 제가 그를 느끼는 한 그는 죽지 않은 거예요! 아니, 제가 그를 느끼고 있는 한 그는 결코 죽을 수 없어요!

도저히 믿을 수 없는 말이었다. 결코 가능하지 않은 억지였다. 그러나 철위강은 그녀가 전하는 의지가 진정이라는 느낌을 거부하지는 못했다. 그랬기에 그녀가 구덩이로 다가가 감히 철민의 주검에 손을 대는 것을 망연히 바라보고만 있을 수밖에 없었다.

─그는 아직 따뜻해요!

그 의지를 듣고 나서야 철위강은 문득 화들짝 놀라 구덩이로 달려갔다. 그리고 낚아채듯이 철민의 맥을 잡았다. 그런 것 같았다. 아니, 그랬다. 맥은 뛰지 않았지만 차갑지는 않았다. 따뜻하다고 할 수도 없었지만!

그래도 갑자기 믿고 싶어졌다. 거짓이라도 매달리고 싶어졌다. 간절한 바람을 담고 그가 물었다.

"어떻게 해야 하오?"

예인화의 심동이 한결 안정된 느낌으로 대답했다.

―수호천으로 가야 해요!

"수호천……? 왜 하필 그곳이어야 하오?"

―그곳에서 전 이미 한 번 이 사람을 살렸던 적이 있기 때문이죠!

4

예인화와 율도린의 의학 지식과 독술은 놀라웠다. 예인화가 부위와 경중을 정해주면 율도린이 독을 쓰는데 두세 번의 시술이면 막힌 기가 뚫리고 어혈(瘀血)이 풀리며 상처가 아물었다. 덕분으로 심각한 지경으로 악화 중이던 철위강의 내외상은 일단 위험한 상태를 넘길 수 있었다. 그리고 율도린의 등에 업혀 왔던 예인후 또한 의식을 차리고 상세에 차도를 보이는 중이었다.

그런데 그들 두 사람은 그처럼 놀라운 치료술을 철민에게는 쓰지 않았고, 그것에 대해 철위강은 조급한 마음을 참기 어려웠다. 그러나 차마 쉽게 묻지는 못했다. 그들에게 감히 그리하지 못하는 사정이 있을 것인데, 차마 그 심각한 사정을 들을 수 없어서였다.

그러나 철위강은 곧 기적을 볼 수 있었다. 철민의 몸이 정말로 따뜻해졌고, 맥이 다시 뛰고, 호흡이 돌아왔다. 결코 착각이 아닌 실제였다. 의식은 여전히 없는 채였지만, 그것만으로도 기적이었다. 죽은 자가 산 자로 돌아온 그 기적은, 다만 예인화의 따뜻한 눈빛과 손길만으로 이루어진 듯했다.

철위강의 입가에는 따뜻한 미소가 머물렀다. 그처럼 그가 사뭇 밝은 표정이 된 데는 철민의 기적 외에 예인후 덕분도 컸다. 철민을 형으로 여겨왔다는 예인후에 대해 철위강은 흔쾌하게 웃을 수 있었다.

"하하하! 나는 철민 아우의 형이고, 소협이 다시 철민 아우의 동생이면, 우리 두 사람의 관계는 어떻게 되는 것이오?"

그 말에 예인후가 망설이지 않고 곧바로 머리를 숙였다.

"대형!"

그것은 예인후의 진심이었다. 그는 이미 철위강이 철민을 자신의 목숨과 같이, 아니, 목숨보다 더 소중히 여기는 것을 보고 듣고 가슴으로 느낀 바 있는 것이다.

감격한 듯 말을 꺼내지 못하는 철위강을 보고, 예인후가 조금은 쑥스럽게 말했다.

"소제가 철민 형에게 늘 신세만 져왔는데, 이제 또 대형께도 그리될까 걱정입니다!"

그제야 철위강이 기꺼움을 참지 못하겠다는 듯이 호탕하게 웃으며 받았다.

"하하하! 좋네, 좋아! 그것이야말로 형으로서 마땅하고도 기꺼운 노릇인 게지! 철민 아우도 분명 그랬을 걸세!"

第七十一章

산화

몽상가

잠마련의 비밀중지가 폭파되었는데 그것이 바로 수호천의 특수요원들에 의한 공작이며, 그로 인해 조만간 양대 세력 간의 충돌, 곧 제이차 정마대전이 벌어질 것이란 소문이 강호에 빠르게 전파되고 있었다.

뿐만 아니라 강호 전체를 경동시킨 소문 한 가지가 더 있었으니, 바로 천마유체에 관한 것이었다. 즉, 폭파된 잠마련의 비밀중지에는 삼천 년 전의 천마의 유체가 보존되어 있었는데 수호천에서 그것을 탈취하여 이송하는 중이며, 이후 그것을 무적의 활병기(活兵器)로 부활시키려 한다고 했다. 그리고 만약 그리된다면 강호천하는 단숨에 수호천의 지배하에 들고 말리라는 것이었다.

"천마유체를 찾아라!"

"천마유체를 차지하는 자가 곧 천하를 지배하리라!"

강호에 일대파란이 일고 있었다.

철위강 일행은 황대평원(黃大平原)에 다다랐다. 수호천까지는 아직 삼백 여 리가 남았으나, 이곳에서부터는 강호에서 수호천의 암묵적 지배 영역으로 인정을 해주는 범위였으니, 사실상 수호천의 영토에 발을 디딘 것이었다.

그런데 일행에게서 백여 장 정도의 거리쯤에서는 지금 수백에 이르는 사람들이 얼른거리고 있는 중이었다. 사실은 오십여 리 밖에서부터 몇몇 작은 무리들이 점차 모여들더니 어느새 그렇게나 늘어나 버린 것이었다.

사람들이 군집해 들며 일행을 추종하는 이유에 대해서는 슬쩍 그들 틈으로 섞여 들어간 율도린이 대략적으로 알아내 온 터였는데, 잠마련의 비밀중지 폭파에 대한 내용과 더욱이 천마유체에 관한 내용에 대해 듣고 예인후가 크게 놀란 데 비해, 철위강은 차라리 덤덤해하였다. 그 같은 상황에 필경은 그의 사부가 개입되었음을 짐작할 수 있었기 때문이었다. 당사자들인 잠마련이나 수호천 양자 모두에게 기밀일 수밖에 없는 그런 내용들이 이처럼 빠르게 강호로 전파될 수 있는 가능성은 그의 사부를 빼고는 생각하기 어려웠다.

어쨌든 당장에 다급한 문제는 사람들의 군집으로 인해 곧 그들의 위치를 파악하고 추격해 올 잠마련이었으니, 일행은 최대한 걸음을 서둘렀다.

삭막한 회색의 겨울 평원에 돌연히 푸른빛이 깔리기 시작했다. 북쪽으로부터 갑자기 나타난, 적어도 천 명 이상의 청의무사들이 빠르게 평원을 점유해 오고 있는 것이었다.

먼저 일행을 추종하던 무리가 당황한 움직임들이다가 그들 중에서,

"잠마련이다~!"

"청랑단이다~!"

하는 외침이 터지자 급급히 청의무사들의 포위망을 피해 빠져나갔다. 청의무사들은 무리의 퇴로를 열어주는 한편으로, 철위강 일행을 목표로 물밀듯이 밀려들었다.

그때였다.

"와아아~!"

평원의 남쪽 방향에서 돌연 거대한 함성이 일더니, 또 다른 수백의 무리들이 일행을 향해 달려오는 것이었다. 그런데 그들의 선두에서 펄럭이는 십여 개의 대형 깃발을 보는 순간, 예인후가 격정을 담아 외쳤다.

"아군이다!"

그랬다. 수호천이었다.

그러나 '아군'은 일행으로부터 이십여 장 떨어진 곳에서 돌연 진군을 멈추었는데, 잠시 후 수십 대의 검은 수레들을 십여 장 앞으로 밀고 나와 일렬로 세우고는 다시 물러났다.

자신과 아군 사이에 처진 검은 수레의 방벽을 우두커니 바라보는 예인후의 얼굴은 착잡해 보였다.

4

철위강 일행을 가운데 두고서 잠마련과 수호천의 무사들이 각기 이십여 장의 거리를 둔 채로 대치하기를 반나절, 중천에 떴던 해가 어느 틈에 서산마루에 걸릴 즈음이었다.

삐이이이~!

어디선가 나타난 매 한 마리가 카랑카랑한 울음소리를 내며 평원의 상공을 선회하였다. 그때 수호천 진영에서 문득 빛 한 가닥이 공중을 향해 반사되었고, 매는 곧장 그곳을 향해 수직으로 내리꽂혔다.

수호천 진영에서 거구의 노인 하나가 앞으로 나서며 우렁차게 외친 것은 잠시 후였다.

"본인은 수호천의 진무극(陣武極)이오!"

은은하게 사방을 떨어 울리는 사자후만으로도 거구노인의 위엄은 대단했으니, 그는 바로 수호천의 이인자이자 무공으로는 왕년의 제일천주 위상락마저도 능가했을 거라는 소리를 듣는, 수호천 최강의 무인 사천주 진무극이었다.

"귀하들은 지금 본 천의 영역을 무단으로 침범하였으니, 즉시 영역 경계 밖으로 물러나시오! 이후 무단침범의 연유에 대해 해명해 주기를 바라겠소!"

그러자 잠마련 진영의 푸른 물결 한가운데가 양쪽으로 갈라지며 백여 명의 홍의무사들이 정연한 대오를 이루며 앞으로 걸어나왔는데, 다시 그들 가운데로 흑의장삼을 걸친 왜소한 체형의 노인 하나가 미끄러지듯이 선두로 나섰다.

"오랜만이오, 진 천주! 나 섭무걸(葉武傑)이요!"

가늘고 잔잔하여 차라리 음울하게 들리는 목소리가 바로 옆에서 말하는 것처럼 진무극에게로 전해졌다.

"그간 무고하셨소, 섭 부련주?"

진무극이 여전한 사자후로 답했다.

사실 진무극과 섭무걸은 이십 년 전의 정마대전 중에 한 번 손속을 나눈 적이 있었고, 그때의 승리로 진무극은 무패의 전설을 만들며 수호천 최강이라는 명예를 얻을 수 있었다.

그러나 오늘의 상황에 대해 진무극은 내심 극도의 긴장을 하고 있는 중이었다. 우선은 수적인 측면에서 비교할 바가 아니었다. 그가 오늘 천수, 지장, 인왕, 삼전(三殿)의 고수들을 모두 이끌고 왔다고는 하나, 그 수가 기껏 사백 여에 불과하였다. 그에 비해 섭무걸은 잠마련의 사대 전투 조직 중 청랑단과 혈마단을 거느렸으니, 비록 하급무사들로 이루어졌다고는 하나 청랑단의 수가 자그마치 이천이요, 거기에다 혈마단의 절정고수 일백이 더해졌으니, 그야말로 압도적인 무력의 차이였다.

"거두절미하고 말하겠소! 노부는 지금 본 련의 중지에 난입해 소련주를 위시한 다수의 인명을 살상하고 중지를 통째로 폭파시킨 흉수들을 체포하려는 중이니, 급한 상황 중에 약간의 무리와 결례가 있더라도 널리 양해해 주시기를 바라겠소!"

여전히 가늘었으되 이번 섭무걸의 목소리는 카랑카랑하게 사방으로 퍼져 나갔다.

진무극의 굵은 눈썹이 찡긋하였다.

"미안하오만 부련주가 지목하는 범인들 중에 본 천의 사람들이 포함되어 있다면, 사건의 객관적인 진상이 명백히 밝혀지기 전에는 그리할 수가 없겠소이다."

"사건의 진상이야 이미 명명백백 밝혀져 강호도상에 두루 퍼졌거늘, 설마 하니 천주는 지금 손바닥으로 하늘을 가리고자 하는 것이오?"

“무슨 진상이 어떻게 밝혀졌다는 것인지 노부는 들은 바가 없소! 혹시 지금 강호도상에 근거도 없이 떠돌고 있는 한낱 소문들을 말하는 것이라면, 노부는 결코 동의하지 못하겠소! 그리고 설령 저들에게 일단의 혐의가 있다고 하더라도 본 천의 사람들에 대해서는 어디까지나 본 천에서 먼저 자세한 경위에 대해 조사를 하고 난 연후에, 그 결과에 따라 다음의 조치가 취해지는 것이 올바른 순서일 것이오!”

섭무걸의 얼굴 색이 문득 창백하게 변하더니, 이어 나오는 그의 목소리는 듣기에 괴로울 정도로 뾰족했다.

“마지막으로 말하겠소! 저들을 우리에게 넘기시오! 진정 파국으로 가기를 원하지 않는다면!”

반 호흡을 들이마시며 진무극은 잠깐의 틈을 가졌다. 그리고 그가 토해낸 것은 온 사방을 윙윙거리게 만드는 사자후의 대소였다.

“으하하하하~!”

이어 진무극은 우렁차게 외쳤다.

“나 진무극과 수호천의 용사들은 불의에 굴하는 법을 알지 못한다!”

대답이라도 하듯이 수호천의 진영이 움직였다.

쿵!

단 한 걸음의 움직임이었다. 그러나 사백 여 명의 무사들이 일제히 내딛는 그 한 걸음의 기세는 마치 산이 통째로 옮겨지는 듯이 맹렬하고도 웅장했다.

순간 일촉즉발의 거대한 긴장이 소름처럼 평원 전체를 엄습해 나갔다.

5

"아우! 지금일세! 가게!"

철위강의 갑작스러운 말에 대해, 더욱이 막상 철위강 자신은 함께 갈 기색이 아닌데 대해 예인후는 고개부터 저었다.

"내게 생각이 있어서이니, 어서 가래도!"

철위강의 재촉을 예인후는 강하게 거부했다.

"싫습니다! 철민 형이 저 지경이 되는 대가로 살아남았던 저인데, 또다시 그럴 수는 없습니다! 대형께서 함께 가는 것이 아니라면 저도 가지 않겠습니다!"

철위강의 눈가에 문득 엷은 미소가 떠올랐다.

"그때 철민 아우는 분명 기꺼운 마음으로 그리했을 것이고 지금 우형도 마찬가지일세! 그리고 철민 아우와 자네들의 안전만 확보된다면, 우형 혼자로는 사실 그다지 위험할 것도 없네!"

"무슨 말씀을 하셔도 대형을 두고는 죽어도 가지 못합니다!"

철위강이 언뜻 정색으로 돌아오며 무겁게 고개를 가로저었다.

"우형의 말을 믿게! 자세한 얘기를 할 수는 없지만, 우형의 사부께서 가까이에 와 계시네! 비록 내게 격노해 계시지만, 그렇다고 유일한 제자를 죽게 내버려두지는 못하실 분이시고, 그분께서 계시는 한에는 당금 천하의 어느 누구도 감히 우형을 어떻게 하지는 못하네! 그러니 상황이 어찌 변할지 모르는 터에, 우선 철민 아우와 자네들의 안전부터 확보하라는 것일세!"

철위강이 그렇게까지 얘기하는 데야, 그리고 그의 표정이 그토록 진지한 데야 예인후도 무작정 고집만 피울 수는 없었다. 그 혼자라면 끝까지 철위강과의 의리를 고집하겠지만, 의식조차 없는 철민과 예인화와 율도린까지를 생각하지 않을 수는 없는 문제이기도 했다.

율도린이 업고 있던 철민을 건네 받아 자신의 등에 업은 예인후는 예인화를 앞장세우고, 율도린은 자신의 뒤에 서게 했다. 그가 아직 제대로 내력을 사용할 수 없는 처지였으니, 일단 전투가 벌어진다면 율도린의 능력에 우선적으로 기댈 수밖에 없는 형편이었다.

천천히 한 걸음을 내디딘 예인화는 쉽사리 다음 걸음을 떼지 못했다. 그녀의 그 한 걸음에 첨예한 긴장을 담은 수천 쌍의 눈이 일제히 따라붙었기 때문이었다. 그러나 그녀는 이내 다시 한 걸음을 내디뎠다. 마치 살얼음판 위에 선 듯이 조심스럽게! 견디지 못할 중압감이 그녀의 여린 몸을 짓눌렀지만, 그러나 내디뎌야만 했다. 그녀가 걷고 있는 살얼음판이 곧 깨어지고 말 것임을 직감하고 있기에!

한 걸음! 또 한 걸음!

차라리 애처로운 예인화의 한 걸음마다에 평원의 대기가 숨가쁘게 위로 치솟았다가, 다시 아찔하게 아래로 처박혔다.

그러나 어느 쪽도 쉽사리 움직이지는 못했다. 잠마련 측도 당장에는 앞으로 쫓아 나오지 못했고, 수호천 측도 맞으러 나오지 못했다. 그저 여린 소녀의 한 걸음 한 걸음을 따라 수천 무사들의 날카로운 긴장만이 숨가쁘게 극점을 향해 치닫고 있을 뿐이었다.

6

[위강! 그만하였으면 네 방황은 충분하다 할 것이니, 이제는 네 본래의 자리로 돌아와야 할 시간이다!]

사부의 어의전성에 철위강은 가느다랗게 한숨을 내쉬었다.

"조건이 있습니다! 제 아우 일행의 안전을 먼저 보장해 주십시오!"

나직하나 내력이 담긴 그 목소리는 국면을 단번에 새롭게 바꾸어놓았다. 모든 이들의 긴장을 마침내 극점에 도달케 함으로써!

예인화는 더 이상 걸음을 내딛지 못하고 멈춰 서서 얼어붙은 듯이 꼼짝도 하지 못하였다. 예인후도, 율도린도, 그리고 평원의 누구도 감히 움직이지 못하였다. 작은 움직임 하나만으로도, 그것이 누구의 것이라 할지라도, 곧바로 거대한 격돌로 이어지고 말 것이란 촉발의 팽팽함 속에서, 평원 위에 존재하는 모든 것들은 순간의 정적으로 돌입했다. 찰나에서 찰나로 이어지는 응축의 정적 속으로!

[보아라! 지금 네 앞에 펼쳐지고 있는 광경이야말로 누 천년 반복되고 있는 강호의 실체이다! 바로 혼란이다! 이와 같은 혼란을 근원적으로 통제하여 강호에 항구적인 평화를 이루고자 하는 것이 나의 신념이다! 또한 나를 이을 너의 신념이어야 한다! 우리의 신념은 시대를 초월한 절대적 대의이니, 다른 어떤 가치에 의해서도 결코 훼손될 수 없으며, 또한 결코 타협할 수도 없는 것이다!]

첨예의 정적을 아우르며 장중하게 울린 노야의 어의전성에 대해 철위강은 담담하게, 그러나 단호하게 대답했다.

"저의 신념은 절대적 대의가 아닙니다! 다만 제게 소중한 사람들일 뿐입니다! 그러나 저의 신념 또한 다른 어떤 가치에 의해서도 결코 훼손될 수 없으며, 또한 결코 타협할 수도 없습니다!"

[네 기어코 나를 거역하려느냐?]

노야의 어의전성이 노기로 부르르 떨렸다. 그러나 잠시의 침묵 뒤 그것은 다시 차갑게 이어졌다.

[사부로서 마지막으로 명하노니, 본래의 네 자리로 돌아오너라! 만약 끝내 따르지 않는다면 사문의 율법으로 다스릴 것이다!]

"그럴 수 없습니다! 제 신념을 지킬 수 없다면 차라리 신념과 함께 죽는 길을 택하겠으니, 사부께서는 사문의 율법대로 저를 죽이십시오!"

철위강의 목소리는 차분했다. 그리고 그는 곧장 예인후 등이 있는 곳을 향해 신형을 날렸다.

"내게 맡기게!"

바람처럼 쏘아온 철위강이 예인후의 등에서 철민을 받아 안고는 곧장 앞서 나가며 외쳤다.

"가세!"

그러나 막 신형을 날리려던 철위강은 돌연 휘청거리며 신음을 뱉어냈다.

"윽!"

"대형?"

예인후가 놀라 부축하는 것을, 힘겹게 몸을 바로 세운 철위강이 가만히 밀어냈다.

"난 괜찮으니, 어서 가도록 하세!"

그러나 다시 한 걸음을 내딛던 철위강은 돌연 벼락을 맞은 것처럼 펄쩍 뛰어올랐다가는 그대로 바닥에 털썩 주저앉고 말았다.

"크~ 윽!"

고통스러운 신음을 토하는 와중에도 철민부터 챙겨 품으로 끌어안은 철위강이 억지로 몸을 일으켜 세우더니 곧바로 한 모금의 피를 토해냈다.

"와악~!"

거품이 부글거리는 붉은 핏속에 검붉은 조각들이 섞여 있는 것을 보고 예인후가 경악하며 외쳤다.

"대형!"

그러나 예인후는 이번에도 차마 철위강을 부축하지 못했다.

철위강이 뿜어내고 있는 치열함 때문이었다. 예인후에게 지독하리 만치의 갈구로 공감되는 그것은, 예인후로 하여금 감히 끼어들 엄두를 내지 못하게 할 만큼 간절하였다.

온 힘을 다해 철위강이 다시 한 걸음을 내딛는 순간, 아아! 그의 얼굴에 가느다란 줄들이 생겨나고 있었다. 촘촘한 그물처럼 금세 수십, 수백 가닥으로 늘어나는 줄들에서는 피가 배어 나왔고, 이내 가느다란 분출을 일으켰다.

"안 돼~!"

예인후의 절규가 그의 입 속에서만 맴돌 때, 철위강은 다시 한 걸음을 옮기고 있었다.

그것이 죽음을 향해 다가가는 걸음이란 걸 이미 직감하고 있으면서도 예인후는 차마 철위강을 말리지 못했고, 찢어질 듯이 부릅뜬 그의 두 눈에는 뜨거운 눈물만이 넘쳐났다.

피싯!

피시싯!

핏줄기의 분출이 거세지며 철위강의 얼굴이 촘촘히 갈라지고 있었다. 이어 그의 온몸이 갈라졌다.

그것이 야맥의 맥주(脈主)가 다음 대를 이을 전승자에게 전하는 신물이자 죽음의 맹세인 야황신침(野皇神針)이 폭발하고 있는 것임을, 심혼 속에 심어진 그 절대의 심어(心語)가 죽음의 제약으로서 작용하고 만 것임을 알 리 없었지만, 그러나 예인후는 알 수 있었다. 지금 철위강의 죽음을 막을 유일한 존재는 오로지, 보이지 않으나 분명 가까운 어딘가에서

이 처절한 광경을 지켜보고 있을 그의 사부뿐임을!

"제발 멈춰주십시오! 제발 철 대형을 살려주십시오!"

예인후가 허공을 향해 애원하는 순간이었다.

파앙!

얇은 공기주머니가 터지는 듯한 소리가 일더니 돌연 철위강의 몸이 허공 중으로 사라져 버렸다.

"안 돼~!"

치 떨리는 절규 중에도 예인후는 사력을 다해 몸을 날려야만 했다. 산산조각으로 흩어진 철위강의 피와 살점들을 온전히 뒤집어쓴 채로 추락하고 있는 철민의 몸을 받아내기 위해!

그때였다.

과아앙!

허공 중에서 돌연 생겨난 거대한 무형도강이 그대로 철민의 머리를 내려쳐 가는걸 보고, 예인후는 차라리 그 서슬 퍼런 강기의 칼날 아래로 스스로의 몸을 던져 넣었다.

과웅!

무언지 모를 거대한 격돌이 있었고, 그 여파에 튕겨난 예인후는 모질게 바닥을 뒹굴었다. 이어 그가 본 것은 언제 나타났는지 모를 백의청년이었다. 바로 무황이었다. 무황은 품에 철민을 안고 있었다.

과아앙!

무형도강이 무황을 노리고 짓쳐 들어갔으나, 무황은 피하지 않고 몸을 틀어 등으로 도강을 맞았다.

과광!

거대한 충격에 무황의 몸이 가랑잎처럼 바닥을 굴렀다. 그러나 다음 순간 잔뜩 웅크린 채로 중심을 잡은 무황은 그대로 수호천 진영 쪽을 향해 맹렬하게 치달리기 시작했다. 그런 그의 품속에는 철민 외에 또 한 사람이 늘어나 있었다. 예인화였다.

"율 형!"

다급하게 외치며 예인후는 곧장 내달렸다. 막혔던 보가 터진 듯이 마구 눈물이 쏟아졌지만 주먹으로 훔쳐낼 여유는 없었다. 위태롭게 이어지던 평원의 정적이 이윽고 깨지고 말았으므로!

"와~!"

"와아~!"

잔뜩 억누르고 있다가 거세게 터뜨려 내는 함성들이 온 평원을 일시에 떨어 울리는 가운데, 청랑단이 일제히 움직이기 시작했다.

예인후와 율도린은 물밀듯이 밀려든 청랑단에게 금세 따라잡히고 말았다.

파파팟!

예인후의 검이 번뜩이며 연신 검화를 일으켰지만, 청랑단의 일대(一隊)가 진형을 갖추며 포위망을 이뤄가는 것을 저지하기에는 역부족이었다.

그런데 포위를 좁혀들던 청랑단의 십여 명이 한순간 급살이라도 맞은 듯이 한꺼번에 와르르 쓰러지더니 삽시간에 얼굴이 검게 물들며 격렬한 경련을 일으키는 것이었다. 율도린이었다. 돌연한 독의 공포 앞에 청랑단의 기세가 일시 주춤하였고, 그 틈을 타 예인후와 율도린은 다시 사력을 다해 달릴 때였다. 그때까지 마치 방관이라도 하듯이 움직임이 없던 수호천 진영에서 돌연 우렁찬 함성이 울렸다.

"와아아!"

"와아아아~!"

비록 여전히 움직임은 없는 채 함성뿐이었지만, 그것만으로도 청랑단의 기세를 잠시라도 위축시키는 효과가 있었다. 그리고 그 덕분으로 예인후와 율도린은 간신히 검은 수레의 방벽을 넘을 수 있었다. 그런데 바로 그 직후였다.

쾅!

콰쾅!

콰콰쾅!

거대한 폭음이 연쇄적으로 터져 나오며 평원의 하늘을 온통 찢어발겼다. 수십 대의 검은 수레들이 일제히 폭발을 일으킨 것이었다. 그 엄청난 폭발은 평원의 모든 치열함을 일시간에 눌러 버렸고, 청랑단은 분분히 뒤로 물러났다.

일대를 자욱하게 뒤덮었던 매캐한 화약 연기와 흙먼지가 어느 정도 걷힐 즈음이었다. 수호천의 진영 가운데가 좌우로 갈라지더니 그 사이로 십여 명이 걸어나와 진영의 선두에 우뚝 버티고 섰다. 그리고 주위의 모든 깃발이 숙여지고 대신 하나의 깃발만이 높이 솟았다.

수호천(守護天) 총수친림(總首親臨).

금빛의 일곱 글자가 위풍당당하게 수놓인 깃발 아래에 선 사람은 바로 당금 수호천의 총수 상조위였다. 그리고 그의 좌우로는 황면(黃面)의 탈을 쓴 세 사람과 회면(灰面)의 탈을 쓴 열 사람이 나란히 늘어서 있었다.

7

섭무걸은 곧바로 모든 병력을 뒤로 물렸고, 다시 수호천의 영역 경계 밖까지 물러나 견고한 방어대형을 구축하였다.

그에 대해 수호천이 소수의 경계 병력만 남긴 채 사뭇 여유있게 전선에서 물러남으로써, 자칫 거대한 전쟁의 소용돌이로 휩쓸리고 말 뻔했던 일련의 급박한 상황들은 일단 봉합이 되었다. 비록 언제라도 다시 터지고 말 것처럼 불안하고 위태로운 봉합이긴 했지만!

第七十二章
몽중몽

몽상가

1

파노라마처럼 흘러가고 있는 광경들에 대해 철민은 소스라치게 놀라 외치고, 다급함에 절규하였다. 그리고 마침내 철위강이 죽음에 이르고 마는 광경에서는 사무치는 비통함에 몸부림치며 통곡하고 말았다.

―형님~!

―형~!

―혀~ 엉~!

그러나 그 모든 외침과 절규와 통곡은 모호하고 허망하기만 했다. 그 모든 상황을, 심지어 철위강의 죽음까지도 철민은 그저 아련하게 방관하고 있을 수밖에 없었다. 그는 이미 죽었으므로! 몸도 죽었고, 의식의 마지막 조각조차도 소멸되었으므로!

'꿈이다! 이건 꿈이다! 꿈속에서 꾸는 또 다른 꿈일 뿐이다!'

그렇게 자위했지만 처절하게 밀려드는 증오는 어쩔 수가 없었다. 살아

오면서 그가 이토록 지독한 증오를 느껴보는 건 처음이었다.

철위강이 웃고 있었다. 신체의 모든 부위가 사라진 채 마지막으로 두 눈, 그 눈동자들이 웃고 있었다. 가만히! 오히려 위로하듯이! 그처럼 지독한 증오심을 품지 말라는 듯이! 그리고는 사라져 버렸다. 아무것도 남기지 않고 완전히 사라지고 말았다. 영겁의 허무 속으로!

—안 돼!

철민은 스스로를 던졌다, 사라진 철위강의 존재를 따라서! 미련이 남을 것은 이미 없었다. 그때,

—안 돼요!

머릿속에 울리는 절규가 있었지만, 그것이 예인화였지만, 그 절규에 대해 미처 안타까워하기도 전에 철민은 나락으로 떨어지고 말았다. 순간 그의 꿈과 그 꿈속에서 다시 꾸던 또 다른 꿈조차도 온전히 소멸되고 말았다. 다만 그가 마지막으로 품었던 그 지독한 증오만이 미처 소멸되지 못하고 산산이 부서진 채로 공간의 경계에서 부질없이 흩날리고 있었다.

2

철민은 이상한 상태에 있었다. 몸도, 의식도, 무의식조차도, 그저 무덤덤하기만 한!

아무런 의미도 없던 어느 순간,

우웅!

무엇인가 움직였다. 소리는 없었다. 다만 그런 느낌만 있을 뿐이었다.

'벽인가?

문득 그렇게 떠올렸으니 그것은 아닌 것 같았다. 벽이라면 적어도 어

디서부터 어디까지인지를 짐작할 수 있어야 하는 것인데, 도무지 처음과 끝을 규정할 수가 없었다. 그저 전부였다. 혹은 전무일지도!

문득 보니 추종이었다. 주변, 아니, 모든 공간이 그의 의지에 추종하고 있었다.

'구 벽?

하고 언뜻 떠올렸다가 생각은 다시,

'천화경?

하는 데까지 훌쩍 더 나아갔다. 아무런 속박도 없이 자유롭게!

그러다 철민은 문득 가볍게 실소하고 말았다.

'구 벽인들, 천화인들, 또 다른 무엇인들, 그런 게 무슨 의미조차 있으랴?

그리고 철민은 다시 아무것도 없는, 아무런 의미도 없이 무덤덤하기만 한 상태로 돌아갔다.

3

철민은 또다시 어떤 상태에 있었다. 이번에는 무덤덤하지만은 않았다. 아무런 고통도, 이상이나 부작용의 징조도 느껴지지 않았지만, 현실이었다. 아니, 꿈과 현실, 둘 중의 하나였다.

철민은 문득 두 주먹이 꽉 쥔 채로 있다는 걸 깨닫고 가만히 폈다. 오랫동안 막혔던 피가 그제야 통하는지 저릿함이 전율처럼 퍼졌다. 그리고 그는 보았다. 그가 주먹 안에 쥐고 있던 거뭇거뭇한 파편들을! 그 순간 시퍼렇게 날을 세운 기억 한 조각이 사정없이 그의 가슴을 찢어발겼다. 먹먹한 아픔이 밀려왔다. 슬픔이었다. 소리조차 나지 않는 통곡이 주체할 수 없이 밀려들었다.

　따뜻하고 부드러운 손 하나가 가만히 철민의 얼굴을 쓸었다. 너무도 익숙한 그 손은 그의 눈물로 이내 축축이 젖어버렸다. 그렇더라도 손의 주인은 하염없이 그의 눈물을 닦아내고만 있었다.

　몸서리쳐지는 설움의 시간이 흐르고 철민의 통곡이 겨우 잦아들었을 때, 손의 주인이 잔잔히 물었다.

　—깨어나셨네요?

　그녀였다. 예인화! 그녀가 잔잔히 그를 내려다보고 있었다. 마치 예전 처음 만났을 때처럼!

　—여기가 어디야?

　철민이 말로 하지 않았지만 예인화는 알아들었는지 자연스럽게 대답했다.

　—제 방이죠!

　철민도 자연스러웠다. 의문을 떠올리는 것조차도!

　—니 방이라고?

　—예!

　—내가 어떻게 여기에 있지?

　채근하듯이 묻는 철민에 대해 예인화는 잠시 잔잔한 미소만 그렸다. '그런 것들이 뭐 그리 중요한가요?' 하는 것처럼.

　—당신은 아주 깊은 잠에 빠져 있었죠! 그리고 그동안 많은 일들이 일어났고요!

　예인화의 차분한, 그리고 조심스러운 말이 이어지는 동안 철민은 가만히 두 눈을 감았다.

　—당신은 근 보름 만에야 깨어난 거예요! 그나마 율 공자의 도움이 없

었더라면 아마도 훨씬 더 오래 걸렸을 걸요?

이윽고 그녀의 말이 끝났을 때 철민은 힘겹게 고개를 옆으로 돌렸다.

―그래? 그런 일이 있었나? 하지만 난 왜 하나도 기억이 안 나지? 음……! 아무래도 좀 더 자야 할까 봐!

힘주어 꽉 감는 철민의 눈가에서 입가로, 그리고 어깨로, 다시 온몸으로 가느다란 떨림이 번져갔다.

안타깝게 철민의 얼굴을 내려다보던 예인화는 살며시 고개를 돌리고 말았다. 그녀의 두 눈에 맺힌 물기가 이윽고 방울져 떨어져 내리려 하였으므로!

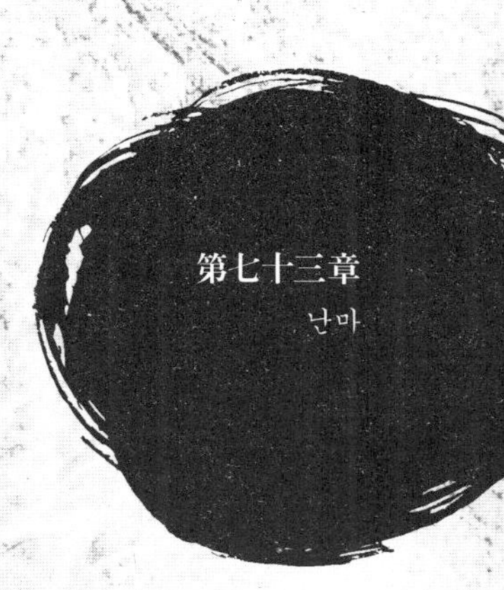

第七十三章
난마

몽상가

1

상조위는 어떤 상황에 처해서도 쉽게 흔들리지 않는 자신의 진중한 성격과 거기에 냉철한 판단력이 더해져 오늘날의 그가 있게 되었음을 늘 자부하였다. 그러나 최근 보름여 동안에 벌어진 몇 가지 상황들은 그를 당황스럽게 만들기에 충분했다.

보름 전, 진무극이 황대평원에서 잠마련을 맞아 시간을 벌며 강호의 이목을 집중시키고 있는 동안, 상조위 자신은 극비리에 소수의 정예를 이끌고 오히려 잠마련의 영역으로 넘어들어 갔었다. 한 가지 긴급상황을 직접 해결하기 위해서였다.

그 상황이 해결되지 않고는 이미 촉박하게 전개되고 있는 잠마련과의 갈등에서 수호천은 최소한의 명분조차도 세우기 어렵게 될 것이니, 가장 시급하게 해결하여 할 초급의 상황이었다. 또한 그러한 시도가 외부에 노출되는 경우에는 그것 자체로 극도의 위험에 봉착하고 말 것이기에, 상조위는 수호천 최후최강의 무력인 무백 열 세기를 모두 다 동원하는 극단의 결단을 내리지 않을 수 없었다.

적지 깊은 곳까지 침투하지 않고도 마침 탈출해 나오고 있던 상군환과 위려려를 만나고, 천무령과 밀영까지 온전히 수습할 수 있었던 것은 차라리 행운이었다.

상군환으로부터 몇 가지의 긴급보고를 받은 상조위는 곧바로 전서용(傳書用) 매를 날렸다. 그제야 예인후와 철민 등에 대한 구출을 명한 것이었다. 그리고 그 역시도 곧바로 황대평원으로 달려갔고, 때마침 양측이 격돌하려는 급박한 순간에 과감히 무백들을 전면에 세워 과시함으로써, 자칫 제이차 정마대전으로 비화할 뻔한 위기상황을 가까스로 봉합시킬 수 있었다.

상조위가 그렇게까지 무리수를 쓴 것은 갑자기 부각된 두 가지의 변수 때문이었다. 첫 번째 변수는 밀황령이었다. 상군환의 보고 내용에서 천무령을 간단히 다루었다는 그 존재는 밀황령임에 분명한 것 같았고, 밀황령을 부활시켜 그처럼 완벽하게 다룰 수 있는 인물은 노야밖에 없었다.

두 번째 변수는 상조위를 당황시키다 못해 혼란스럽게까지 만들었다. 바로 천마령에 관한 것이었기에!

사실 상조위는 천마령의 부활에 대해서만큼은 절대로 가능하지 않으리라는 확신을 가지고 있던 터였다. 천마령의 부활을 위해 가장 핵심이 되는 열쇠가 바로 그에게 있었기에!

그러나 천마령에 대한 상군환의 묘사는 너무도 생생하였고, 또한 노야가 '삼천 년 만의 천마의 부활!'을 말했다는 점에서, 더하여 이번 사태에 대해 예상 이상의 격렬한 대응을 보이고 있는 잠마련의 반응까지, 그의 확신은 흔들리지 않을 수 없었다.

그리고 모든 정황들에서 천마령과 가장 밀접하게 연계가 되고 있는 것이 바로 철민인 이상, 상조위는 자신의 오류 여부를 확인하기 위한 한 가지의 간단하고도 명확한 방법을 이미 확보하고 있었다. 바로 철민을 통해 확인하면 될 일이었다. 비록 천마경에 이유를 알 수 없는 이상이 생겨 있는 상태이긴 하지만, 철민이 일단 한 번 천마경의 지배를 받았던 이상, 결코 그의 화심이공(和心怡功)에 저항할 수는 없었다. 다만 문제라면 보름이 지난 지금까지도 철민이 깨어나지 못하고 있기에 기약없이 기다려야만 한다는 것이었다.

그러고 보면 철민이란 인물은 새삼 이해가 되지 않는 점들 투성이였다. 노야와 단독으로 맞서고도 한동안이나 사뭇 치열하게 버텨냈다는 그의 무력은, 상군환이 직접 목격했다는 데도 여전히 믿기가 어려웠다. 천마령과 밀접한 연관을 맺고 있는 것 같다는 점에서는 차라리 의아할 뿐이었다.

어쨌거나 철민에 대해서는 시급히 재평가가 필요했다. 그 결과에 따라 잠마련과의 전쟁을 각오하고라도 그를 취할 것인지, 아니면 과감히 버릴 것인지를 결정해야만 할 것이었다.

2

예인후는 내내 불안을 느끼고 있는 중이었다. 율도린 때문이었다. 그가 수호천으로 다시 돌아오는 자체부터가 불안했었지만, 차마 말을 꺼내지는 못했었다. 율도린은 그와 예인화, 그리고 철민을 위해 죽음을 두려워하지 않고 헌신하였거니와, 그로 인해 수호천의 그늘을 벗어난다면 당장에 목숨을 위협받는 처지가 되고 말 것이기에!

다행히 보름여가 지나도록 율도린에 대한 어떤 공식적인 조치나 돌발적인 시비가 있지는 않았다. 어쩌면 상부에서 율도린이 지닌 가치에 대해 재평가를 하고 있는 때문인지도 몰랐다.

예인후가 보기에 율도린은 요즘 내내 진지한 열정에 가득 차 있으며 나름의 정진을 거듭하고 있는 듯했다. 무공의 분야가 확연히 다르니 감히 짐작하기 어려웠지만, 어쩌면 그는 이미 독왕지도(毒王之道)에 한 발을 들여놓고 있는지도 몰랐다. 그렇다면 바야흐로 격변의 시기가 도래하고 있는 지금, 수호천으로서도 율도린의 능력을 함부로 도외시하기는 어려울 것이다. 율도린의 과거가 어떠하였던 간에!

3

진호양(陣豪亮)은 완전한 자괴(自壞)에 빠져 있었다. 비록 최고는 아니었지만 타고난 배경과 남보다 못하지 않은 재주로 최상층의 삶을 누려가던 그였다. 그러나 그는 전혀 예기치 못한 악연을 만나며 한순간에 추락해 버리고 말았다.

모든 것을 박탈당했으며, 혹은 굴욕감에 스스로 버려야만 했기에, 진호양은 한동안 스스로 생을 마감할 생각에만 골몰했었다. 그를 절망의 구렁텅이로 빠뜨린 장본인이 돌아왔다는 말을 듣기 전까지만 해도! 그자의 사뭇 변화된 모습과 당당해진 위상에 대해 듣기 전까지만 해도!

진호양은 돌연 미칠 듯한 열기에 휩싸였다. 그의 온몸 세포 하나하나가 활활 불타올랐다.

'죽이기 전엔 결코 죽지 못한다!'

4

눈이 마주치자 대문을 지키고 있던 무사가 싱긋 눈웃음을 보냈기에 율도린은 가볍게 고개를 숙여 보이며 정의대의 대문을 나섰다. 그가 정의대를 벗어나기는 수호천에 돌아온 이후 처음이었다.

그는 조금만 걸어볼 작정이었다. 하늘을 보고 싶었다. 정의대 대문 안에서 보는 하늘이나 대문을 조금 벗어나 보는 하늘이나 별 다를 것이 있을 리야 없겠건만 아무래도 마음이 답답해서였다. 기연을 만나 타고난 좁은 틀을 단숨에 벗어버리고, 마침내 독을 자유롭게 다룰 수 있게 되었을 때만 해도 그는 필생의 소원으로 품고 있던 경지에 순탄하게 다다를 수 있으리라고 생각했다.

그러나 그가 곧이어 보게 된 절대자들의 경지는 상상을 초월하는 것이었고, 그는 스스로 다시금 미미한 존재로 추락하고 말았다.

그렇더라도 예전처럼 막막하고 요원하기만 한 처지로 돌아간 것은 결코 아니었다. 가능할지 모른다는 꿈을 꿀 수는 있게 되었다. 적어도 독에 관한 한에는, 누구도 가보지 못한 길을 그가 처음으로 가보고 싶었다. 설령 몇 발자국도 제대로 가지 못하고 목숨을 잃게 된다고 하더라도, 그 길을 간다는 자체만으로도 무한히 행복할 것 같았다.

우연이든 필연이든 그에게 기연의 은혜를 베풀었으며, 또한 예인화가도와 달라고 부탁한 사람, 철민이 의식을 회복하는 대로 그는 떠날 작정이었다. 누구도 가보지 못한 그 길을 찾아! 어떤 미련도 없이!

5

앞쪽에서 마주 오고 있는 사람에 대해 처음에는 신경을 쓰지 않았지만, 그 사람이 굳이 대로의 한가운데만을 고집하며 다가오고 있었기에 율도린은 천천히 걸음을 멈추었다.

열다섯 걸음쯤으로 가까워졌을 때 그 사람은 문득 검을 뽑아 들며 나직이 부르짖었다.

"죽인다!"

지독한 증오가 담긴 그 목소리의 주인이 다름 아닌 진호양임을 그제야 알아보았지만, 율도린은 느긋하게 뒷짐을 졌다.

"복수를 하려는가?"

진호양은 대답 대신 같은 말을 외쳤다.

"죽인다!"

흐트러져 이마를 가린 머리카락 사이로 벌겋게 충혈된 채 지독한 살기로 쏘아보는 한 쌍의 눈이 비로소 보였다. 그러나 율도린은 여전히 담담하기만 했다.

"이미 겪어 보았겠지만, 난 받은 만큼은 반드시 돌려주는 사람이다!"

그러나 율도린의 말이 채 끝나기 전에, 어느덧 다섯 걸음쯤으로 거리를 좁힌 진호양이 순간 앞으로 짓쳐 나왔다.

"놈!"

기합처럼 외치며 진호양의 검이 일도양단의 기세로 율도린을 쪼개왔다. 그러나 바로 다음 순간 그는 돌연,

"큭!"

신음을 뱉으며 힘없이 바닥으로 무너지고 말았다.

탱!

그의 손아귀를 벗어난 검이 바닥으로 떨어지며 어디 돌 조각에라도 부

딪친 듯이 짜랑한 금속성을 토해냈다. 그리고 끔찍한 광경이 벌어졌다.

"으아아아~!"

진호양이 돌연 비명을 지르며 바닥을 뒹굴었는데, 그의 오른손은 시커멓게 물들며, 경악스럽게도 손가락부터 허물거리며 녹아 내리고 있는 중이었다.

"끄아아~ 악!"

진호양이 처절히 울부짖으며 이리저리 바닥을 기어다니는 중에 오른팔은 어느새 어깨까지 녹아버렸다.

진호양이 이윽고는 의식을 잃고 만 듯이 축 늘어져 버릴 때였다.

"멈추시오!"

저쪽에서 누군가 빠르게 달려오며 크게 외치더니, 순간의 도약으로 허공을 가르며 율도린의 앞으로 떨어져 내렸다. 그는 바로 예인후였다.

담담한 채로 뒷짐 졌던 손을 풀며 예를 취하는 율도린에 대해 예인후가 굳은 얼굴로 물었다.

"율 형! 이게 대체 어떻게 된 일이오?"

그러나 율도린의 대답은 차분하고도 태연했다.

"저자가 저를 베려 하였기에, 제가 검을 든 저자의 팔을 거두었습니다!"

자신으로는 너무도 당연한 일을 했다는 듯이 차분하고도 태연하기만 한 그 대답에 예인후의 얼굴이 더욱 딱딱하게 굳어지고 마는데, 그때 마침 그와 함께 나온 정의대원 두 사람이 당도했기에 예인후가 바닥의 진호양을 가리키며 서둘러 지시를 내렸다.

"속히 약당(藥堂)으로 옮기게!"

그런데 대원들 둘이 진호양 쪽으로 다가서기는 하는데 멈칫거리는 태가 꺼리고 두려워하는 기색이 확연했다.

"독기는 이미 제거되었으니 안심해도 좋을 것이오!"

율도린이 쓰게 웃으며 말한 다음에야 대원 하나가 얼른 진호양의 몸을 추슬러 등에 업었고, 다시 다른 하나가 뒤에서 받치며 총총히 달려갔다.

"우리도 일단 돌아갑시다!"

앞장서며 걸음을 재촉하는 예인후를 율도린이 묵묵히 따라 걸었다. 그리고 몇 걸음 서둘다가 이내 뒤돌아보는 예인후를 향해 그가 담담히 웃음기를 보이며 말했다.

"아무래도 제가 떠날 때가 된 것이겠지요?"

"그게 무슨 말이요?"

"인화 소저께서 아직 말씀은 없지만, 철 형의 치유를 위해 제가 할 수 있는 일이 더 이상은 없는 것 같아서, 안 그래도 이제 그만 떠나야겠다고 마음을 먹고 있던 참입니다. 그런데 마침 이런 일까지 생겼으니……! 지금 당장 떠나는 것이 여러모로 좋겠으나, 그래도 이대로 그냥 떠나기에는 너무나 아쉽고 죄송하니 잠시 들러서 작별 인사만 하고 가려 합니다!"

"음!"

나직이 흘러나오는 침음성 외엔 달리 할 말이 없었기에 예인후는 묵묵히 앞만 보며 걸었다.

6

"이만 작별을 고할까 합니다!"

철민의 방에서 나오다가 갑작스런 율도린의 작별 인사를 받은 예인화가 놀란 눈으로 예인후를 봤다.

예인후의 간단한 전후사정을 듣고 이내 안타까운 눈빛이 되고 마는 예인화에 대해 율도린이 애써 담담한 얼굴로 정중히 허리를 숙여 작별을 고했다.

이어 율도린이 예인후를 향해서도 예를 올린 다음에 그가 이윽고 몸을 돌리려는데, 예인화가 그를 향해 작은 손짓들을 만들어냈다. 자세히는 아니지만 어느 정도까지는 그녀의 수화를 이해할 수 있는 율도린이었기에, 그것이 그간 철민을 위해 애써준 것에 대한 고마움의 표시와 마지막으로 철민과도 작별 인사를 나누고 가라는 뜻임을 읽을 수 있었다.

문득 율도린의 입가에 그려지는 희미한 미소에서 예인후는 언뜻 아련한 아픔 같은 것을 느꼈다. 뭐랄까? 안타깝고도 처연한 느낌이랄까? 그러나 율도린의 미소는 이내 잔잔하고도 담담한 느낌으로 바뀌었다.

그런데 예인화가 가만히 돌아서서 철민의 방문을 열었을 때, 예인후는 펄쩍 뛸 듯이 놀라고 말았다.

"철 형!"

철민이 몸을 일으켜 침상에 걸터앉은 채로 그들을 바라보고 있었다.

"오랜… 만입니다!"

다소간 어눌하고 힘겨워 보이는 철민의 말에 예인후와 율도린이 언뜻 마주보더니 실없이 웃는 모습이 되고 말았다. 장장 보름여 만에 깨어나 하는 첫마디가 '오랜만입니다! 라니……!

예인화는 차라리 안도하는 표정이었다. 그간 심동으로만 교감했을 뿐 철민의 목소리를 듣는 것은 그녀 또한 지금이 처음이었다.

7

율도린이 철민과도 간단한 작별 인사를 나누고 방을 나설 때였다. 누군가 막 정의대의 대문으로 들어서더니, 제지하려고 따라 들어온 수문(守門) 대원들이 어떻게 해볼 새도 없이 쾌속하게 마당을 가로질러 왔다.

조금 뒤늦게 그 사람을 알아본 예인후가 크게 당황하며 마당으로 뛰어내려 가서 예를 갖췄다.

"전주님!"

지장전주 사군악(司君岳)이었다.

그러나 예인후의 존재는 무시하듯이 사군악의 두 눈은 예인후 너머의 율도린을 향해서 박혔다.

"율도린! 순순히 본 전주를 따라 나서거라!"

율도린이 얼른 앞을 막아서며 다시 허리를 숙였다.

"잠깐만, 전주님! 제가 전후사정에 대해 소상히 말씀 드리겠습니다. 그러니 우선……."

"자네가 나서서 될 일이 아닐세!"

사군악이 차갑게 예인후의 말을 끊는데, 그때 천천히 마당으로 내려선 율도린이 담담히 말했다.

"대주님! 제가 한 일에 대해서는 저 스스로 책임을 지겠습니다!"

이어 율도린은 예인후가 말릴 여지를 주지 않고 앞으로 나서며 사군악과 마주했다.

"난 이미 수호천의 사람이 아님을 천명한 바 있으니, 당신은 내게 함부로 명령하지 마시오!"

방금까지와는 확연히 달라져 사뭇 오만하게까지 보이는 율도린의 태도에 사군악이 대번에 격한 분노를 토해냈다.

"감히……?"

순간 한 가닥의 빛이 번뜩하였고, 어느 틈에 사군악의 검이 율도린의 목을 겨누고 있었다.

그러나 정작으로 놀라운 일은 바로 다음 순간에 벌어졌다.

치이익!

사군악의 검에 돌연 새파란 청린(靑鱗)의 불꽃이 지글거리며 타오른 것이었다.

"어헛?"

사군악의 몸이 튕기듯이 뒤로 미끄러져 나갔다. 율도린의 독공에 대한 순간적인 경계심 때문이었을 것이다.

근 이 장여를 튕겨 나간 뒤 미처 당황을 추스르지 못하고 있는 사군악을 향해 율도린이 차갑게 뱉었다.

"한 번만 더 내게 무례히 군다면 그때는 검이 아니라 당신의 몸이 독화에 불타게 될 것이오! 믿지 못하겠다면 지금 즉시 시험해 봐도 좋소!"

"이, 이 놈이?"

분을 참지 못한 사군악의 목소리가 확연히 떨려 나왔다. 그러나 그는 당장에 분기를 폭발시키지는 못했다. 율도린의 독공이 과연 가공할 위력이라는 것을 방금 직접 확인했거니와, 더욱이 지금 그가 뿜어내고 있는 위엄은 조금도 허세가 아니었다. 그야말로 당당한 자신감과 자부심에서 나오는 것이었다. 확실히 율도린은 이전과는 완전히 다른 인물로 변해 있는 것이었다.

쾅!

벼락치는 듯한 소리가 나며 정의대의 대문이 산산조각으로 박살 난 것은 바로 그때였다. 동시이다시피 우람한 체구의 인물 하나가 번개처럼 허공을 가르며 그대로 일장을 쪼개왔다.

과웅!

강맹하기 짝이 없는 그 한 가닥의 장력은 허공을 찢어발기듯이 한 곳을 후려쳐 갔다. 바로 율도린을 향해서였다.

오히려 먼저 반응한 것은 예인후였다. 그는 반사적이다시피 율도린의 앞을 막아서며 마주 쌍장을 쳐냈다.

콰쾅!

격렬한 폭음이 터지는 순간, 예인후와 율도린은 한 덩어리가 되어 뒤로 튕겨 나갔다. 그러고도 소진되지 않은 격돌의 여파는 대청마루 위에 섰던 예인화마저 휘청 뒤로 넘어가도록 만들었다.

그러나 예인화는 엉덩방아를 찧지 않아도 좋았다. 한 가닥의 따뜻한 기운이 부드럽게 그녀의 몸을 받치며 감싸 안았기 때문이었다. 게다가 그 기운이 그녀에게 몹시도 익숙하고 친숙한 것이었기에, 그녀는 조금도 놀라지 않고 오히려 온전히 그 힘에 자신의 몸을 맡겨 버렸다.

예인후와 율도린은 대청마루 바로 아래까지 밀려나서야 겨우 몸의 중심을 잡을 수 있었다.

예인후의 뒤에서 앞으로 나서던 율도린은 예인후의 입술에 맺힌 선혈 자국을 보았다. 순간 그의 얼굴이 차갑게 굳어드는데, 단 일장으로 그 일련의 상황들을 만들어낸 우람한 체구의 노인이 벼락같은 호통을 토해냈다.

"네 감히 천박한 독공 따위로 노부에게 대항하려느냐?"

노인의 일갈이 정의대의 건물 전체를 우르릉 울렸다. 그는 바로 사천주 진무극이었다.

그러나 서릿발 같은 위엄에도 불구하고 막상 진무극은 다소간 낭패스러운 모습이었다. 그의 옷소매와 앞섶은 마치 불에 그을린 듯이 거뭇거뭇하게 변해 있었고, 진한 대추 빛으로 물든 얼굴에서는 노기와 함께 당혹감이 엿보였다.

그때 율도린이 천천히 진무극을 향해 한 걸음을 내디디며 느릿하게 말했다.

"좋소! 나 율도린은 천박한 독공 따위로 당신에게 한번 대항해 보겠소! 그러나 당신도 얼마간은 조심하는 게 좋을 것이오! 당신의 손자를 통해 이미 들었겠지만 나는 결코 혼자 죽지는 못하는 독종이니 말이오!"

"네 놈이 감히?"

노갈을 터뜨린 진무극이 다시 일장을 쳐내자,

과우웅!

한 가닥 거대한 무형의 장력이 사방의 대기를 떨어 울리며 앞으로 쭉 뻗어나갔다.

그런데 그때였다. 놀라운 광경이 벌어졌다. 소리와 기세로만 느낄 수 있었던 그 무형의 장력에 돌연 푸른 불꽃이 확 일어난 것이다. 그 모습은 마치 거대한 푸른 불기둥이 허공을 가로지르며 쭉 뻗어나가는 것 같았다.

흠칫 당황한 기색이 된 진무극이 급히 장력을 거두어 들였다. 그러나 푸른 불기둥은 여전히 사라지지 않고 마치 부유하듯이 허공에 걸려 있었다.

"갈!"

진무극이 다시금 일장을 맹렬히 후려치고 나서야 그 푸른 불기둥은 산산이 흐트러졌다.

"으웩!"

한 모금의 피를 게워낸 율도린이 바닥으로 주저앉았으나, 그는 이내 꼿꼿하게 허리를 펴며 정좌의 자세를 취하였다. 그리고 그의 머리 위에서 돌연 작고 푸른 불꽃 하나가 일어났고, 그것은 이내 순식간에 수백 개로 늘어나며 일제히 진무극을 향해 움직이기 시작했다. 그런 광경은 마치 수백 개의 도깨비불이 일제히 몰려가는 듯이 기괴하였다.

사방의 공간이 온통 푸른 불꽃으로 뒤덮였지만 진무극은 굳이 피하지 않았다. 다만 오만한 기세 그대로 우뚝 버티고 서 있을 뿐이었다.

치칫!

치치치칫!

푸른 불꽃에 뒤덮여 버린 진무극의 전신에서 연신 섬뜩한 소음이 일어났다. 더하여 검푸른 연기가 뭉클거리며 뿜어졌기에, 마치 그의 몸이 타거나 녹고 있는 것처럼 보였다.

우웅!

우우웅!

한순간 진무극의 주변 공간이 강력한 진동으로 떨리기 시작하더니 그를 뒤덮고 있던 푸른 불꽃들이 일 장 가량이나 확 밀려났다. 진무극을 중심으로 한 사방 일 장여의 공간을 불꽃들이 맹렬히 휘돌았지만, 어떤 무형의 벽에라도 가로막힌 듯이 그 안으로는 조금도 파고들지 못했다. 절정의 호신강기였다.

마치 거대한 푸른 불꽃의 갑옷을 두른 듯한 모습으로 진무극은 천천히 걸음을 내디뎠다.

정좌한 채로 율도린은 뒤로 밀려났다. 단단히 다져진 마당의 흙바닥에 선명한 끌림의 자국을 남기며!

마침내 대청마루 아래까지 밀려간 율도린의 몸은 그 아래의 낮은 흙벽에 부딪치며 그대로 압착되기 시작했다. 입과 코에서는 벌써부터 핏줄기들이 뿜어지고 있었으나, 그런 중에도 진무극을 응시하는 그의 눈빛은 여전히 치열하였다. 처절할 정도로!

꽉 깨문 입술이 터져 피가 흐르고 있었지만 예인후는 미처 깨닫지 못했다. 그러나 진무극과 율도린의 대치는 그가 감히 간섭하거나 개입할 수 있는 것이 아니었다.

진무극이 문득 걸음을 멈추었다. 그러나 그에게서 뿜어지는 기세와 위엄은 오히려 무거워지고 첨예해졌다. 그는 지금 최종적으로 자신의 의지를 모두에게 과시하고 있었다, 그의 다음 한 걸음에 율도린을 죽음으로써 응징하고 말겠다는!

그런데 막 다시 한 걸음을 내디디려던 진무극이 돌연 흠칫 놀라는 기색으로 되며 벽력 같이 호통을 쳤다.

"누구냐?"

태산 같이 짓눌러 들던 압박이 일시에 사라진 것에 대해 율도린은 잠시 어리둥절해했다. 그러나 그는 천천히 자세를 고쳐 앉으며 벽에다 느긋하게 등을 기대었다. 그런 그의 입꼬리로 한 가닥 희미한 자조의 미소가 걸렸다.

돌연히 생성되어 육합의 공간 모두에서 그를 압박해 들고 있는 거대한 무형의 장벽에 대해 진무극은 맹렬하게 호신강기를 팽창시켰다.

파파파~ 광!

연쇄폭발이 일어나는 듯이 격렬한 기류의 소용돌이가 사방으로 치달았다. 그러나 그 소용돌이는 마치 찻잔 속에서 일어나는 태풍과도 같이 결국 진무극의 몸 주변에서만 거칠게 회오리칠 뿐, 그를 압박해 들고 있는 무형의 장벽을 조금도 밀어내지 못했다.

경악하거나 어이없어할 겨를도 없이 진무극은 한순간 모든 내력을 한

점으로 끌어모았다.

"잠시 멈추시오!"

묵직한 위엄과 함께 기이한 호소력이 담긴 외침이 터진 것은 바로 그 때였다. 동시이다시피 온 공간을 지배하며 진무극을 압박해 들던 그 거대한 무형의 장벽은 한순간에 사라져 버렸다. 마치 원래부터 존재하지 않았던 것처럼!

"음!"

진무극은 무거운 침음성을 뱉어냈다. 그러나 언뜻 짤막한 경악이 스쳐가는 그의 시선은 방금 외침의 주인을 찾는 대신, 대청마루 너머에 있는 작은 방문을 응시하고 있었다.

8

삼천주는 가히 일사천리로 사태를 수습했다.

수호천의 서열 이위로서, 그리고 손자의 팔 하나를 잃은 피해 당사자로서 이의와 불만이 있을 법한데도 진무극은 묵묵히 수긍했다. 심지어는 율도린에게 자유로이 수호천을 떠나라고 한 조치에 대해서마저!

진무극의 그런 무조건적인 수긍에 모두는 총수로서의 삼천주의 확고한 권위를 새삼 확인해 볼 수 있었다.

율도린이 예인후를 향해 길게 읍을 했지만, 예인후는 총수가 지켜보고 있는 앞에서 감히 답례하지 못했다.

다시 예인화를 향해 읍한 율도린은 막상 삼천주에게는 눈길 한 번 주지 않은 채 당당한 걸음으로 정의대의 부서진 대문을 나섰다.

삼천주 또한 율도린에게는 눈길 한 번 주지 않았다. 그의 시선은 좀 전

진무극의 시선이 잠깐의 경악을 담고 응시하던 대청마루 너머의 작은 방문에 고정되어 있었다. 다만 경악이 아닌 이채를 가득 담고서!

삼천주가 철민에게 긴히 확인해 볼 몇 가지 사항이 있다며 천무각(天武閣)으로 데리고 가겠다고 한 데 대해 예인후는 감히 이의를 말하지 못했다. 철민이 이제 막 깨어난지라 몸이 온전치 못하니 자신도 함께 가게 해달라는 청(請)조차도!

9

철민은 문득 눈이 부심을 느꼈다. 가만히 그를 응시하고 있는 삼천주의 두 눈 때문이었다. 기이하게도 삼천주의 두 눈에서는 빛이 나고 있었다.

철민은 눈을 감았다. 눈이 너무 부시거나 아찔한 현기증 같은 게 느껴져서는 아니었다. 다만 빤히 들여다보는 삼천주의 두 눈을 계속 마주하고 있기가 거북해서였다. 눈을 감은 뒤에도 환한 노을 빛 같은 잔상이 남긴 했지만, 그것뿐 달리 특별한 느낌 같은 것은 없었다.

"너는 천마령과 소통했느냐?"

삼천주가 대뜸 던지는 질문의 의미를 이해하기 전에 철민은 먼저 평소의 삼천주와는 전혀 다르게 냉랭하고 음습한 그 목소리와 말투를 언젠가 한 번쯤은 들어본 것도 같다는 기억을 먼저 떠올렸다. 그러나 그런 불쾌한 기억을 굳이 더듬어서 끄집어내고 싶지는 않았다.

"천마령은 지금 어디에 있느냐?"

이어지는 질문에 대해서도 철민은 차라리 침묵을 택했다.

"대답하라!"

　삼천주의 목소리가 더욱 차가워졌고 눈 속 노을 빛 잔상이 더욱 빛났
지만, 철민은 여전히 침묵했다. 눈을 뜨지도 않았다. 대답을 하거나 눈을
뜨면 그가 미처 예상하지 못한 상황들과 엮이고 말 듯한 직감 같은 것이
있었다. 잠시 조용하더니 삼천주가 다시 명령했다.

　“대답하라!”

　이번 삼천주의 목소리는 기이한 파동을 지니고 있어서 철민은 얼굴 피
부 주변의 공기가 파르르! 떨리는 것이 생생히 느껴지는 듯했다. 동시에
그의 눈 속 노을 빛 잔상도 지금까지와는 비교가 안 될 정도로 강렬한 빛
을 내뿜었다. 그러나 한순간 그 노을빛 잔상은 갑자기 픽! 꺼지듯이 사라
지고 말았다.

　“이런……!”

　급하게 새어 나오는 삼천주의 탄식을 들으며 철민이 천천히 두 눈을
떴을 때, 삼천주의 얼굴에는 이미 당황 대신 온화한 미소가 잔잔히 그려
지고 있었다.

第七十四章

경계

몽상가

1

불스 선수들의 회식은 제법 거창했다. 대형 노래주점의 제일 큰 방을 빌렸고, 술과 안주는 무제한이었다.

포스트시즌 진출에 대한 구단주의 통 큰 한턱이었다. 하룻밤 맘껏 즐기라며, 구단 직원들은 모두 배제하고 감독과 코치, 그리고 선수들끼리만 자축하는 자리를 마련해 준 것이다.

모두는 실로 오래간만에 모든 긴장을 다 풀어놓고 양껏 마시고 고래고래 소리도 질러대며 짐짓 난장판을 연출했다. 지금 이 순간 그들을 환희에 들뜨게 만드는 것은 포스트시즌 진출이라는 목표 달성과 그것으로 인해 보장될 수도 있을 그들의 미래에 대한 기대 때문은 아니었다. 사실 그런 것들은 아직 실감도 나지 않았다. 지금 그들은 다만 감격할 뿐이었다. 패배자 삼류선수들의 집합체라 자비(自卑)했던 그들이 함께 이루어낸 기적 같은 성과에 대해서!

"안개 낀 장충단공원~! 누구를 찾아왔나~! 낙엽송~ 고목을~ 말없이 쓸어안고~ 울고만 있을까~"

장동국 감독은 벌써 세 번째 곡을 구성지게 불러제끼고 있는 중이었다. 선수들이 한 잔씩 권한 술에 이미 잔뜩 취기가 오른 그의 몸이 반주에 맞춰 연신 휘청거렸다.

음악인지 소음인지, 노래인지 악을 써대는 것인지, 마침내는 머리가 아파올 정도로 시끌벅적한 분위기 속에서 철민은 초장부터 눈치만 보고 있는 중이었다. 음치를 겨우 면할 실력이니 한 곡을 부르고 난 후부터는 요리조리 요령을 부리며 차례를 피하고 있는 중이었지만, 이종찬과 이대헌 등의 고참 급들이 번갈아 가면서 우격다짐이다시피 그의 손에다 마이크를 넘기려고 했다.

"목도 좀 축여가면서 천천히 좀 합시다!"

철민이 같은 소리를 연발하며 애꿎은 술잔만 잇달아 비워냈는데, 이윽고 그런 핑계도 더는 통하지 않을 때쯤에는 슬그머니 자리에서 일어설 수밖에 없었다.

"어이! 어디로 새려고?"

이종찬이 끈적이며 달라붙는 것을 철민이 억지로 떼어내며 외쳤다.

"화장실요!"

사실은 제법 마셨던 터라 철민은 방광이 뻑적지근하기도 했다.

두엇이 더 엉겨붙는 것을 겨우겨우 피해가며 철민이 문을 열고 바깥으로 나설 때였다. 구석 쪽의 테이블에 손강호와 나란히 앉아 한 번씩 번갈아 귀를 내주며 무언가 열심히 얘기를 나누고 있던 장 감독이 언뜻 철민을 본 모양이었다. 벌떡 자리에서 일어선 그가 휘청거리는 걸음으로 따라 나오며 외쳤다.

"이봐~! 김 팀장~! 물 빼러 가는 거야~? 잠깐 기다려~! 나랑 같이 빼자고~!"

그러나 장 감독의 외침은 귀청을 째는 듯한 음악 소리와 노랫소리에 묻혀서 철민은 듣지 못한 채 문을 닫아버렸다.

2

촤아아~!

정말로 취한 것인지, 아니면 기분만 취했는지는 사뭇 모호했다. 그렇더라도 철민은 길게 몸을 빠져나가는 오줌 줄기의 쾌감을 짐짓 과장되게 즐기고 있는 중이었다.

막 화장실로 들어서던 장 감독은 구석 쪽의 소변기 앞에 서서 부르르! 몸을 떨고 있는 철민의 뒷모습을 발견하고는 픽! 웃으며 휘청휘청 다가갔다.

그때였다. 철민보다 안쪽 칸에서 소변을 보고 나오던 사내가 뭔가를 빼 들었는데, 그것이 언뜻 칼 같았기에 장 감독이 비명처럼 외쳤다.

"김 팀장!"

철민이 흠칫 놀라 뒤를 돌아보는 순간, 바로 뒤에 붙어선 사내의 차가운 눈빛과 마주치고는 반사적으로 허리를 비틀었다. 그러나 그의 반응은 이미 늦어서 순간 옆구리로 불에 덴 듯한 화끈한 느낌이 푹! 파고들었다.

"윽!"

철민이 옆구리를 움켜잡으며 신음을 흘릴 때 사내가 다시 단검을 번쩍 치켜들었다. 그러나 그때,

"안 돼~!"

고함치며 장 감독이 몸을 던지듯이 달려들었기에 사내는 철민을 포기하고 장 감독을 맞아 나갔다.

"죽인다! 비켜!"

"이 자식!"

사내가 악문 잇소리로 위협했지만 장 감독은 오히려 사내를 잡으려고 했다.

"큭!"

짧은 비명과 함께 오른쪽 어깨를 감싸 쥐면서도 장 감독은 악착같이 사내의 앞을 가로막았고, 그 사이 정신을 차린 철민이 달려들며 사내의 등을 힘껏 떠밀어 버렸다.

쾅!

사내가 소변기 하나를 박살 내고도 다시 벽에 모질게 부딪치고는 바닥에 나가떨어졌다. 철민이 다시 놈을 확실히 제압하려는 때였다.

"김… 팀… 장!"

힘없이 부르며 장 감독이 스르륵! 바닥으로 쓰러져 버렸다.

"감독님!"

놀라 달려간 철민이 장 감독을 붙잡아 일으키는데, 장 감독은 이미 의식을 잃어버린 듯이 축 늘어진 상태였다. 장 감독의 어깨를 잡은 손이 축축한 감을 느끼고 철민이 퍼뜩 보니 손바닥이 벌겋게 젖어 있었다.

"피……!"

그때 쓰러져 있던 사내가 몸을 일으켜 밖으로 도망을 쳤으나 철민이 장 감독을 안은 채로 놈을 잡을 생각을 하지 못했다. 마침 화장실로 들어서던 손강호가 놀라 소리쳤다.

"무슨 일입니까?"

“구급차… 119 불러요! 빨리!”

철민의 다급한 고함에 손강호가 허둥지둥 핸드폰을 꺼내 들었다.

3

철민의 상처는 스스로도 의외다 싶을 정도였다. 칼이 옆구리를 찔렀으나 중간에 무엇에 막히기라도 한 듯이 깊숙이 파고들지는 않았기에, 별도의 봉합은 하지 않고 외상 치료 후 붕대를 감는 것으로 일단 치료를 마쳤다. 병원에서 추가적인 정밀검사를 해봐야 한다는 것을 철민이 굳이 마다하였다. 괜한 배짱을 부린 것은 아니고 왠지 정말로 괜찮은 것 같아서였다.

더욱 다행인 것은 장 감독의 상처 역시 제법 길게 베이기는 했어도 깊이 찔리지는 않아서 위험한 정도를 면했다는 점이었다. 그런데 병원에서 일단 입원 치료 할 것을 권하자, 웬일인지 장 감독 자신도 선뜻 그렇게 하자고 했다. 그동안 피로가 누적되었으니 떡 본 김에 제사 지낸다고 하루이틀 영양주사라도 맞아가며 푹 좀 쉬다 나가겠다는 것이었다.

경찰 수사는 다분히 형식적인 수순을 밟고 있었다. 형사가 누구와 원한 맺은 것이라도 있느냐고 물어서 철민이 짐작은 하되 선뜻 말을 할 것은 아니기에 ‘그런 것 없다.’ 고 했더니, 그럼 우발적인 범행으로 보이니 사건 현장 인근의 부랑자들을 상대로 탐문조사나 해보는 수밖에 없겠다고 했다.

구단에서도 괜히 사건이 언론에 노출되는 경우 실속없이 이런저런 뒷수습에 피곤하기나 하고 구단의 이미지 측면에서 좋을 일은 없겠다는 입장인 것 같았다.

4

장 감독의 입원이 의외로 길어지고 있었다. 구단에서는 장 감독의 건강 상태에 약간의 이상 조짐이 발견되어 심층검사 및 치료에 좀 더 시일이 걸릴 것 같다며, 박태성, 유승곤, 두 코치를 중심으로 차질없이 준PO 준비에 임하라는 지시가 내려왔다. 더 이상의 자세한 애기는 없었고, 다만 장 감독과는 충분히 양해가 된 사항이라고 했다.

선수들의 분위기는 사뭇 무거워질 수밖에 없었지만, 그렇더라도 불스에 대한 인기는 가히 선풍적이었다. 훈련에 들어간 첫날부터 상당수의 팬들과 스포츠 매체들의 카메라가 매일 같이 구장을 찾고 있었고, 선수들의 배팅과 캐치볼 하나하나에도 팬들은 연신 환호성을 터뜨렸다.

특히 철민의 인기는 유별난 데가 있었다. 그가 방망이를 잡고 스윙모션이라도 취할라치면 관중석에 웅기종기 모여 앉은 팬들로부터는 예외없이 환호가 쏟아져 나왔다.

"공~ 신~!"

"공~ 신~!"

5

준PO 날짜가 하루하루 가까워질수록 선수들은 점점 더 긴장하고 진지해졌다. 그 중에서도 손강호의 열심에 대해서는 모두가 엄지손가락을 치켜들 정도였다.

'한 시간 먼저! 한 시간 늦게!'

자신의 훈련 모토에 굳이 철민까지 끌어넣으려는 손강호의 등쌀에 철민도 매일 같이 시달려야만 했다. 그러나 그가,

'못 살겠다!'

하고 연신 투덜거리면서도 아주 퍼지지는 않고 함께하는 시늉이라도 하고 있는 것은, 당연히 그런 것이 아주 싫지만은 않기 때문이었다. 철민은 이제 익숙해질 만도 하건만 관중들 앞에 서는 것은 여전히 부담스러웠다. 차라리 경기 때면 긴장감이라도 있지, 요즘처럼 훈련을 하는 동안 내내 관중들의 시선을 받는 일은 정말로 곤혹스러웠다. 그런 점에서 적어도 '한 시간 먼저!'는 나쁘지 않았다. 그 한 시간여 동안만큼은 관중들의 주시없이 제대로 땀을 좀 흘리고, 나머지 시간에는 대충대충 하다가 적당한 시간에 숙소로 돌아가면 되었으니까!

딱!

"우와~!"

경쾌한 소리와 함께 하늘을 향해 쭉쭉 뻗어가서는 이내 까만 점으로 화해 사라지고 마는 공의 궤적을 쫓으며 손강호는 또 탄성을 지르고 말았다. 철민의 가공할 장타력에 대해서는 이제 익숙해질 만도 하건만, 볼 때마다 저절로 터져 나오는 탄성을 참지 못하는 것이었다.

"자~! 또 갑니다!"

손강호가 다시 배팅 볼을 던져주려 하다가는 설핏 인상을 쓰고 말았다. 철민이 문득 방망이를 내려놓더니 아무 말 없이 덕아웃 쪽으로 걸어가 버린 때문이었다.

"몇 개나 쳤다고 벌써 또 게으름이래?"

들으라고 핀잔을 줬지만 철민이 돌아보지도 않았으므로 자주 그래 왔듯이 손강호는 혼자서 스윙 연습에 들어갔다. 적어도 삼백 번은 휘두를

작정이었다.

철민은 벤치에 앉아 생각에 잠겼다. 문득 회의감이 밀려왔다. 아니, 그
것은 경계심이었다. 스스로의 힘에 대한 두려움이었다.

그가 지금 프로야구선수로 뛰고 있는 건, 그리고 나아가 공신(恐神)이
라고까지 불릴 정도의 타격을 해내고 있는 건, 결코 그가 본래부터 가지
고 있던 능력이 아니었다. 능력을 키우려는 특별한 노력도 없었지만, 노
력이 있었다고 하더라도 이런 정도의 특별한 능력을 가질 수는 없었다.

철민이 정말로 혼란스러운 것은 그의 이런 특별한 능력이 혹시 꿈속에
서의 내공이 일정 부분 현실로 전이되고 있는 것이 아닌가 하는 의문이
점점 더 강해지고 있다는 점이었다. 물론 불가능한 일이었다. 도저히 가
능한 일이 아니었다. 그러나… 그것 말고는 지금 그의 능력을 설명하는
것 또한 불가능했다.

'만약… 정말이라면……? 정말로 내공이라면……? 꿈에서나 가능해야
할 그 비정상적 능력으로 야구를 계속해도 되는 것일까? 그렇게 다른 선
수들의 순수한 노력과 열정을 우롱해도 되는 것일까? 아아! 지금이라도
그만두어야 할까?'

第七十五章

시세

몽상가

1

위려려는 천무가의 유일한 적통이라는 명분과 장로계의 전폭적인 지원을 받고 있다는 사실을 공개적으로 강조하고 있는 중이었고, 그것만으로도 이미 수호천 내에서 충분히 각을 세울 수 있을 만큼의 기반을 상당 부분 구축하고 있었다. 그러나 결코 급한 마음이거나 괜한 감정이나 만용에 치우쳐 벌인 일은 아니었다. 더 이상 누구의 눈치도 보지 않겠다는 당당한 자신감으로 변화를 시도한 것이었다. 그런 그녀의 자신감에는 최소한 두 가지의 명확한 바탕이 있었다.

우선은 무황이었다. 그녀와 무황과의 소통의 깊이는 이제 예전과는 비교할 수 없을 정도였다. 특히 밀황령과의 조우에서 겪었던 공포와 낭패는 역설적으로 그녀와 무황과의 소통을 확연히 새로운 경지로 진전시키는 결정적인 계기가 되었다. 소통이 깊어짐에 따라 무황의 능력은 굉장한 진전을 보였다. 그녀 스스로도 현재 무황의 능력이 어느 정도에까지 달해 있는지 정확히 알지는 못하지만, 짐작해 보건대 아직까지 밀황령의 그 가공할 능력에 미칠 만큼은 못될지라도 최소한 수호천 내에서 최강의 무력임은 자신할 수 있었다. 곧 그녀는 이제 수호천에서 그 누구도 두려워하지 않아도 되게 된 것이다.

그녀의 자신감의 두 번째 바탕이 되는 것은 바로 철민이었다. 그는 지금 그녀의 조부가 예고했던 구벽외공의 피할 수 없는 부작용 내지는 위험마저도 초월해 버린 것처럼 보였다. 그것이 어떤 이유와 과정을 거쳐서인지는 알 수 없었다. 또한 그것이 일시적인 현상인지, 아니면 정말로 완전히 초월한 것인지도 알 수 없었다. 다만 그는 노야, 밀황령과 격돌했던 때 이미 도저히 돌이킬 수 없는 부작용의 단계로 접어든 것이 분명하였고, 그런 점에서 그녀의 조부가 예고했던 부작용은 이미 빗나가 버리고만 것이었다. 하지만 그녀의 조부의 안배만큼은 여전히 진행 중이었다. 이번에 사천주 진무극과의 격돌에서 철민이 보여준 극강의 무력만으로도! 더하여 그녀에게 새로운 관건이 된 것은 이미 절대병기가 되고 있는 그가 다시 또 다른 절대병기 하나를 움직일 수 있는 열쇠를 가지고 있는 것으로 보인다는 점이었다. 바로 천마라는 고금을 통 털어 가장 강력한 절대병기를! 그럼으로써 그녀는 여태껏 희미한 꿈으로만 간직해 왔던 원대한 야망 하나를 정말로 실현 가능한 목표로 잡을 수 있게 되었다. 다만 조부가 안배한 바의 철민을 통제할 수단은 이미 소용이 없어졌으니만큼, 이제부터는 그녀 스스로의 힘으로 그를 통제해야만 했다. 무슨 방법을 써서라도! 설령 그가 그녀에 대해 증오를 품고 있다고 해도!

2

삼천주가 소집한 비상회의에는 위려려는 물론이고 예인후와 철민까지도 소집을 명 받았다.

회의가 열리는 대전은 정면 가운데 단상의 삼천주를 중심으로 한쪽은 사천주 진무극과 삼전의 고수들이, 다른 한쪽은 위려려와 장로계주(長老界主)를 위시한 원로급 인사들이 자리잡음으로써 완연한 구분을 이루었다.

"잠마련에서 예인후 대주와 철민 공자, 그리고 율도린을 즉각 인도해 줄 것을 공식적으로 요구해 왔습니다. 오늘의 비상회의는 이에 대한 본천의 대응 방안을 논의하기 위함이니, 여러분들께서는 기탄없는 의견을 개진해 주시기 바랍니다."

밀원주(密院主) 단홍이 의제를 꺼낸 후 잠시 뜸을 들이고 있었지만 누구도 쉽게 의견을 말할 기색이 아닌 중에, 문득 나서며 맑은 목소리로 묻는 이는 위려려였다.

"밀원에서 이미 검토한 내용들이 있지 않나요? 그 내용부터 먼저 들은 후에 추가적인 토의를 하는 게 보다 효율적일 것 같군요?"

단홍의 시선이 흘깃 단상의 삼천주에게로 향했다가 그의 고개가 가볍게 끄덕여지는 걸 보고는 다시 위려려에게로 향했다.

"사실 이 문제에 대해 저희 밀원에서는 잠마련의 정보실무 측과 은밀히 접촉하여 그들의 진의를 타진한 바가 있습니다."

서두만 떼 놓고 단홍의 시선이 잠깐 좌중의 반응을 살필 때였다.

"그래, 그들의 진의가 과연 무엇이던가요?"

위려려의 짜랑한 독촉이 단홍의 시선을 잡아채 원래의 자리로 되돌렸다.

단홍의 미간이 언뜻 좁아졌지만 여전히 차분한 투로 다시 말을 이었다.

"단적으로 말씀 드려, 이미 본 천을 떠난 율도린에 대해서는 잠마련 측에서도 굳이 딴지를 걸 이유가 없는 것이고, 예인후 대주 또한 본 천에서 적정 수준의 명분과 보상안만 제시된다면 아주 타협점을 찾지 못할 것은 아닌 것으로 판단이 됩니다. 잠마련이 진정으로 원하고 있는 것은… 바로 철민 공자입니다!"

단홍의 그 말에 대해 좌중에서 잠깐의 반응들이 있었으나, 이어진 위려려의 물음은 좌중의 분위기를 다시금 긴장된 침묵으로 몰아갔다.

"역시 천마유체와 관련된 이유 때문인가요?"

"…그렇습니다."

"한데 그들로서도 막상 철 공자와 천마유체를 뚜렷이 연관지을 실질적인 증거를 제시하지는 못하고 있는 것 같은데, 그렇지 않은가요?"

"저희 쪽에서도 그렇게 보고 있었습니다만, 상황이 갑자기 달라졌습니다!"

"어떻게 말인가요?"

"얼마 전 잠마련에서 천마비를 확보하였다고 합니다! 그런데 문제는 그동안 천마비를 가지고 있었던 사람이 바로… 철민 공자였다는 첩보에 있습니다!"

"음……!"

위려려가 일시의 당황을 감추지 못한 채 나직한 침음성을 흘리고 말았다. 그러나 그녀는 이내 차갑게 반문했다.

"첩보는 어디까지나 첩보일 뿐이지 않은가요?"

단홍이 차분한 채로 고개를 저었다.

"이번 경우에는 그렇지가 않습니다! 철민 공자가 꽤 오랫동안 천마비를 지니고 있었다는 몇 가지 신빙성있는 정황들이 제시되었고, 그것으로 인해 철민 공자는 대번에 모든 사태의 핵심으로 부각되고 있는 중입니다!"

위려려의 안색이 이윽고는 딱딱하게 굳어지고 마는 중에, 단홍은 멀찍이 예인후와 함께 있는 철민을 흘깃 보고 나서 다시 말을 이었다.

"잠마련의 정보실무선에서는 이미 즉각 철민 공자의 신병을 넘기지 않을 경우에는 전쟁마저 불사하겠다는 초강경의 태도를 보이고 있는 상황입니다!"

좌중의 시선들이 일제히 철민에게로 쏠리는 중에, 그린 듯이 고운 아미를 살포시 찡그린 채 위려려가 철민을 향해 물었다.

"철 공자! 천마비가 공자에게 있었다는 것이 사실인가요?"

그러나 막상 위려려의 눈빛은 철민이 아닌 예인후에게로 맞춰져 있었다. 마치 철민에게서 '사실'을 듣고 싶지 않다는 듯이!

위려려의 갈구(渴求)에 비해 철민의 대답은 너무도 간단히 나왔다.

"그렇소!"

순간 위려려의 미간이 잔뜩 찌푸려지고 마는데, 단홍이 재빠르게 철민을 향해 질문을 던졌다.

"철민 공자! 자세히 말해주시오! 공자의 말에 따라 본 천의 향후 대응 방향이 결정될 수도 있음이니, 한 치의 가감도 있어서는 안 될 것이오! 천마유체는 지금 어디에 있소?"

단홍의 어조가 사뭇 강압적인데다, 특히 마지막의 질문이 단도직입적이었기에 좌중에는 돌연 팽팽한 긴장감이 흘렀다.

그때였다.

"단 원주! 지금 철 공자를 추궁하는 건가요? 그가 이 자리에서 추궁을 당할 만큼 무슨 큰 죄라도 지었나요? 그렇다면 아마도 이 위려려 또한 그

죄에서 무관하지는 못한 처지일 듯싶으니, 단 원주는 어디 제게도 한번 추궁을 해보세요!"

위려려가 차갑게 말을 쏘고 나서자 단홍이 표정이 일시 차갑게 굳어졌다. 그러나 그는 곧바로 위려려의 눈을 피하며 슬쩍 말을 흐렸다.

"본직은 다만 사실을 확인하려고 하였을 뿐입니다만……."

단홍의 곤란함을 구해준 것은 단상의 삼천주였다.

"이 자리는 모두의 의견과 지혜를 모아보자는 취지로 마련한 것이니 어떤 의견에 대해서라도 비난하기보다는 존중해 주었으면 좋겠소!"

위엄을 보인 삼천주가 이어 단홍에게 지시했다.

"토의를 계속 진행하시오!"

단홍이 삼천주에게 공손히 읍하고 위려려에게도 가볍게 고개를 숙여 보인 다음에 좌중을 돌아보며 입을 열었다.

"그럼 다음 의제로 넘어가도록 하겠습니다. 야맥에 관한 사항입니다. 최근 야맥과 잠마련 사이의 긴밀한 접촉이 감지되고 있는 바, 만약 잠마련과 본 천의 갈등이 보다 심화될 경우에는 그들 간의 동맹이 성사될 가능성을 염두에 두지 않을 수 없는 상황입니다. 그리고 그들의 동맹이 현실화되는 상황을 가정할 때 냉정한 종합 전력의 비교에서 본 천은 열세에 처하게 됩니다."

단홍의 말이 끝나자마자 위려려의 반박이 뒤따랐다.

"갑자기 그것은 또 무슨 소립니까? 밀원의 원주로서 그들의 동맹 가능성을 말하려면, 적어도 그들 각자의 이해 관계는 어떻게 되고, 또 동맹의 명분은 무엇인지 등등부터 먼저 분석하고, 다음으로 그들의 동맹을 근원적으로 무산시킬 방법들을 제시하는 것이 순서이지, 어떻게 동맹이 이루어질 것을 미리 가정하고서 전력의 열세부터 언급을 한답니까?"

"물론 저희 쪽에서도 최대한 첩보를 수집하고 있는 중이고, 또한 다양한 각도로 분석하여 대책을 세우고 있는 중입니다."

"구차한 변명이나 듣자고 하는 소리가 아닙니다. 아무리 많은 첩보를 수집하고 분석하면 무엇합니까? 적기에 대책을 내놓지 못한다면 그런 게 다 무슨 소용이랍니까? 지금 이 자리가 무엇을 하기 위한 자리입니까? 대책을 강구하는 자리입니까? 아닙니다. 일차적으로 대책을 강구하는 것은 어디까지나 밀원의 일입니다. 이 자리에서는 밀원에서 강구한 대책들을 검증하고 보완하여 최종적으로 결정하는 자리가 되어야지요. 한데 지금 단 원주는 과연 그렇게 하고 있습니까? 지금까지 밀원에서 해온 방식들이 대개는 이런 식이었습니까? 그렇다면 대체 밀원이 왜 필요한지 모르겠군요!"

그 말의 논리에 대해 따지기 전에 변명의 여지를 주지 않고 야멸차게 몰아치는 위려려의 매서운 기세에 대해 단홍은 좀 전처럼 노회한 모습이 아니라 정말로 당황하고 마는 기색이었다.

그때였다. 내내 듣고만 있던 사천주 진무극이 불쑥 입을 열었다.

"지금은 단 원주를 질책하는 일이 급한 것이 아니라 잠마련과 야맥이 동맹할 가능성이 부각되었다는 사실과 그들의 동맹이 현실화될 경우 본천이 위기에 처하게 된다는 사실에 대한 대책을 마련하는 일이 급하지 않겠소?"

단홍이 얼른 받았다.

"지당하신 말씀입니다! 사천주께서 혹시 생각하고 계신 방책이 있다면 말씀해 주십시오!"

"나는 무공을 연마하는 일 외에 심기를 쓰거나 머리를 짜내는 일에는 별 재주가 없는 무인일 뿐이나, 내게 가장 중요한 것은 바로 본 천의 안위요! 그 어떤 명분이나 이유도 본 천의 존망보다 중요할 수는 없으니, 만약 본 천이 위기에 처하는 상황이라면 그 누구의, 그 어떤 희생이라도 기꺼이, 당연히 감수하여야만 한다는 생각이오!"

진무극의 말을 곱씹듯이 대전은 일시간의 침묵에 들어갔는데, 날카롭게 침묵을 깬 건 위려려였다.

"방금의 그 말씀은 상황에 따라서는 철 공자를 잠마련에 넘겨줘야 한다는 의미까지 포함되는 건가요?"

위려려의 그 말에 사뭇 도전적인 느낌이 담겼기에, 진무극의 두 눈에 언뜻 차가운 빛이 감도는 듯했다. 그러나 막상 그의 대답은 짧고 담담했다.

"그래야 할 상황이라면 당연히!"

순간,

"호호호!"

한 가닥의 짜랑한 웃음소리가 대전을 울렸다. 그러나 막상 위려려는 싸늘하게 굳은 얼굴로 진무극을 쏘아보았고, 그럼으로써 대전에는 대번에 살벌한 긴장이 휘돌았다.

"철 공자는 본 천을 위해 목숨을 아끼지 않고 헌신한 사람이에요. 그 공을 치하하지는 못할망정, 최소한 그 일로 인해 발생하는 외부의 위협으로부터 그를 보호해 주지는 못할망정, 시세가 조금 불리하게 진행된다고 해서 오히려 모든 짐을 떠맡겨 희생양으로 삼겠다는 말인가요?"

격앙을 참지 못하겠다는 듯이,

"흥!"

날카롭게 코웃음을 친 위려려가 다시 매섭게 말을 토해냈다.

"잠마련에서 전쟁마저 불사하겠다고 한대서 우리가 지레 겁부터 집어

먹어야 하나요? 싸울 생각 대신 그들이 원하는 건 무엇이라도 다 희생하고 감수할 작정부터 해야 하나요? 수호천이 언제부터 그렇게 변했나요? 언제부터 그처럼 비겁하고 굴욕적이 되었나요? 천무가의 후예로서 난 그런 비겁과 굴욕을 결코 용납하지 않겠어요!"

"갈!"

외마디 호통이 와르릉! 대전을 통째로 울렸다. 그리고 이어지는 진무극의 목소리는 나직한 가운데 촉발의 격분이 실려 있었다.

"지나치다!"

그때였다.

"그만! 그만들 하시오!"

진득한 노기를 담은 무거운 호통은 삼천주의 것이었다.

얼굴이 잔뜩 붉어진 중에도 진무극은 곧바로 정색으로 되돌아갔고, 위려려 또한 애써 흥분을 가라앉혔다.

"잠마련과 야맥의 동향을 좀더 지켜보면서 다시 의논의 자리를 가지도록 하고, 오늘 회의는 이만 마치도록 합시다!"

삼천주는 굳은 얼굴로 회의 종료를 선언했다.

3

처음 깨어났을 때 철민이 느낀 것은 심장이 찢어지는 듯한 슬픔이었다. 그러나 그는 결코 인정할 수 없었다, 철위강의 죽음을!

오직 예인화만이 그를 버티게 했다, 그 지독한 슬픔과 상실감으로부터!

철민은 차라리 웃었다. 웃음은 자꾸만 새어 나왔다.

조소였다. 표정이 아닌 심장으로 웃는, 이 비열하고도 기만에 가득 찬 현실에 대해 날리는 적나라한 조소!

그리고 분노였다. 자신의 신념 혹은 가치만이 절대적으로 옳다고 여겨 다른 사람들의 진정 따위는 가볍게 짓밟아 버리는 독선에 가득 찬 자들에 대한 거친 분노!

그리고 다시 무력감이었다. 세상은 온통 기만과 독선으로 가득 찼는데 그것들을 증오하는 일은 너무도 벅차기만 했다. 누구를, 도대체 얼마만큼이나 증오하여야 하는가? 막막하고 망연하기만 했다.

철민은 결코 현실 속으로 끼어들고 싶지 않았다. 그의 뒷걸음질은 이미 막바지에 다다라 있었으나, 그렇더라도 그는 더욱 악착같이 뒤로 물러서려 했다. 이 지독히도 잔인한 현실로부터! 혹은 꿈으로부터!

4

"천마비를 유출시키셨을 줄은 몰랐습니다!"

손자의 조심스러운 말에 그는 잔잔한 미소를 떠올렸다.

"시세(時勢)가 돌변하였으니, 기책(奇策)으로 대응함이 마땅하지 않겠느냐?"

그의 손자가 가볍게 미간을 모을 뿐 선뜻 다시 묻지는 못하는 모습을 잠시 물끄러미 바라보던 그가 다시 말을 이어냈다.

"천무령에 이어 밀황령과 천마령까지 한꺼번에 세상으로 나온 상황과 위려려의 입지가 위험할 정도로 빠르게 커지고 있는 상황 등의 내외부적인 돌변으로 인해 노부가 계획하고 대비해 두었던 계획들은 크게 뒤틀리거나 아예 소용이 없게 되어버렸다. 그러나 시세의 흐름이 급박하여 깊이 생각할 여유가 없으니 기책으로 대응할 수밖에! 노부가 천마비를 잠마련으로 흘린 것은 그런 때문이다. 즉, 돌변의 요인들을 차라리 밝은 곳으로 끌어내어 돌변이 아닌 예측이 가능한 상황으로 만들려 함이고, 나아가 전체의 국면을 다시금 지배 가능한 방향으로 전환시키기 위함이다. 어떠하냐? 너는 이제 노부의 심중에 대해 짐작하겠느냐?"

문득 빙그레 미소를 지으며 묻는 말에 그의 손자가 언뜻 당황한 기색이 되고 마는데, 그는 대답을 기다리지 않고 빙그레 웃으며 바로 말을 이어갔다.

"그러나 상황을 움직이는 것은 결국 사람이다. 물론 많은 인원을 동원할수록 일은 쉬워질 것이나, 그리되면 나의 의중을 상대에게 읽히기 또한 쉽게 되니, 최선은 한 사람만을 쓰되 그 한 사람마저도 내 의중대로 움직인다는 사실을 알지 못하도록 해야만 한다. 하면 이 시점에서 우리가 움직여야 할 그 한 사람은 누구여야 하겠느냐?"

이번의 물음에 대해서 그의 손자는 사뭇 긴장한 기색인 중에도 조심스럽게 대답을 냈다.

"려매……. 위려려가 아닐까 생각합니다!"

"어찌 그리 생각하느냐?"

"그녀는… 이미 천무령과 깊은 소통을 이루고 있는 데다, 더욱이 할아버님께서도 위험하다고 보실 정도의 지지기반을 구축하고 있기 때문입니다."

그러나 그는 가만히 고개를 가로저었다.

"아니다. 노부가 생각하는 사람은 다른 사람이다!"

"다른 사람이라고 하시면……?"

"바로 철민이다."

“아!”

“왜 그자이어야 하는지 그 까닭에 대해 짐작이 되지 않느냐?”

그의 손자가 머뭇거렸으나 그의 눈이 여전히 응시하고 있었으므로 마지못한 듯이 자신없는 대답을 내놓았다.

“우선은 천마령과 그리고… 이유를 알 수 없게도 단시간 내에 급격한 진전을 보인 그자의 무공……. 그런 정도의 이유를 짐작해 볼 뿐입니다!”

“그런 것들은 다만 밖으로 드러나 보이는 것일 뿐, 보다 근원적이고도 중요한 이유가 한 가지 더 있느니……”

“저로서는 감히 짐작하기 어렵습니다!”

“바로 그자가 당금의 모든 시세의 중심에 서 있기 때문이다. 어떠냐? 너는 이제 간파할 수 있겠느냐?”

온화하게 웃는 얼굴이었지만 담담히 응시하는 그의 깊숙한 눈빛에 그의 손자는 이윽고 크게 당황하는 기색이 되고 말았다.

“죄송합니다. 저는… 여전히 잘 모르겠습니다!”

그러나 그는 오히려 기꺼운 듯이 가볍게 소리내어 웃으며 말했다.

“허허허! 아니다! 사실 그러한 가운데의 이치는 복잡하게 얽혀 있는 여러 가지 정세와 사정들을 한눈에 꿰뚫어 보아야만 드러나는 것이니, 누구라도 간파하기가 어려울 것이다! 또한 그리되어야만 기책으로서의 묘용을 가지게 되는 것이 아니겠느냐?”

그의 손자가 조심스러운 기색이다가 그의 웃음소리에 비로소 마음이 편해진 듯이 약간의 불만스러움까지 비치며 반문했다.

“그러나… 그간의 여러 사정들을 되돌아본다면, 그자에게서 다시 충심을 기대하거나 신뢰를 가지기란 사실상 어렵지 않겠습니까?”

그가 느긋하게 웃음기를 갈무리하며 대답했다.

"그자의 충심이나 신뢰는 필요하지 않다!"

"예?"

"다만 그자를 우리가 원하는 방향으로 움직이도록 만들면 되는 것이다. 하면 어찌해야 그자를 우리가 원하는 방향으로 움직일 수 있을까?"

그의 손자가 미처 곤혹스러운 기색이 되기 전에 그가 스스로 담담히 반문했다.

"그자 스스로 그런 쪽으로 움직이지 않을 수 없도록 만드는 것이야말로 가장 확실한 방법이지 않겠느냐?"

第七十六章

거절

몽상가

1

　손강호는 오늘도 예외없이 '한 시간 늦게!'의 훈련 신조를 고집했지만 철민은 오늘따라 더욱 그럴 기분이 못되었다.

　철민이 슬그머니 구장을 빠져나왔을 때는 이미 늦은 오후인 데다 하늘은 금세 한바탕 소나기라도 쏟아낼 듯이 잔뜩 찌푸렸고, 구장 주변의 거리에는 다니는 사람 없이 한산하기만 했다. 괜히 우울한 기분이 된 그는 장비 가방을 어깨에 걸쳐 매고 털레털레 도로 쪽을 향해 걸었다.

　앞쪽 도로변에 세워진 검은색의 세단에서 내리는 두 사람에게 철민은 문득 신경이 쓰였다. 단순히 그의 기분이 우울했기 때문이라기보다는 그 노신사와 짙은 선글라스를 쓴 사내에게서 뭔가 특별한 느낌 같은 것이 있어서였다. 특히 그레이 톤의 정장 차림인 노신사는 희끗희끗한 머리와는 어울리지 않는다 싶을 정도로 다부진 체형과 선 굵은 얼굴 윤곽만으로도 무언지 모르게 사람을 위압하는 느낌을 풍겼다.

그들 외에는 아무도 없는 길의 맞은편에서 천천히 걸어오고 있는 두 사람이 자신을 목표로 다가온다는 느낌이 보다 분명해졌을 때, 철민은 걸음을 멈추고 그 자리에 섰다.

노신사와 선글라스사내는 철민의 서너 발짝 앞까지 다가온 후에 멈춰섰다.

"무슨 일들이십니까?"

경계심을 감추지 않는 철민의 물음에 대해 두 사람 중 누구도 대답하지 않았다. 다만 빠르게 철민의 아래위를 훑어본 노신사가 가볍게 고개를 갸웃거렸다.

철민이 차라리 길가 쪽으로 피해가려 할 때였다. 선글라스사내가 성큼 걸음을 옮기며 앞을 막아섰고, 기다리기라도 했다는 듯이 노신사가 굵은 저음의 목소리로 물었다.

"잠깐 시간 좀 내주겠나?"

"누구십니까?"

철민이 되물었으나 노신사는 자신의 할 말만 했다.

"잠깐이면 되네!"

철민이 이윽고는 마음을 굳히고서 먼저 노신사에게,

"죄송합니다만, 제가 지금 좀 바빠서요!"

하고는 다시 선글라스사내를 향해 또박또박 힘주어 말했다.

"지나가게 길 좀 비켜주시겠습니까?"

그러자 선글라스사내가 입술 끝으로만 싱긋 웃더니 힐끗 고갯짓으로 자신의 뒤쪽을 가리켰다. 철민이 그 쪽으로 시선을 주고 보니, 언제 나타났는지 오십여 미터쯤 떨어진 곳에 십여 명의 사내가 길을 차지하다시피 하고 있었다. 철민이 고개를 돌려 반대쪽을 보자 그쪽도 역시 마찬가지의 광경이었다.

퍼뜩 한 사람과 연관되었을 것이라고 짐작해 보지 않을 수 없었기에 철민이 차갑게 얼굴을 굳히며 물었다.

"지금 뭐하자는 겁니까?"

그러자 노신사는 대답 대신 가까이 따라와 있던 세단을 향해 가볍게 손짓을 했다. 곧바로 세단의 운전석에서 검은 정장의 청년 하나가 내리더니 재빨리 다가와 천에 싸인 길쭉한 물건 하나를 노신사에게 건넸다.

스릉!

직선에 가까우나 아주 완만하게 곡선을 이루는 칼날이 미끄러지듯이 빠져나오며 햇빛도 없는데 날카롭게 번뜩였다. 노신사가 천천히 뽑아낸 것은 한 자루의 칼이었다.

철민이 당황해할 때, 칼집을 청년에게 돌려주며 고갯짓으로 물러나게 한 노신사는 칼을 눈앞으로 끌어당겨서 감상하듯이 아주 느긋하게 살폈다.

팟!

한순간 눈앞으로 파고드는 섬뜩함에 철민이 반사적이다시피 펄쩍 뛰어 뒤로 물러나고도 다시 두 눈을 부릅뜨고 말았다. 노신사의 칼끝이 정면으로 그의 미간을 겨누고 있었다.

"왜, 왜 이러시는… 겁니까?"

등줄기에 식은땀이 흐르는 듯한 싸한 느낌에 철민의 목소리가 저절로 떨려 나왔다.

노신사의 표정에 언뜻 실망의 기색 같은 것이 스쳤다. 그러나 그는 검을 겨눈 채로 담담히 말했다.

"이거 진짜 검일세! 아주 예민하고도 날카로운 놈이지!"

슥!

슥!

노신사의 칼이 철민의 바로 코앞에서 좌에서 우로, 다시 우에서 좌로 잘게 허공을 베며 살 떨리는 예기를 뿜어냈다.

"헛!"

철민이 다급한 숨을 토해내며 주춤주춤 뒤로 물러섰다. 공포가 확확 밀려들었다. 그러나 그런 중에도 문득 떠오르는 한 가지 생각에 대해, 아니, 영문 모를 평가에 대해 철민은 다시금 당황스러워지고 말았다.

'베는 중에도 칼날이 흔들리지 않고 안정되었다! 다년 간 연마한 솜씨다!'

칼끝이 여전히 겨누어진 중에 철민이 문득 눈을 감는 것을 보고 노신사의 눈빛에 언뜻 이채가 떠올랐다.

철민은 가만히 두려움을 진정시키고 있었다. 상대의 칼끝에 날카로움은 있으되 살기는 느껴지지 않았다. 마치 그냥 겁만 주려는 듯한 느낌이었다. 사실 그러한 느낌이란 것은 사뭇 황당한 것이었지만, 철민에게는 지금 그런 황당함 이상으로 이상하게도 스스로의 느낌에 대해 그저 충실해도 좋을 것만 같은 기묘한 믿음 같은 게 생기고 있었다.

철민의 얼굴에서 이윽고 두려움이 잔잔히 진정되는 것을 보고 노신사는 천천히 칼을 거두어들였다. 힐끗 돌아보는 그의 눈짓에 멀찍이 물러나 있던 좀 전의 청년이 재빨리 뛰어와서 칼을 받아 갔다.

"한번 제대로 평가를 해봐야겠는걸?"

노신사가 중얼거리듯이 내뱉은 말에 선글라스의 사내가 역시 입술 끝으로만 싱긋한 웃음을 그려냈다.

2

노신사만큼은 아니더라도 선글라스사내의 머리도 희끗희끗한 편이었다. 언뜻 느낌으로는 사오십 대의 중년 같은데, 중키에 일견 호리호리해 보이는 몸매를 뜯어보면 탄탄한 어깨와 가슴이 은근히 드러나 보이는 사뭇 다부진 체구였다.

사내는 철민과 정면으로 마주 서더니 천천히 자세를 낮추었다. 선글라스를 벗지 않은 채였다.

사내가 천천히 움직이기 시작했다. 간결한 진보(進步)로 가볍게 주먹을 뻗고, 또 무릎 아래를 밀듯이 차오는 사내의 움직임은 그다지 빠르거나 강력하지 않았다. 오히려 느릿하고도 단순했다.

그런데 묘하게도 그 느릿하고도 단순한 움직임에 대해 철민이 대응하기란 막상 쉽지가 않았다. 사내는 마치 철민이 어떻게 대응하여 움직일 거라는 것을 한발 먼저 알고 있는 듯했다.

그것은 마치 이상한 최면 같기도 했다. 사내의 움직임마다 무언가 끈적거리는, 혹은 질퍽거리는 듯한 미묘한 기운이 밀려나와 온몸에 달라붙는 듯한, 그럼으로써 철민이 힘껏 피해 나가려 해도 사내의 영향력에서 완전히 벗어나지는 못하여 기이한 답답함과 두려움에 빠지도록 만드는 최면!

그러나 어느 순간 철민은 문득 사내의 이상한 공격에 대해 자신이 의외로 제법 잘 적응하고 있다는 사실을 깨달았다. 어떻게 된 것인지를 설명하기는 어렵지만 아무튼 사내의 '영향력' 에 대해 별로 영향을 받지 않게 된 것이다.

사내 역시도 언뜻 의아해하는 듯했다. 그렇지만 한편으로 호기심과 함께 흥이 오르는 듯한 기색으로도 보였다.

　사내의 움직임이 문득 빨라졌다. 그러나 단순히 빨라졌다는 것과는 사뭇 달랐다. 뭐랄까? 순간적인 빠르기랄까? 전체적인 움직임은 여전히 느릿한데 근접해서 순간적으로 짧게 끊어 치는 주먹은,

　쉿!

　쉿!

　날카로운 바람 소리가 일 정도로 빠르고 강력했다.

　철민의 움직임도 저절로 빨라졌다. 두 다리를 굳건하게 버티고 선 채로 양주먹을 빠르게 쳐내는 그의 모습은 사뭇 독특하다 할 만했다.

　탁!

　타닥!

　두 사람의 주먹이 잇따라 맞부딪치면서 상당히 격렬한 충격과 반력이 생겨났다.

　사내는 놀람이 커지는 기색이더니 뭐라고 소리를 쳤다. 철민으로서는 알아들을 수 없는, 아마도 일본어인 것 같았다.

　철민은 이내 사내의 움직임보다는 스스로의 생각 속으로 빠져들었다. 혼란스러운, 그러나 점차로 명료해지는 일련의 기억들이었다. 주먹으로 치고, 손바닥으로 때리고, 손가락으로 찌르고, 잡아채고, 꺾고, 밀고 당기고하는 복잡한 손놀림들! 바로 이십사초(二十四招) 재활체조(再活體操)였다.

　타다다닥!

　철민의 손놀림이 놀라울 정도로 빨라지며 사내를 정신없이 몰아쳐 갔다. 그리고 한순간 철민은 사내의 양 손목을 움켜잡을 수 있었다.

　반사적이다시피 사내의 무릎이 명치를 찍어왔으나 철민은 당황하지

않았다. 언젠가 그는 지금과 거의 비슷한 상황을 겪어본 적이 있는 것이다. 비록 꿈속이었지만!

쾍!

철민이 거칠게 양손을 잡아채자 사내는 휘청거릴 틈도 없이 그대로 끌려왔다. 순간 철민이 틀어잡고 있던 사내의 양 손목을 놓아주는 동시에, 다시 오른팔로 사내의 목을 휘감고는 이어 왼손으로 오른 손목을 잡아 고리 형태로 잠가 버렸다. 헤드락이었다.

사내는 헤드락을 당한 상태에서 뒤늦게 철민의 중심을 빼앗으려고 시도했다. 그러나 철민의 하체 중심은 철탑과도 같이 요지부동이었고, 그런 중에 철민이 지그시 헤드락을 조이며 손목의 돌출부로 압박을 가하자 이윽고 사내는 참지 못하고 고통을 호소했다.

"윽!"

"그만합시다!"

철민이 나직이 항복을 권유했으나 사내는 대답을 하지 않고 버팀으로써 불복의 의사를 표시했다.

그때 노신사가 한 걸음 다가서며 말했다.

"그만하게!"

그 묵직한 저음의 톤이 주는 신뢰감을 믿어보기로 하고 철민은 순순히 헤드락을 풀었다. 그러나 풀려나는 즉시로 재빠르게 물러나는 사내에 대해 철민은 퍼뜩 다시금 긴장하며 몸을 움츠렸다. 사내의 양손이 소매 속으로 감추어지는 모습에서 무언지 모를 섬뜩한 날카로움이 느껴졌기 때문이었다.

"그만하라니까!"

노신사가 인상을 굳히며 무겁게 외치고 나서야 사내는 마지못한 듯이 고개를 숙여 보이고는 멀찌감치 물러났다.

철민이 그제야 사내의 얼굴을 살펴볼 여유를 가질 수 있었는데, 어느 틈엔지 선글라스가 벗겨진 사내는 날카롭게 각진 매부리코와 얇게 찢어진 눈매의 매서운 인상이었고, 이마에 깊게 가로패인 한 가닥 굵은 주름에서는 중년의 연륜을 엿볼 수 있었다.

툭!

투둑!

잔뜩 찌푸리고 있던 하늘이 이윽고는 빗방울을 뿌리기 시작했고, 세단 옆에서 대기 중이던 청년이 얼른 뛰어와 노신사에게 우산을 받쳐 주었다.

철민이 손바닥우산을 만든 채로 원래 가던 길을 가려 하는데 노신사가 빙그레 웃으며 말했다.

"자네와 할 얘기가 좀 있는데… 잠깐 어디 가까운 커피숍에라도 가세!"

"싫습니다! 누군지도 모르는 분과 얘기를 나누고 싶지는 않습니다. 그리고 그럴 만큼 한가하지도 않습니다!"

철민이 간단히 거절하자 노신사는 오히려 너털웃음을 지었다.

"허허허! 그렇군! 아직 내가 누구라는 얘기도 못했군!"

쏴아아!

이윽고 소나기가 쏟아붓자 노신사는 청년에게서 우산을 받아 들고 철민에게 받쳐 주며 짐짓 서둘렀다.

"어허! 빗줄기가 굵어지는데 여기서 이럴 게 아니라 일단 차에 타세! 바쁘다니 다른 데로 갈 것 없이 차안에서 잠시만 내 얘기를 좀 들어주게!"

이미 옷이 젖어들고 있었다. 그리고 계속 뻗댄다고 해서 쉽사리 놓아줄 것 같지도 않았기에 철민은 마지못해 노신사를 따라 세단에 탔다.

3

"유동제라고 하네! 혹시 들어본 적 있나?"

노신사의 물음에 철민은 가만히 고개만 저어 보였다. 그러자 노신사가 담담히 웃으며 덧붙였다.

"이준혁, 그 아이의 외할아버지 되는 사람일세!"

순간 철민이 흠칫 놀란 끝에 저도 모르게 중얼거림을 뱉어내고 말았다.

"그럼… 대동회……?"

그것이 뜻밖이었던지 노신사가 언뜻 이채를 떠올렸으나 이내 고개를 끄덕였다.

철민의 뇌리로 손강호에게서 들었던 얘기들이 빠르게 스쳐 갔다. 수천 명에 이르는 조직원과 엄청난 부와 합법화된 사업 기반을 갖추고, 작금의 대한민국 조폭계를 총괄한다는 거대조직! 그랬다. 노신사는 바로 대동회의 대부, 유동제 회장이었다.

"내 손자가 자네에게 당했다는 얘기를 듣고 사실은 영 믿기가 어려웠었네! 오늘 자네의 실력을 직접 확인하기 전까지만 해도, 필시 무슨 내막이 숨겨져 있을 거라고 여겼었거든!"

유회장이 나직나직하게 얘기를 이어갔지만, 철민은 처음부터 작정했던 대로 그저 듣는 시늉만 하였다. 그러나 유동제 회장이 다시,

"그런데 자네… 그 이후에 내 손자가 다시 무슨 일을 당했는지 혹시 알고 있나?"

하고 물었기에 언뜻 관심이 생기지 않을 수 없었고, 이어 그가 갑자기 격앙된 목소리로,

"조승태 그놈이… 그놈이 감히 내 손자에게 저지른 짓거리를 알고 있느냐 말이야?"

하고 말했을 때는 조심스럽게 묻지 않을 수 없었다.

"이준혁 씨에게 무슨 일이라도……?"

"조승태 그놈이… 그 아이를 아주 잔인하게 짓밟아놓았네!"

전혀 생각도 해보지 못했던 일이었기에 철민이 언뜻 놀라며 다시 물었다.

"조승태 그자가 왜 이준혁 씨를……?"

"그놈은 갑자기 정신병자가 되어버린 것 같았네! 내가 사실을 알고 놈을 오라고 했더니, 놈이 건방지게도 전화를 걸어와 말하기를 모든 게 김철민, 자네 때문에 생긴 일이라고 하더군!"

노신사의 비분에 가벼이 끼어들기가 어려웠기에 철민으로서는 잔뜩 얼굴만 굳히고 있을 수밖에 없었다.

"아니, 놈은 한 술을 더 떠서 아예 자네 덕분이라고 하더군! 자네 덕분에 내 손자가 체질적으로 조직에 몸담을 그릇이 결코 못 된다는 사실을 분명히 확인할 수 있었고, 그래서 그 사실을 그 아이에게도 확실히 깨닫게 해줬다는 게야! 그게 결국은 그 아이를 위하는 길일 것이라고도 지껄이더군! 죽일 놈!"

새삼 치밀어 오르는 분노를 참지 못하겠다는 듯이 유동제 회장은 두 주먹을 꽉 틀어쥐었다.

"그러나 나는 당장에 놈을 어떻게 할 수가 없었네! 긴급히 조직을 점검해 본 결과, 조직의 대부분이 이미 놈의 장악하에 들어가 있더군!"

그 대목에서 유동제 회장은 차라리 허탈하다는 듯이 탄식조가 되고 말
았다.

"허허! 믿는 도끼에 발등을 찍힌 걸세! 그놈 아비와의 각별한 인연도
있고 해서 놈이 어릴 때부터 성의를 다해 보살펴 왔고, 놈의 능력을 평가
해서 내 손자를 도와 장차 함께 조직을 이끌어가도록 할 작정으로 신임을
해왔었는데, 놈은 그런 내 신임을 악용하여 이미 오래전부터 야금야금 조
직을 흡수해 왔던 게야! 알고 보니 놈은 충직한 개 흉내를 낸 교활한 늑대
였던 거지!"

유동제 회장은 문득 차갑게 표정을 굳혔다.

"그러나 놈이 지금 일시적으로 조직을 장악한 것으로 내가 가진 힘을
다 차지한 것으로 착각할지 모르겠지만, 조직은 내가 가졌던 힘 중에 다
만 겉으로 보이는 것에 지나지 않아! 나의 진정한 힘은 기실 바깥으로 드
러나지 않은 곳에 있네! 그리고 그 힘으로 나는 단시간 내에 놈이 장악한
조직 이상의 새로운 조직을 구축할 수도 있네! 물론 그렇게 하는 데는 내
가 일생 동안 이루어온 모든 것을 희생시킬 각오까지를 해야만 하는 것이
지만, 나는 그 어떤 대가를 치르고서라도 반드시 놈을 응징하고야 말 작
정이네!"

잠시 숨을 고른 유동제 회장이 문득 철민에게 깊숙한 눈길을 주며 다
시 말을 이었다.

"오늘 자네를 만나러 온 건 자네가 과연 내 손자를 능가할 실력이 되는
지 확인해 보려는 것 외에, 사실은 자네에게 기대하는 바가 있었기 때문
일세!"

유동제 회장이 잠시 반응을 기다리고 있다는 걸 알았지만 철민은 여전
히 묵묵히만 있었다.

"어떤 의미에서 보면 자네에게도 이 일에 대한 일말의 책임은 있다고 생각하네! 더욱이 조승태 그놈은 아직 자네에게 감정이 남아 있는 눈치이던데……?"

얘기가 그런 데까지 이르고 보니 철민이 결국은 참지 못하고서 되묻고 말았다.

"단적으로 제게 하시고 싶은 말씀이 뭡니까?"

"한 가지 제안을 하려고 하네!"

"……?"

"말했듯이 나는 이번에 새로운 조직을 만들려는 작정인데, 바로 그 조직을 자네가 좀 맡아 달라는 제안일세!"

잠시 멈칫거리며 그 말의 의미를 헤아리다가 철민은 차라리 웃음을 흘리고 말았다.

"흐흐흐! 조직을 맡아 달라고요? 제가요……?"

그리곤 웃음을 거두며 철민이 다시 물었다.

"그런 제안이라면 제가 아니라 손자 분께 하셔야 하는 것 아닙니까?"

유동제 회장이 차분하게 대답했다.

"그것은 나 또한 진정으로 원하는 일일세! 그러나 그 아이가 본래도 그런 쪽과는 거리를 두려고 했던 터에, 이번에 조승태 그놈에게 그처럼 지독하게 당했으니 아마도 앞으로는 이쪽 세계와는 완전히 연을 끊으려고 할 걸세! 조승태 그놈이 의도했던 바가 또한 그런 것일 테고!"

"그건 저 역시 마찬가지입니다! 제가 어떤 사람인지 아직 알아보지 않으신 것 같은데, 체질적으로나 다른 무엇으로나 저야말로 그쪽 세계와는 절대로 어울릴 수 없는 사람입니다!"

그러나 유동제 회장은 언뜻 엷은 웃음기를 그렸다가 지우며 말을 받왔다.

"자네에 대해서는 이미 알아볼 만큼 알아보았네! 과연 지금까지 살아온 이력상으로는 별로 특별하다고 할 만한 내용이 없더군! 주먹으로 준혁이를 이겼다는 사실만이 유일한 기대였지만, 솔직히 오늘 첫인상까지도 별로였네! 조승태 그놈이 자네에게 그처럼 적의를 불태워 왔다는 게 참으로 이해가 되질 않더군! 그러나 이제는 아닐세! 난 자네에게서 놀라운 힘과 배포, 그리고 그릇의 크기를 보았네! 그리고 자네라면 조직을 맡기기에 조금도 부족하지 않다고 판단했네!"

"아니, 그게 도대체 무슨……!"

펄쩍 뛰기라도 할 듯한 철민의 반응을 무시하고 유동제 회장은 여전히 차분하게 말을 이었다.

"자네를 이용만 하겠다는 건 결코 아닐세! 자네가 내 제안을 받아준다면 조직을 온전히 자네에게 줄 참일세! 그게 무슨 의미인지 상상이 되지 않나? 대한민국의 음지를 자네가 지배하게 된다는 의미일세! 아니, 나중에는 얼마든지 합법적이고도 정상적인 양지로 바꿀 수 있는 거대한 힘과 부를 가지게 되는 걸세! 어떤가? 남자로서 한번 가져볼 만한 야망 아닌가?"

철민은 문득 표정을 굳혔다. 그리고 단호하게 잘랐다.

"싫습니다! 분명히 말씀드리지만, 저는 그 제안 받아들일 수 없습니다! 받아들이지 않겠습니다!"

순간 유동제 회장의 눈빛이 싸늘하게 변했다. 그러나 차갑게 노려보는 그 눈빛을 철민은 피하지 않고 마주보았다.

"저는 정말로 평범한 사람일 뿐입니다. 그런 쪽의 세계는 전혀 모르고 살아왔고, 전혀 제 의지와는 무관하게, 악연과 타의에 의해 정말 어쩔 수 없이 잠시 얽혔을 뿐입니다! 저는 정말로 싫습니다! 다시는 단 한순간이라도 결코 얽히고 싶지 않습니다! 정말입니다!"

철민은 차라리 호소했다.

유동제 회장의 눈빛이 몇 차례나 흔들린 끝에 그가 문득 나지막이 한숨을 내쉬며 말했다.

"자네의 뜻은 충분히 알았네! 그러나… 대신에 이 늙은이의 부탁 하나만 들어줄 수는 없겠나?"

철민이 잠시 망설였으나 무턱대고 마다할 수는 없어서 어렵사리 대답을 했다.

"무슨 말씀이신지… 들어보기는 하겠습니다만……."

"준혁이의 친구가 되어주게! 어떻든 자네와는 기왕에 인연을 맺은 사이인데, 친구가 되지 못할 이유는 없지 않나?"

"하지만……!"

철민이 몹시도 당혹스러웠으나 차마 매몰차게 거절할 수는 없어서,

"이준혁 씨도 원한다면……."

하고 얼버무리고 마는데, 유동제 회장이 문득 담담하게 미소를 피워 올리며 말했다.

"고맙네!"

이어 유동제 회장은 차분하게 표정을 가라앉혔다.

"자네의 말을 듣고 다시 생각해 보니, 이 일은 역시 내가 직접 해결하는 게 맞을 것 같네! 나와 조승태 그놈, 둘 다에게 익숙한 방식으로 말일세!"

第七十七章

부탁

몽상가

"어?"

팀 훈련을 마치고 숙소를 들어가던 중에 손강호가 앞쪽에 서 있는 누군가를 보더니 흠칫 놀라는 기색이었기에, 철민이 덩달아 시선을 주다가는 역시 놀라고 말았다. 이준혁이었다. 검은색 정장 차림의 그가 숙소 입구에 서 있었다.

가볍게 고개를 숙여 보이는 이준혁에 대해 철민은 사뭇 어색한 느낌이었다. 그와 이준혁과의 관계가 대개는 불유쾌하고 불편한 것인데, 며칠 전에는 또 그의 외조부 유동제 회장으로부터 그와 친구가 되어 달라는 사뭇 당혹스러운 부탁까지 받은 바가 있는 것이다.

그러나 어쨌든 자신을 만나고자 온 손님을 모른 체할 수는 없었으니, 철민이 일단은 경계를 늦추지 못하는 손강호를 먼저 숙소로 들여보내고, 다시 근처의 잔디밭에 놓인 벤치로 이준혁을 안내했다.

“며칠 전에 제 외조부님을 만나셨다고요?”

사뭇 정중했으나 이준혁의 목소리에서는 왠지 무겁고 음울한 기운이 느껴졌다.

“예! 그분께서 절 찾아오셨었습니다!”

이준혁의 표정이 더욱 어두워졌다.

“그분께서는 돌아가셨습니다!”

순간 철민은 멍한 충격에 빠지고 말았다.

“두 분이 만난 그 다음날 밤에 갑작스럽게 돌아가셨습니다. 마침 그날 낮에 그분과 점심을 같이 했는데, 그 자리에서 김철민씨와 만났다는 말씀을 하시더군요!”

철민이 당장에는 뭐라고 할 말을 찾지 못하는데, 이준혁은 나직이 가라앉은 목소리로 말을 이어갔다.

“아직 상중임에도 제가 이렇게 김철민 씨를 찾아온 것은, 그분의 죽음과 관련된 몇 가지 의혹에 대해서 의논을 드리기 위해서입니다.”

순간 철민은 머리가 차갑게 식는 듯한 느낌을 받았다. ‘의혹’ 이라는 단어와 ‘의논’ 이라는 단어가 주는 섬뜩함 혹은 불안 감같은 것들이었다.

“저와 의논할 일이라는 게……?”

철민의 반문에서 설핏 묻어나는 경계심을 느꼈던지 이준혁의 목소리가 문득 높아졌다.

“저는 그분의 죽음에 조승태가 관련되었다는 의심을 하고 있습니다!”

“음!”

철민이 저도 모르게 신음과도 같은 소리를 흘리고 만 것은, 조승태라는 이름이야말로 그가 방금 느꼈던 불안의 정체였기 때문이었다.

“제가 그런 의심을 하는 근거는 우선 그분의 사인이 복부대동맥파열에 의한 내부과다출혈로 진단되었음에도 대동맥파열을 일으킬 만한 외상의 흔적이 전혀 없었을 뿐더러, 평소 사십대의 생체 나이를 자랑하셨을 만큼 다른 건강상의 이상 요인도 특별히 없었다는 겁니다!"

그러더니 이준혁은 갑자기 조금 동떨어진 얘기를 꺼냈다.

"이 년 전쯤에 그분의 보좌와 경호를 맡고 있는 안전팀을 일괄 교체한 적이 있었습니다. 기존의 팀이 오래되어서 조직 내 각 계파와 이런저런 이해 관계로 얽히게 되었을 소지가 크니 전면적인 개편을 할 필요가 있다는 조승태의 건의에 따른 조치였지요."

이준혁이 잠시 응시하듯이 철민과 눈을 마주치고는 다시 말을 이어갔다.

"그때 새로이 바뀐 안전팀에는 특이하게도 일본의 닌자 출신임을 자처하는 흑교(黑鮫)라는 자가 있었는데, 그분께서는 그자가 몇 가지 제법 신통한 재주를 가지고 있다며 특히 맘에 들어하셨습니다. 언젠가 그분께서 '흑교의 재주 중에 무슨 비전의 기공수법(氣功手法)이라는 것이 있는데, 그 수법을 쓰면 외상을 전혀 남기지 않고 내부 장기나 혈관을 파괴시켜 사람을 죽일 수도 있다더라! 고 하시기에 제가 그건 아무래도 허풍일 거라며 그냥 가볍게 웃어 넘긴 적도 있었죠!"

철민은 문득 한 사람을 떠올렸다. 그날 유동제 회장과 함께 왔던 짙은 선글라스의 사내! 그자 역시 일본인인 듯 하였으며, 더욱이 그때 그자에게서 느껴지던 끈적거리고 질퍽거리는 듯한 묘한 기운과 주먹을 부딪쳤을 때의 격렬한 충격과 반력들이 혹시 이준혁이 말하는 '기공수법'에 의한 것은 아닐까 하는 생각을 퍼뜩 떠올려 보게 되는 것이었다.

이준혁의 얘기가 이어지고 있었다.

"제가 갑자기 이 얘기를 하는 것은, 그분이 돌아가신 시점을 전후해서 흑교가 갑자기 사라져 버렸기 때문입니다. 나중에야 간접적으로 연락이 닿아 어떻게 된 일이냐고 물었더니 고용계약이 마침 종료되었기에 일본으로 돌아갔다고 하는데, 순간 분명히 무슨 흑막이 있구나 하는 심증이 확 들더군요!"

그 대목에서는 철민이 조심스럽게 묻지 않을 수 없었다.

"그런데 그것과 아까 조승태가 관련되어 있을 거라는 것과는 어떤 연관이 있는지……?"

이준혁이 우울한 빛으로 대답했다.

"사실 지금으로썬… 딱히 무슨 연관이 있다고 하긴 어렵습니다만……. 애초에 흑교를 추천한 사람이 조승태라는 것을 제가 분명히 알고 있는데, 막상 흑교의 행방에 대해 물었을 때 조승태는 너무도 태연히 자신은 흑교에 대해 아는 것이 없다고 하더군요. 뿐만 아니라 그분을 배신하고 조직을 가로챈 놈이 뻔뻔스럽게도 마치 상제라도 되는 양 장례식장을 지키는 것도 모자라, 장례일정에 대해 간섭까지 하려는 모습에서는 놈이 분명 흑교와 야합하여 무슨 짓을 저질렀음에 분명하다는 생각을 해보지 않을 수가 없었습니다!"

그리고 이준혁은 비통한 기색으로 되었다.

"그분은 아직 영안실에 모셔져 있습니다. 그만 보내 드려야 하는데 차마 그러지를 못하고 있습니다. 그분의 마지막 가는 길을 위해 무엇을 해드릴 수 있을까 수없이 고민해 봤지만, 비참하게도 제가 해드릴 수 있는 일이 없었습니다. 전 어느새 조승태에게 감히 맞설 용기조차 내지 못하는 못나고 비겁한 인간이 되어 있더군요!"

이준혁의 눈빛에 문득 간절함이 드리워졌다.

"그분께서 그러시더군요! 만약 무슨 일이 생기면 김철민 씨와 의논하고 도움을 청하라고! 그 말씀이 유언처럼 되어 버렸기에, 그래서 김철민 씨를 찾아온 겁니다! 김철민 씨라면 분명 그분을 위해 무언가를 할 수 있을 것 같았기에……!"

철민이 더 이상 듣고만 있을 수가 없어서 단호하게 말을 잘랐다.

"아닙니다! 그건 이준혁 씨의 오해입니다! 그날 그분께서 제게 말씀하신 것은 다만 우리 두 사람이 친구가 될 수 없겠느냐는 것이었습니다. 그것뿐이었습니다!"

이준혁이 다시 음울한 얼굴로 되며 말했다.

"그분에게 친구의 의미는 그런 겁니다. 정말로 어려운 부탁을 할 수 있고, 또 들어주는 사이!"

순간 철민이 할말을 잊고 마는데, 이준혁이 갑자기 허리를 숙였다.

"부탁합니다! 그분의 영혼이나마 편안해지실 수 있도록 좀 도와주십시오! 이렇게 머리 숙여 부탁합니다!"

철민은 크게 당황하고 말았다. 그러나 그 또한 분명히 말해줄 수밖에 없었다.

"저도 조승태가 두렵습니다! 끔찍할 정도로 두려워서 어떤 경우에도 다시는 그런 인간과 얽히고 싶지 않습니다! 그러니 정말로 그자에게 혐의가 있다면 차라리 경찰에다 도움을 요청해 보도록 하십시오!"

순간 이준혁은 몹시도 허탈한 듯한 기색이 되었다. 그러나 애써 스스로를 추스르더니 가만히 머리를 숙였다.

"미안합니다! 역시 제가 너무 무리한 부탁을 드린 것 같군요!"

그러는 데에야 철민 역시도 마주 머리를 숙이는 수밖에 없었다.

"도움을 드리지 못해서… 미안합니다!"

천천히 고개를 든 이준혁이 차분히 안색을 가라앉히며 말했다.

“그러나 김철민 씨가 아무리 얽히지 않으려고 해도 조승태 쪽에서 결코 이대로는 끝내지 않으려고 할겁니다!”

철민이 움찔 놀라며 반문했다.

“무슨… 뜻입니까?”

“조심하시라고 말씀드리는 겁니다! 조승태는 한번 무엇에 집착을 가지면 스스로 만족스러울 때까지 병적으로 집요하게 파고드는 성격입니다. 제가 보기에 조승태는 지금 김철민 씨에게 집착하고 있는 중입니다! 그럼 이만……!”

다시금 고개를 숙여 보인 이준혁은 성큼성큼 걸어갔다.

이준혁이 길모퉁이를 돌아 사라질 때까지 철민은 벤치에서 일어나지 못하였다. 무겁고도 섬뜩한 불안이 온통 그의 몸을 짓누르고 있었다.

第七十八章

단장

몽상가

1

　자시에서 인시로 넘어갈 무렵, 세상 천지 모든 것이 잠든 고요한 시간에 정의대의 야트막한 담장을 넘는 일단의 무리가 있었다. 깃털 떨어지는 소리 하나도 없이 그들 오십여 명은 마치 그림자처럼 정의대 안 곳곳으로 퍼져 들어갔고, 번을 서던 정의대원들은 경고를 발할 틈도 없이 속속 쓰러져 갔다.

　철민은 언뜻 잠에서 깼다. 낯선 느낌들이 대청마루로 올라와 곧장 그의 방문을 열어제쳤다.

　핏!

　피핏!

　수십 수백 개의 미세한 물체들이 매섭게 철민을 향해 날아들었다. 그러나 그것들은 미처 철민의 침상까지도 도달하지 못하고, 그 앞 어디쯤에서 아무런 기척도 내지 않고 조용히 바닥으로 떨어졌다.

철민은 조용히 일어나 침상에 걸터앉았다.

그러자 방문 바깥에서는 일시의 당황이 일더니, 이내 검은 그림자 하나가 방 안으로 쏘아들었다.

그러나 검은 그림자는 문턱을 넘으려는 순간에,

퍽!

돌연 질퍽한 무엇에라도 부딪친 듯이 투박하게 튕겨 나더니,

쿵!

호된 소리를 내며 대청마룻바닥으로 나가떨어졌다. 그리고는 아무런 움직임도 없었다. 비명이나 신음조차도 없이!

철민은 침상에 걸터앉은 채로 움직이지 않았다. 그는 여전히 상관하고 싶지 않았다. 여전히 뒤로 물러선 채로 있고만 싶었다.

"침입자다!"

"암습이다!"

두어 군데서 터져 나온 고함 소리에 정의대가 화들짝 깨어났다. 대원들이 뛰어나왔고, 여기저기서 횃불이 밝혀졌다.

"웬놈들이냐?"

벽력같이 호통치며 날아와 마당으로 내려서는 이는 예인후였고, 정의대원들이 곧장 그를 중심으로 모여들었다. 그리고 빠르게 방어진형을 짜며 적들에 대응해 나갔다.

그러나 예인후는 이내 당황하고 말았다. 이미 기습의 묘가 사라졌음에도 적들이 전혀 물러날 기미가 없이 오히려 적극적인 공세를 취해왔고, 더구나 그들 개개인의 무위가 가히 일류고수 급을 능가하는 것이었기 때문이었다. 얼마 지나지 않아 여기저기서 비명이 터지며 쓰러지는 자들이 속출하였는데, 대개는 정의대원들이었다. 더욱 당황스러운 것은, 지금 오

십여 명이나 되는 적이 정의대까지 난입하여 격전을 치르고 있는 상황이면 진작에 무슨 조치가 있었어야만 하는 것인데, 마치 수호천 전체가 여전히 숙면에 취해 있는 듯이 아직까지 바깥에서는 아무런 움직임의 기미조차 없다는 점이었다.

"이놈들!"

예인후의 일성 사자후가 와르릉! 대기를 뒤흔들며 사방으로 펴져 나갔다.

예인후의 사자후가 정작으로 깨운 것은 철민이었다. 그리고 방관과 회피의 경계가 깨지는 순간 현실은 철민에게 분노로 들이닥쳤다. 아니, 잔뜩 응축되어 있던 그의 분노를 일순간에 폭발시켜 버렸다.

부르르!

치를 떨며 철민은 그대로 달려나갔다. 좁지 않은 대청마루를 단 두 걸음에 눌러 밟고 마당으로 뛰어내린 그는 곧장 적들 속으로 돌진하였다. 그런 그의 움직임은 결코 간단하지가 않았다. 마치 육중한 바윗덩이가 쇄도하는 듯이 무형의 공간이 그와 함께 움직였으므로!

과우웅!

"왓!"

"으앗!"

"우와앗!"

철민의 무형공간에 휩쓸린 대여섯의 적이 한꺼번에 사방으로 튕겨 나갔고, 그 엄청난 광경 앞에 치열한 격전 중이던 양측 모두는 움직임을 멈춰 버렸다.

철민 또한 멈춰 섰다. 그러자 그를 중심으로 생겨 있던 무형공간도 사라져 버렸다. 종적없이! 그가 굳이 의도하지 않았는데도 저절로 일어났다가, 다시 저절로 사라져 버린 그것이 무엇인지는 철민으로서도 확연하지가 않았다.

"철 형! 조심하십시오!"

예인후가 날카롭게 경고했고, 어느 틈에 철민에게 접근한 십여 명이 반원형을 이룬 채 일제히 검을 찔러 들어오고 있었다.

그러나 철민이 가볍게 한 주먹을 떨쳐내는 순간,

쾅!

육중한 충돌음이 일며 그들 십여 명이 일제히 뒤로 나가떨어졌다. 그리고 다시 폭음이 이어졌다.

쾅!

콰쾅!

철민의 가벼운 손짓에 적들이 속속 쓰러지고 있었다. 눈에 보이지도 않는 무형의 공간이 느닷없이 덮치며 패고 후려치니 적들로서는 어떻게 대응을 해볼 수가 없는 노릇이었다.

"정의대 산개(散開)!"

예인후가 크게 외치는 순간 정의대원들이 진형을 깨고 일제히 사방으로 흩어져 나가며, 삼인(三人) 또는 오인일조(五人一組)로 적들을 협공했다.

이윽고 전세가 확연히 기울었을 때, 예인후가 우렁차게 외쳤다.

"무기를 버리고 투항하라!"

그런데 그때였다.

"윽!"

"큭!"

"크윽!"

마지막까지 저항하던 십여 명이 짧은 비명들을 삼키며 일제히 무릎을 꿇는 것이었다. 그런 그들의 입에서는 금세 검붉은 피가 뿜어져 나왔다. 그뿐이 아니었다.

"윽!"

"크윽!"

제압당해 여기저기 바닥에 앉고 누워 있던 수십여 명이 일제히 신음을 토해내는데, 그들 또한 입에서 검붉은 피를 토해내고 있었다.

"지독하군!"

예인후가 창백한 얼굴이 되어 절레절레 고개를 흔들었다. 적들은 입에 물고 있던 독단을 일제히 깨문 듯했다. 기껏 오십여 명으로 감히 수호천의 안마당까지 잠입하여 기습을 감행하였을 때는 처음부터 죽기를 각오한 터일 것이나, 그렇다고 해도 눈앞에서 벌어지는 집단자결의 끔찍한 광경에 정의대원들은 모두 치를 떨고 마는 모습들이었다.

"필시 잠마련일 것입니다! 철 형을 노리고 왔을 테지요!"

예인후가 무거운 표정을 풀지 못한 채 말했다.

정의대원들의 피해는 컸다. 사망 열 여섯에 크고 작은 부상을 입은 대원들이 삼 십에 가까웠다.

예인후는 서둘러서 상황을 수습해 나갔다. 우선 총사원에 상황 보고를 하도록 했고, 부상당한 대원들은 안채로 옮겨 치료를 받도록 하는 한편, 시신들에 대해서는 피아를 구분하여 마당 한쪽에다 일단 수습하도록 지시했다. 그렇게 정의대가 부산히 움직이고 있을 때였다.

"위 소저의 처소에 적들이 난입했다!"

대문 바깥에서 누군가 외치고 있었다.

예인후가 급히 대문을 나가보니 한 사람이 빠르게 달려오고 있었는데,

바로 장로계 사대장로 중의 서달(徐達)이었다.

"서 장로님! 무슨 일이십니까?"

예인후가 급히 물었다. 그러나 서달은 멈추지 않고 그대로 스쳐 지나가며 다시금 외쳤다.

"위 소저의 처소에 적들이 난입했다!"

서달이 내쳐 달려가는 방향이 삼전 쪽임을 보고 예인후는 곧바로 다급해지고 말았다. 서달은 초절정급의 고수였다. 그런 그가 현장에서 대응하지 않고 저처럼 황급한 모습으로 상황을 알리러 달려나온 것을 보면, 그쪽의 상황이 얼마나 위급한지는 미루어 짐작할 만하였다.

예인후가 곧장 신형을 날리는 것을 보고 철민이 잠시간 망설였으나 이내 예인후의 뒤를 쫓아 달리기 시작했다.

2

예인후와 철민이 위려려의 거처에 도착했을 때는 이미 일련의 상황들이 종료된 뒤였다. 위려려는 안전해 보였고, 크게 위기를 겪은 기색도 아니었다.

"어떻게 된 일입니까?"

급하게 달려온 모습인 예인후의 물음에 대해 위려려는 오히려 안심하라는 듯이 가볍게 웃으며 뒤에 버티고 선 무황을 눈짓했다.

"정체 모를 자들 셋이 기습을 해왔는데, 무황이 지켜준 덕분에 크게 위험한 상황까지는 겪지 않았어요!"

"침입자들은요?"

"기습이 실패하자 곧바로 도망쳐 버린 걸요!"

그러나 예인후는 여전히 뭔가 찜찜하고 불안한 기색이었다.

"서달 장로님은 어떻게 된 것입니까?"

예인후의 그 물음에 대해서는 위려려가 언뜻 의아해하며 반문했다.

"서 장로가 왜요? 그분은 여기 오시지 않았는데……?"

바로 그때였다.

―악!

느닷없이 머릿속 한가운데를 그대로 관통해 버리는 듯한 한 가닥 단말마의 비명이 철민에게로 전해졌고, 순간 그는 극심한 충격을 받고 말았다.

"윽!"

돌연 신음을 흘리며 휘청거리는 철민에 대해 예인후와 위려려가 크게 놀라며 각기 외쳤다.

"철 형?"

"철 공자?"

그러나 철민은 대답하지 못했다. 충격에 뒤이어 절망이 밀려들고 있었다. 하늘이 무너지는 듯이 아뜩하고도 섬뜩한 절망이 해일처럼 들이닥치고 있었다. 심동이었다. 예인화였다. 그녀의 비명이었다. 그 단말마의 비명과 함께 그녀와 그를 잇고 있던 의식의 연결 고리가 단절되어 버렸다. 내내 이어져 있을 때는 당연하여 느끼지도 못하겠더니, 단절되는 순간의 느낌은 저절로 진저리가 쳐질 만큼 너무도 확연하여 철민은 일시 거대한 혼란 속에서 허우적거렸다.

"아아~!"

울음과도 같은 긴 신음이 뱉어지는 순간 철민은 전력을 다해 달리기 시작했다.

“철 형~!”

당황해 부르는 예인후의 외침을 철민은 듣지 못했다.

“대체 무슨 일이죠?”

위려려의 물음에 대답할 틈도 없이 예인후 또한 곧바로 신법을 전개해 철민을 뒤쫓아갔다.

3

철민과 예인후가 도착했을 때, 정의대는 여전히 희생자들의 시신 수습과 부상자들의 치료 등에 한창 분주한 광경일 뿐 특이한 동향이 있지는 않아 보였기에, 예인후는 오는 동안 내내 짓눌리고 있던 불안감에서 비로소 벗어나며 안도의 한숨을 내쉴 수 있었다.

그러나 철민은 아직 아니었다. 그는 곧장 안채 쪽으로 달려갔다.

없었다. 예인화의 방은 텅 비어 있었다. 그러나 철민은 차마 소리내어 부르지도 못했다. 감히 그럴 엄두조차 내지 못했다. 다만 다급함과 절망에 휩싸여 미친 듯이 그녀의 거처 안팎을 거듭 헤매 돌았다.

뒤따라온 예인후가 그런 철민의 모습을 보았지만 무슨 일이냐고 선뜻 묻지는 못했다. 이상하였지만 동시에 뭔가 너무도 절박해 보이는 철민의 모습에 압도되다시피 잠시간 그저 지켜보고만 있던 예인후가 이윽고 외쳐 불렀다.

“인화야~!”

대답이 없었다.

“인화야~!”

더 큰소리로 다시 불러보았지만 어디에서도 돌아오는 반응은 없었다.

혹시나 하는 마음에 멍하니 귀를 열어놓고 있던 철민은 이윽고 그 자리에 주저앉고 말았다. 필사적으로 부정해 왔던 직감에 대해 더 이상은 부정할 수 없게 되면서 한순간 온몸의 힘이 풀려 버리고 만 것이었다.

죽음! 감히 떠올릴 수조차 없었지만, 그리고 아무리 부정하려 하였지만, 그것은 이미 강한 확신처럼 철민에게 다가와 있었다. 언제부터인가 그녀와는 늘 거리마저도 초월하여 항상 소통의 끈이 연결되어 있었던 것이다. 설령 그녀가 의식을 잃은 상태라고 하더라도 이처럼 완전한 단절의 느낌일 수는 없었다. 아예 그녀의 존재감 자체가 사라져 버릴 수는 없었다. 살아만 있다면, 어디에 어떤 상황으로 있든 그녀의 느낌이 그에게 이어지고 있어야만 하는 것이었다. 아아! 도저히 인정할 수 없지만… 그녀는 죽은 것이다. 죽고 만 것이다.

그 어떤 극한의 말로도 철민은 지금 자신의 심정을 호소할 수가 없었다. 절망은 차라리 오지도 않았다. 한순간 해일처럼 철민을 덮친 것은 분노였다. 너무도 극렬하여 도저히 감당할 수 없는 분노! 누구에게, 어떻게 터뜨려야 할 지조차 모를 분노이기에, 그 스스로를 활활 불태우고 말 분노!

"끅… 끅… 끅……!"

바닥에 머리를 박은 채 마치 한 마리 상처 입은 짐승처럼 억눌린 울음을 토해내는 철민의 모습에 예인후는 차마 어떤 말도 꺼내지 못했다.

이제는 소리조차 없이 가늘게 떨리는 온몸으로만 오열하는 철민을 그대로 둔 채 예인후는 조용히 돌아서는 쪽을 택하였다. 일단은 예인화부터 찾아볼 참이었다.

4

　대원들의 일부를 동원하고도 결국 예인화의 어떤 종적도 찾지 못한 예인후는 그제야 정말로 다급한 심정이 되어 위려려를 찾아가 도움을 청했다.

　즉각 수호천 전체에 비상이 걸렸고 대규모의 인원들이 투입되어 수호천의 곳곳을 샅샅이 수색하였다. 그러나 얻어진 결과는 아무것도 없었다.

　그러자 삼천주가 직접 삼전에 명하여 수호천 바깥 사방 이십 리 바깥까지 수색을 실시했으나, 그러고도 끝내 예인화의 행방은 찾지 못하였다.

第七十九章
발발

몽상가

1

"그간 잠마련의 도발에 대해 본 천이 오직 인내하며 대응을 자제해 왔던 것은 자칫 강호대란으로 번지는 상황을 우려했기 때문이다. 그러나 이제 저들이 감히 야습을 감행하였을 뿐 아니라, 본 천의 명맥을 이어갈 천무가의 유일 적통에 대한 암살을 기도하였다. 이는 곧 명명백백한 선전포고이다. 아니, 가장 저열한 방법으로 저들은 이미 전쟁을 시작한 것이다!"

격분에 찬 선언에 이어 삼천주는 전쟁체제로의 전격적인 조직 개편을 공표했다. 그 중에서도 수호천 전체를 대번에 충격과 흥분의 도가니 속으로 빠뜨려 버렸을 만큼 파격적인 내용은 바로 부총수 직위의 신설이었다. 명목상으로 총수에 이어 서열 이 위의 지위가 될 뿐 아니라, 전시총괄지휘권이라는 가장 강력한 실권이 부여되는 그 직위는 위려려에게 주어졌다.

위려려 본인과 장로계에서는 삼천주의 진의를 파악하기 위해 분주한 분위기였다. 그러나 당장에 강력히 반발하고 나설 것이라 여겼던 사천주 진무극이 오히려 즉각적이고도 적극적인 지지를 표명하였으니, 그런 다음에야 위려려 측에서도 오래 숙고할 여지를 갖지는 못하였다.

위려려는 장로계 원로들의 조언을 구해 신속하게 전쟁지휘체계를 발표하였다. 곧 수호전단(守護戰團)을 창설하고 진무극을 단주 직에 임명하였으니, 수호천의 최강무력인 삼전을 주축으로 모든 무력을 아우르는, 그야말로 전쟁 수행을 전담할 무력조직이었다.

아울러 기존의 청룡단과 정의대를 합쳐 폭풍전대(暴風戰隊)로 재편하고, 수호전단의 전위선봉대로 삼았다. 그런데 당장에 대주(隊主)를 임명하지는 않았기에 수호천의 청년 무인들 사이에서는 한바탕의 열풍이 불었다.

어찌 그렇지 않겠는가? 정의대와 청룡단을 한꺼번에 휘하에 거느린다는 것은 수호천의 청년 무인으로서 누릴 수 있는 최고의 명예이리니, 수호천의 젊은이치고 목숨을 걸고서라도 소망해 보지 않을 이 누가 있겠는가? 비록 누가 대주가 될 지 뻔히 예측이 되지 않는 것은 아니더라도 말이다.

그러나 실로 뜻밖이었다. 모두의 뻔한 예측을 뒤집고 폭풍전대의 대주에 임명된 이는 바로 예인후였다.

당장에 수호천 전체가 크게 출렁였지만 그렇더라도 그 전격적인 발탁에 대해 누구도 감히 불만을 표출하거나 이의를 제기하지는 못했다. 이미 전쟁 중인 것이다. 그리고 부총수로서 전쟁을 총괄 지휘하는 위려려의 첫 번째 명령인 것이다.

숨가쁜 긴장과 들뜬 흥분 속에서 모든 것들이 치열하게 돌아가고 있었다.

2

"저도 수호전단에 합류하겠습니다. 청룡단의 단주인 제가 혼자만 뒤

로 빠진다는 것은… 실로 비겁한 짓입니다!'

흥분을 겨우 억누른 듯한 손자의 얼굴을 그는 한동안이나 가만히 바라보고 나서야 천천히 반문했다.

"비겁한 짓이라……! 하면 너에게 폭풍전대의 일개대원이 되라고 한대도, 예인후의 지휘를 받으라고 한대도, 너는 기꺼이 그 비겁을 면하겠느냐?'

그의 손자는 언뜻 대답하지 못하다가 돌연 억울한 듯이 하소연을 쏟아냈다.

"폭풍전대의 대주 직은 당연히 제가 맡아야 하는 것입니다. 대체 제가 예인후에 비해 부족한 것이 무엇입니까? 무엇이 부족하기에 이 같은 치욕을 당해야 하는 것입니까?'

손자의 울분에도 그는 담담히 소리내어 웃었다.

"허허허! 너는 이제 다시 치욕을 말하고 있는 것이냐? 그러나……."

문득 웃음기를 거둔 그가 지그시 손자를 바라보며 말을 이었다.

"그러나 말이다. 전쟁에서는 비겁도, 치욕도, 명예도 없다. 또한 승패조차도 결국에는 의미가 없게 되느니라!'

그의 손자가 항변하듯이 물었다.

"승패조차 의미가 없다 하시면 전쟁의 의미는 대체 무엇에 있다는 말씀이십니까?'

"오직 마지막까지 살아남은 자만이 그 의미를 만들 수 있을 것이다!'

"그 말씀은 마지막에 살아남은 자만이 영웅이 된다는 것입니까?'

"허허허! 영웅이라? 너는 영웅이 되고 싶으냐?'

"……."

"마지막까지 살아남는 자는 영웅이기보다 차라리 비겁자이기 쉽다. 영웅은 전장에서 장렬히 산화할 때 진정으로 빛을 내는 법이니까 말이다. 역사를 보더라도 한 시대를 지배한 쪽은 영웅이 아니었다. 대개는 끝까지 살아남은 비겁자들이었지! 그럼에도 그들이 비겁자로 기록되지 않은 것은 그들이 지배자의 자격으로 역사를 고쳐 쓴 때문이다!"

그의 눈에서 번뜩 광채가 발해졌다.

"하면 너는 전장에서 산화하여 빛나는 영웅으로 남을 것이냐, 아니면 끝까지 살아남아 이 시대를 지배하고 네 스스로를 영웅으로 기록하는 비겁자가 될 것이냐?"

"저는… 저는……!"

"피로 물들 영웅의 자리는 기꺼이 양보해 주거라! 예인후에게! 철민에게! 위려러에게! 또한 기꺼이 목숨을 바칠 또 다른 수많은 영웅들에게 말이다!"

잔뜩 상기된 얼굴의 손자를 향해 온화한 미소를 떠올리며 그가 이어 말했다.

"이번 전쟁에서 우리는 반드시 승리할 것이다. 그러나 다만 상처뿐인 승리일 것이니, 살아남은 자들 중에서 누군가는 그 상처에 대해 책임지는 역할을 해야만 할 것이며, 또 다른 누군가는 상처를 딛고 새로운 시대를 여는 역할을 해야만 할 것이다. 노부는 기꺼이 전자에 속할 것이다! 이번 전쟁을 주도하고 지휘한 모두와 함께! 그러니 너는 그때 후자가 되어라! 기필코!"

"아아!"

콱 틀어막혔던 숨을 뚫어내듯이 그의 손자가 긴 탄식을 뿜어냈다.

3

팔십여 정의대원과 사십여 청룡단원이 갑자기 한솥밥을 먹게 되었으니, 안 그래도 견원지간의 앙숙이었던 그들 간의 갈등은 미리 예고된 것이나 마찬가지였다.

청룡단원들의 혼란과 상실감은 더욱이 깊어 보였다. 그들이 평소 정의대에 대해 차별적 우월감을 가지고 있었던 터에 폭풍전대로 합쳐지면서 갑자기 정의대와 동등한 지위가 된 것만으로도 위상의 전락이라고 여길 만한데, 다시 천만 뜻밖으로 상군환이 아닌 예인후의 지휘를 받게까지 되었으니, 그 혼란과 곤혹스러움이 작을 수는 없을 터였다. 더욱이 단주인 상군환이 한마디 해명도 없이 아예 수호전단에서 빠져 버린 상황이니, 배신감마저도 느낄 만하였다.

청룡단원들은 예인후의 첫 지시부터 거부했다. 예인후가 폭풍전대의 복장 통일을 위해 수호천 공통의 전투용 흑의무복으로 갈아입을 것을 지시한 데 대해 청룡단원들이 청룡단의 복장이 오히려 전투시의 효율성을 잘 살려 고안된 것이고 그들에게는 그것만큼 익숙한 복장이 없으니 그냥 입게 해달라고 집단청원을 한 것이다.

그럼에도 예인후가 대주로서의 권위를 내세우지 않고 두드러지는 특징들이 있는 청룡단의 복장으로는 실제 전투 상황에서 적들의 표적이 될 수 있음을 설명하고 재차 갈아입을 것을 지시하였을 때도, 종헌(宗軒), 능운(陵雲), 악비상(岳飛上) 등이 주축이 된 그들은 다시 이런저런 이유를 대 가며 계속 지시에 응하지를 않았다.

상황이 그쯤 되고 보니 예인후에 대한 노골적인 무시요 항명이라, 울화를 참지 못한 정의대원들이 또한 집단으로 뭉칠 태세를 보였다. 그러자 예인후는 오히려 정의대원들의 경솔함을 꾸짖는 것으로써 서둘러 사태를 무마시켰다.

예인후는 두 집단 간의 갈등에 대해 일단은 덮고 지나갈 작정이었다. 시간이 충분하다면 성의를 가지고 화합을 꾀해 보겠지만, 곧바로 전투 투입을 앞둔 상황이니 그런 것은 불가능했다.

그러나 예인후는 크게 걱정하지 않았다. 그에게는 믿음이 있었다. 막상 때가 되면 그들이 수호천이라는 대명제 아래 하나로 뭉치게 될 것이란 믿음!

4

잠마련의 대병력이 수호천의 영역 경계를 단숨에 백 리나 치고 들어왔다는 소식이 전해졌다. 마침내 전쟁의 본격적인 시작이었다. 이차 정마 대전의 발발(勃發)이었다.

지장전과 인왕전, 그리고 폭풍전대를 주축으로 선발대 오백이 즉시 꾸려졌고, 지장전주 사군악의 지휘하에 수호천을 출발했다.

5

쉼없이 이백 리를 행군한 끝에 사군악의 병력은 이윽고 적과 십 리 떨어진 지점에 당도하였다.

"한바탕 헤집어놓고 오게!"

폭풍전대가 미처 막사를 설치하기도 전인데, 본부막사로 예인후를 부른 사군악은 즉시출동을 명하였다.

"저희만으로 말입니까?"

사뭇 조심스럽게 묻는 예인후에 대해 사군악이 가볍게 미간을 좁히며 반문했다.

"기껏 청랑단일세! 그리고 한 번 흔들어만 놓고 곧장 빠지라는 것인데, 폭풍전대만으로 부족하겠나?"

"하지만… 청랑단이 비록 정예급으로 이루어진 조직은 아니라고 해도, 집단 전투 위주로 조련된 자그마치 이천의 대병력입니다. 더욱이 저들은 충분히 준비가 된 상태에서 기다린 데 반해 우리는 먼 길을 행군한 끝에 이제 막 도착한 입장이니, 무작정 치고 들어갔다가는 자칫 큰 낭패를 당할 수도 있는 일입니다. 그러니 우선은 적의 동태부터 충분히 살펴본 연후에……."

"그만! 난 지금 자네에게 의견을 구하고 있는 게 아니라 명령을 내리고 있는 걸세!"

"죄송합니다!"

"쯧!"

소리나게 혀를 찬 사군악이 짐짓 빈정거렸다.

"자네가 이처럼 걱정부터 늘어놓는 사람인 줄은 내 미처 몰랐군!"

예인후의 얼굴이 붉게 물들고 마는데 사군악이 다시 무거운 소리로 덧붙였다.

"전쟁에도 최소한의 형식이란 게 있는 법일세! 누가 처음부터 총력전을 펼친다던가? 개전(開戰)은 선봉들끼리의 전투로 하는 것이니, 자네의 폭풍전대가 출전하는 것은 지극히 당연한 수순이 아닌가? 그리고 자네가 걱정하는 바대로 폭풍전대가 만약의 낭패를 당하는 상황이 벌어진다고 해도, 기껏 십 리 밖의 자네들을 구원하는데 무슨 큰 문제가 있겠는가?"

그에 예인후가 더는 한마디도 보태지 못하고서 허리 숙여 복명하고는 총총히 본부막사를 물러났다.

6

"철 형!"

바로 가까이에서 불렀음에도 듣지 못한 듯이 철민이 여전히 먼 곳으로만 멍한 시선을 두고 있는 것을 보고 예인후가 어쩔 수 없이 긴 한숨을 불어 내쉬고 말았다.

"휴우~!"

철민을 전쟁터에 데리고 나오기까지 예인후의 고민이 많았다. 예인화가 갑자기 실종된 이후로 철민은 내내 넋을 잃은 사람처럼 멍한 모습이기만 했는데, 마치 마음의 문을 굳게 닫아 잠그고 지독한 침묵 속에 스스로를 가두어 버린 것 같았다. 그는 누구와도 말하려 하지 않았고 혼자 있기만을 바랬다. 그런 때문에 예인후는 철민을 수호천에 남겨두고 오려 했었다.

그러나 수호전단주인 진무극의 강력한 명령을 거역하기는 어려웠다. 진무극은 철민을 폭풍전대 전력의 적어도 삼 할 이상으로 평가하였고, 그가 빠질 경우 전력의 공백을 크게 우려했다.

그리고 사실은 예인후의 생각에도, 예인화가 없는 마당에 자신마저 전장으로 떠난 수호천에 철민이 굳이 남아 있으려 하지는 않을 것 같았다. 그래서 함께 오게 된 것이었다.

이후로도 철민은 내내 침묵한 채로 예인후의 곁만 따라다녔는데, 그런 모습의 철민은 이제 곧 온몸으로 부닥뜨려야 할 전투에 대한 긴장조차도 전혀 느끼지 못하는 듯 보였다.

7

전투 상황을 앞두고 도열해 선 폭풍전대는 잔뜩 긴장한 기색들이었다. 특히 전투 경험이 없는 것은 물론, 수호천을 벗어난 것조차 이번이 처음

인 경우가 대부분인 청룡단 출신들 중에는 낯빛마저 창백하게 변한 이들
도 있었다.

"정의대~!"

천천히 모두를 둘러보던 중에 예인후가 문득 크게 외쳐 부르는 소리에
정의대 출신들 중 몇몇의 어깨가 움찔했다. 그러나 대답하는 소리는 나
오지 않았다.

예인후가 다시금 외쳤다.

"정의대~!"

이번에는 움찔하는 사람조차 없었다.

예인후가 고개를 끄덕이고는 다시 외쳤다.

"청룡단~!"

이번에는 약간의 술렁임이 있었다. 그러나 역시 대답으로 나오지는 못
하다가,

"청룡단~!"

예인후의 재차 외침에는 술렁임이 잦아들고 대열 중에는 긴장된 침묵
만이 감돌았다.

예인후가 또한 무거운 침묵으로 잠시 대원들 하나하나를 훑어가며 시
선을 마주치다가는 문득 우렁차게 외쳤다.

"우리 중에 정의대는 없다!"

그리고 예인후는 다시 한 마디씩 끊어서 외쳐 나갔다.

"청룡단도 없다!"

"우리는 다만 폭풍전대일 뿐이다!"

"우리는 수호천의 자랑스러운 최선봉이다!"

폭풍전대의 모두가 미동도 없이 집중하고 있는 가운데, 예인후의 외침

은 거침없이 이어졌다.

"우리는 이제 전투를 시작한다!"

"전장에서는 죽여야 할 적과 등을 맡겨야 할 동지만이 존재한다."

"우리는 동지다!"

"우리는 폭풍전대다!"

뜨거운 열기를 점증시켜 나가던 예인후가 이윽고 내공을 실어 사자후로 호령했다.

"폭풍전대~! 나가자~!"

그 호령에 폭풍전대 전체가 목청껏 부르짖었다.

"와~!"

그것은 두려움을 떨쳐 버리려는 부르짖음이었다. 가슴 깊숙이 뜨거움을 불어넣으려는 부르짖음이었다.

그들의 부르짖음이 우렁차게 온 사방으로 메아리쳐 나갔다.

8

얼마 가지 않아 폭풍전대는 전방에 포진한 청랑단의 삼 개 대(隊) 삼백여 명과 조우했다.

예인후는 곧장 정면으로 격파할 작정을 했다. 어차피 선봉대의 임무를 하달받고 나온 터였다.

"돌파 대형으로~!"

예인후의 우렁찬 호령에 일백이십여 폭풍전대가 재빠르게 헤쳐 모이며 삼각형의 화살촉 대형을 이루었는데, 진의 전방과 좌우 측면에는 정의 대원들이 서고, 청룡단원들은 안쪽과 후방을 맡았다.

적진이 미처 대응진형을 갖추기 전에 다시 예인후의 명령이 떨어졌다.

"돌격~!"

"와아~!"

온 힘을 다해 고함을 지르며 폭풍전대가 일제히 달려나갔다.

챙!

채챙!

폭풍전대는 적진의 한가운데를 뚫고 돌진했다.

차차차차창!

도검이 격렬하게 부딪치며 불꽃을 튀겼고, 창과 도끼와 철퇴 등 온갖 무기가 어지럽게 난무하였다.

"진형을 유지하라~! 각자의 위치를 사수하라~!"

치열한 접전 간에 예인후의 호령이 쩌렁쩌렁하니 일대를 울렸다. 그런 덕에 처음에 당황하며 혼선을 보이던 폭풍전대의 진형은 점차로 안정적인 형태를 이루어갔다. 그리고 일단 진형이 안정되자 폭풍전대는 이내 전세를 지배해 나갈 수 있었다. 병력에서는 확연한 열세였으나 개별 무위에서 전반적인 우위를 보인 덕분이었다. 특히 처음에 극도의 긴장으로 잔뜩 움츠렸으나 점차로 제 실력들을 발휘하기 시작한 청룡단 출신들의 무위는 단연 돋보였다.

"악~!"

"크악~!"

곳곳에서 비명들이 터져 나왔다. 그러나 누구도 비명에 담긴 비감에 공감할 여지는 갖지 못하였다. 전쟁터였다. 죽지 않기 위해서는 죽여야만 하는, 피와 죽음이 오히려 당연스러운 처절한 살육의 현장이었다.

예인후는 폭풍전대의 진형을 빠르게 몰아갔다. 일단 한군데에 발이 묶이면 금세 겹겹의 포위를 당하고 말 터이고, 그리되면 곧장 숫자의 싸움이 되고, 얼마 버티지 못해 지치게 될 것이었다.

'이쯤이면 충분하다!'

예인후는 만족하다고 생각했다. 일백이십의 폭풍전대로 삼백 여의 청랑단을 이만큼이나 몰아쳤으면 선봉대로서의 임무와 역할은 충분히 한 셈이었다. 적진에 대한 본격적인 공격은 그들의 임무가 아니었다. 이제는 돌아갈 때였다.

그런데 예인후가 막 퇴각 명령을 내리려 할 바로 그때, 돌발상황이 발생했다.

폭풍전대 중 사십여 명이 돌연 진형을 이탈하고 있었다. 그들의 선두에 능운과 악비상이 보였다. 청룡단원들이었다.

"능운! 악비상! 즉시 위치로 돌아가라! 명령이다!"

예인후가 눈앞으로 달려드는 적 하나를 베어넘기며 다급히 호통쳤으나, 능운 등은 이미 흥분이 극에 달한 듯이 맹렬히 적진 속으로 돌격을 감행했다.

그로 인해 폭풍전대의 진형은 두 개로 나눠지고 말았고, 그 사이로 적들이 재빠르게 밀려들었다. 예인후는 남은 팔십여 명으로 급급히 진형을 가다듬었다.

"철벽 대형으로~! 철벽 대형으로~!"

방어 위주의 견고한 원진(圓陣)이었다. 그러나 신속한 이동에는 제약이 있었으니, 순간순간의 처지가 어떻게 변할지 모르는 상황에서 오래 유지할 진형은 못되었다.

철벽 대형이 빠르게 안정되는 것을 확인한 후, 예인후는 곧바로 청룡단 출신들을 뒤쫓아 몸을 날렸다. 그들을 데리고 돌아와야만 했다. 홀로 진형을 벗어나 질주하는 예인후를 향해 대번에 적들의 도검이 집중되었다. 그러나 예인후의 검극에 찰나간 몇 방울의 희미한 빛들이 맺혔다 사라지는 순간,

"윽!"

"큭!"

몇 마디의 짧은 비명이 한꺼번에 터져 나오며 서너 명의 적이 우르르 쓰러졌다. 예인후의 점강은 이제 일정 경지에 이르러 있었다.

적들이 주춤하는 사이 예인후는 다시 신형을 쏘아갔다. 그러나 그때 능운 등은 이미 적들에게 포위되어 발이 묶인 채로 치열한 접전을 벌이고 있는 중이었다. 예인후는 맹렬히 검을 떨치며 포위망의 일각을 뚫고 들어가 능운 등에게로 합류하였다.

"즉시 대형으로 합류하라! 본진으로 복귀할 것이다!"

예인후의 숨찬 외침을 능운이 거칠게 받았다.

"그게 무슨 소립니까? 기껏 이런 오합지졸 따위가 두려워 퇴각을 하겠다는 겁니까?"

"명령이다! 더 이상의 항명은 용납하지 않는다! 전장에서의 항명은 즉시 참수할 수 있음을 명심하라!"

"뭐요? 전투 와중인 지금, 오히려 우리를 향해 검을 돌리겠다는 것이오?"

능운이 격앙하여 외치더니 언뜻 검극을 예인후에게로 돌렸다. 그러나 그의 검이 온전히 예인후를 겨누기 전에 돌연 좌우 측방에서 커다란 함성이 일어났다.

"와~!"

"와아~!"

예인후와 능운이 놀라서 보니 포위망 너머의 좌우 측방에서 수백이 넘

는 새로운 무리들이 벌떼처럼 치달아오고 있었다.

능운의 얼굴이 대번에 하얗게 질릴 때 예인후는 빠르게 전세를 훑어보았다. 적의 수는 어림잡아 칠백 이상으로 늘어나 있었다. 도저히 감당할 수 없는 형세였다. 그러나 어쨌든 둘로 나뉜 폭풍전대의 대형을 하나로 합치는 것이 우선이었다. 그리고 나서 어떻게 하든 활로를 뚫어보는 수밖에 없었다.

"돌파 대형으로~!"

예인후의 명령은 나직했으나 당황과 혼란에 빠져 있던 능운 등 대원들 모두의 귓가에 힘차게 울렸다.

예인후를 정점으로 하는 화살촉 대형이 신속하게 갖추어졌다.

"돌격~!"

우렁차게 외치며 예인후가 달려나가자 능운 등이 일제히 검을 휘두르며 그의 뒤를 따랐다.

차창!

차차차창!

"악!"

"으악~!"

사십여 폭풍전대의 질주를 따라 도검 부딪는 소리와 비명 소리가 격렬하게 터져 나왔다.

그러나 적들의 포위는 첩첩으로 두터워 얼마 안 가서 폭풍전대의 돌파 속도는 현저히 느려졌고, 이윽고는 더 이상 나아가지 못하고 제자리에 멈춰 서고 말았다.

"헉! 허~ 억!"

"헉! 허~ 억!"

능운 등 대원들이 내뿜는 숨소리가 몹시도 가쁘고 절박했다. 그들의 사십여 장 바깥에 팔십여 폭풍전대가 이루고 있는 원진이 보였다. 그러나 그쪽 또한 위태롭게 진형을 유지한 채로 힘겨운 사투를 벌이고 있는 중이었기에 예인후는 결단을 내릴 수밖에 없었다.

"철벽 대형으로~!"

예인후의 명령에 능운 등이 사력을 다해 움직였고, 가까스로 진형을 구축할 수 있었다. 그럼으로써 사십여 장의 거리를 두고 두 개의 원진이 펼쳐졌는데, 마치 커다란 호수에 크고 작은 두 개의 섬이 떠 있는 형국이었다.

"폭풍전대~!"

예인후의 구령을 능운 등이 받아서 외쳤다.

"폭풍전대~!"

그 외침에 저쪽의 팔십여 명에게서도 대답이 돌아왔다.

"폭풍전대~!"

예인후는 내공을 실어 외쳤다.

"곧 본진에서 지원병력이 올 것이다! 그때까지만 버티자!"

그러나 예인후 자신은 이를 악물었다. 본진의 지원병력이 늦지 않게 도착하리라는 기대는 사실상 하기 어려웠다. 상황은 절망적이었다. 부하들은 이미 지쳐 버렸고, 속수무책으로 희생자만 늘어나고 있었다. 쓰디쓴 자책과 후회가 밀려들었다. 적들은 미리 덫을 쳐놓고 기다리고 있었던 것인데, 너무 안이하게 대처한 결과였다. 그들은 이제 얼마 더 버티지 못할 것이지만, 이대로 버티는 것 외에는 어떤 대안도 없었다. 이대로 버티다 장렬히 최후를 맞이하는 것 외에는! 그래도 대주로서 예인후는 부하들에게 끝까지 희망을 놓치지 않도록 격려할 수밖에 없었다. 그 스스로는 절망에 지쳐가더라도!

“버텨라! 조금만 더 버티면 된다!”

애써 억누르려 했지만 예인후의 외침은 어쩔 수 없이 가늘게 떨려 나오고 있었다.

9

철민은 사람들로 둘러싸인 가운데에 있었다. 대부분 눈에 익은 얼굴들이었지만, 그래도 그는 혼자였다. 그가 유일하게, 마지막으로 기대고 있던 예인후는 지금 곁에 없었다. 그런 이상, 그는 철저히 혼자일 수밖에 없었다. 그의 주변은 온통 급박하게 움직이고 있었고 그는 이리저리 휩쓸려 다니고 있었다.

“헉! 허~ 억!”

거친 숨소리!

챙!

채챙!

격렬하게 병장기 부딪치는 소리!

“이노~ 옴!”

“죽어라~!”

호통과 악다구니 쓰는 소리!

“으악!”

“크아악~!”

처절하게 토해내는 비명 소리!

온통 지독한 혼란 속이었다.

그런데 이상했다. 그 모든 상황들이 선명하게 다 보이는데, 그 모든 소리들이 생생히 다 들리는데, 폭풍전대와 잠마련의 청랑단 사이의 죽고 죽이는 치열한 전투가 벌어지는 상황인지도 알겠는데, 이상하게도 철민은 급박하다는 생각이 조금도 들지 않았다. 상황에 대한 인식은 되지만, 막상 아무런 공감도 이루어지지가 않았다. 마치 방관자가 되어 꿈속의 광경을 보고 있는 것 같았다. 이 모든 선명하고 생생한 것들은 그가 꿈에서 깨는 순간 아무 일도 아닌 것으로 되어버릴 것 같았다.

철민의 눈앞에서 마치 한편의 영화를 보는 듯이 장면과 장면이 이어지고 있었다. 그러던 어느 순간,

"으악!"

바로 곁에서 찢어지는 듯한 비명이 터졌다. 그리고,

촤악!

한 가닥의 핏줄기가 세차게 뿜어지며 질펀하게 철민의 얼굴을 적셨다. 피는 그의 눈으로도 들어갔다. 그는 흠칫 놀라 눈을 끔뻑였다. 시야가 온통 붉었다.

'피?

문득 엄습해 든 실감(實感)에 철민은 소스라치고 말았다. 순간 그의 의식이 놀라 날뛰었고, 화들짝 분노가 깨어났다. 도저히 감당할 수 없어서 차라리 방관으로 돌려놓았던, 바로 그 격렬한 분노였다. 분노는 삽시간에 해일처럼 밀려들었고, 단번에 그를 침몰시키고 말았다. 펄펄 끓으며 무섭게 소용돌이치는 분노의 바다가 그를 녹여들었다.

"우와아아~!"

미친 듯이 고함을 지르며 철민은 앞으로 돌진했다.

10

예인후는 두 눈을 부릅떴다. 저쪽 폭풍전대의 원진으로부터 돌연 한 사람이 뛰쳐나오더니 그대로 겹겹의 청랑단 속으로 뛰어들고 있었다. 무모하기 짝이 없는 짓이었다. 더욱이 그 사람은 아무런 무기도 들지 않은 맨손이었다. 그러나 그 사람은 거침없는 기세로 적진 속을 돌파했다. 당장에 수십 명의 적이 빽빽이 그를 둘러쌌지만, 그 사람의 거친 몸짓 한 번에 우르르 밀려나고 있었다. 그 무모한 사람은 바로 철민이었다.

파룽!

파르룽!

철민의 주먹이 휘둘러질 때마다 마치 거센 바람에 문풍지 떨리는 듯한 소리가 일며 주변으로 번져 나갔다. 그리고 예외없이 두세 명씩의 적이 태풍에 휩쓸리는 가랑잎처럼 공중으로 날아올랐다가는 호되게 바닥으로 처박혔다..

파르룽!

파르르룽!

피투성이가 되어 바닥에 처박힌 적들의 수가 금세 기십 명에 이르자 적들은 감히 철민에게 가까이 접근하지 못하였고, 그의 주변으로는 방원 삼 장 정도의 공터가 이루어졌다.

그러나 철민은 미친 사람 같았다. 조금도 기세를 늦추지 않고 좌충우돌로 숫제 사방을 휩쓸고 다녔는데, 이윽고는 그 한 사람으로 인해 적진 전체가 혼란 속으로 빠져드는 양상을 보이고 있는 중이었다.

예인후는 퍼뜩 정신을 차렸다.

"폭풍전대~!"

그 외침을 두 개의 철벽 대형에서 동시에 받아 외쳤다.

“폭풍전대~!”

“폭풍전대~!”

예인후가 명령했다.

“합진(合陣)~!”

그러자 양쪽의 폭풍대원들이 진형을 유지한 채로 한 걸음씩 움직이기 시작했다.

“합진~!”

“합진~!”

폭풍대원들이 걸음마다 붙이는 우렁찬 구령들이 하나로 합쳐지면서 사방의 온갖 소음들을 눌러갔다. 그렇게 그들은 서로를 바라고 사력을 다해 접근해 가기 시작했다.

“합진~!”

“합진~!”

두 개의 철벽 대형이 조금씩 조금씩 가까워져서 마침내 합진을 이루는 순간 예인후가 목이 터져라 외쳤다.

“돌파 대형으로~!”

하나가 된 폭풍전대가 우렁차게 복창했다.

“돌파 대형으로~!”

“돌파 대형으로~!”

구령을 붙이며 폭풍전대는 신속하게 화살촉 모양의 대형을 갖추었고, 그 선두에 예인후가 섰다.

“돌격~!”

예인후가 힘차게 달려나갔다. 철민이 있는 방향이었다.

11

과르릉!

과르르릉!

철민의 기공간이 움직이는 소리는 이제 마치 고양이의 목 울림소리와
도 같이 한결 부드럽게 변해 있었다. 그러나 그의 주변 광경은 보다 참혹
해져 가고 있었다.

“죽인다! …죽인다! …죽인다!”

철민은 주문처럼 중얼거렸다. 그리고 습관이라도 된 듯이 주먹을 내질
렀다.

퍽!

퍼퍽!

주먹의 움직임마다 가벼운 파열음들이 생겨났고, 매번의 파열음마다
주변 공간의 일부가 마치 한 통의 붉은 물감을 확 흩뿌린 듯이 진홍으로
물들었다. 수박 통처럼 터져 버린 사람의 머리통이 푸른 공간에다 검붉
은 피와 허여멀건 뇌수를 쏟아냈다.

살인이었다. 아니, 살육(殺戮)이었다. 철민은 마치 방금 지옥에서 빠져
나온 혈귀(血鬼)와도 같이 미친 듯이 날뛰었다. 그러나 사방으로 마구 흩
뿌려지는 핏속에서도 그의 옷에는 막상 피 한 방울 튀지 않았다. 그것이
오히려 더욱 공포스러웠다.

“으아악~!”

“크아악~!”

철민의 움직임을 따라 참혹한 비명들이 무수히 터져 나왔다. 그러나
그것들은 다시 전장의 치열한 소음들 속으로 순간순간 묻혀 버렸다. 다

만 그런 중에도 무심하게 내뱉는 철민 자신의 규칙적인 중얼거림만큼은
기이하게도 또렷하였다.

"죽인다! …죽인다! …죽인다!"

12

"전후(前後) 축(縮)!"

"진(進)!"

"좌(左) 회(回)!"

"좌우(左右) 확(擴)!"

"퇴(退)!"

예인후는 숨 돌릴 틈도 없이 외쳤다. 그의 외침에 따라 나아가고, 물러
서고, 회전하고, 펼치고, 움츠리며 일백 여 폭풍전대가 하나가 되어 움직
이고 있었다.

능운 등 청룡단원들도 이제는 진형의 빠른 변화에 온전히 녹아들면서,
폭풍전대는 그야말로 일사불란하게 움직이고 있었다. 이제야말로 청룡
단도, 정의대도 없었다. 다만 폭풍전대만이 있을 뿐이었다.

예인후는 전속력으로 철민을 따라잡았다. 지금 그들이 가진 가장 강력
한 무기는 철민이었다. 아니, 철민만이 그들이 가진 유일한 가능성이자
희망이었다. 단 한 사람이라도 더 살아남게 해줄!

"철 형!"

가까이로 접근하며 예인후가 외치자 철민은 벌겋게 충혈된 눈으로 그
를 돌아보았다. 언뜻 섬뜩하게 느껴지는 모습이었다.

철민과 나란히 선 예인후가 이어 폭풍전대를 돌아보며 포효했다.

"폭풍전대~! 나를 따르라~!"

"와아~!"

예인후와 철민이 나란히 질주하였고, 일백여 폭풍전대가 돌풍처럼 먼지를 일으키며 그 뒤를 따랐다. 그들이 지나는 궤적을 따라 무수히 피가 튀었고, 처절한 비명들이 난무하였고, 참혹한 주검들이 수없이 널브러졌다.

그렇게 폭풍전대는 혈로를 만들어갔다.

13

"웩~!"

철민은 헛구역질을 했다.

피, 피… 피……! 사방이 온통 피로 가득 차 있었다. 그리고 그 피를 만들어내고 있는 주체는 바로 철민 자신이었다.

'왜……?

저도 모르게 부르르 치를 떨며 철민은 스스로에게 물었다.

그러나 답은 분명했다. 분노 때문이었다. 풀어내고 또 풀어내고 아무리 풀어내도 조금도 줄어들지 않고 여전히 그의 속에 가득 들어차 있는 치열한 분노 때문이었다. 분노는 억누르지 못할 파괴 욕구를 만들어냈고, 그는 지금 그 욕구를 풀어내고 있을 뿐이었다.

마구 분노를 풀어내도 될 대상이었다. 잠마련! 그에게 분노를 제공한 무리들인 것이다. 무엇보다도 지금 당장의 적이었다. 전쟁인 것이다. 죽이고 또 죽여야만 내가 살고 내 편이 사는, 피와 살인이 무한정으로 용납되는 전쟁터인 것이다.

퍽!

부서지는 머리통 속에서 쏟아져 나와 허공으로 확 번지는 붉고 희멀건 색체의 향연!

"웩~! 우왁~!"

헛구역질을 하면서도 철민은 죽이고 또 죽였다. 끝없이!

14

"지원 병력은 왜 아직 안 오는 겁니까?"

정신없이 몰아치던 적의 파상 공세가 잠시 주춤한 틈을 타 능운이 숨을 헐떡이며 물었다.

예인후는 당장에 대답할 말이 없었다. 그들은 완전히 적진 속에 고립되어 버렸다. 이제는 어디로 가야 할지 방향마저 잃고 말았다. 그러나 두려운 것은 아니었다. 죽음을 각오한 지는 이미 진작이었다. 마지막 순간까지 장렬히 적과 싸우다 황량한 벌판의 어느 구석에 이름없는 시신으로 버려져도 후회는 없었다. 다만 문득 외로워지는 것을 어쩔 수 없을 뿐이었다.

한 발 앞서서 묵묵히 걷고만 있는 철민에게로 힐끗 시선을 주었다가 이내 거두며 예인후는 스스로의 마음을 추슬렀다. 그는 폭풍전대의 대주였다. 통솔자인 것이다. 정말로 마지막 순간이 올 때까지는, 그 어떤 상황에서도 냉철함을 유지해야만 하는 것이다.

15

"죽인다! …죽인다! …죽인다!"

끝없이 중얼거리며 죽이고 또 죽이던 중의 어느 순간, 철민의 마음속에 아주 작은 파문 하나가 생겨났다. 그리고 그것은 곧장 의문으로 커졌다.

'죽이니 통쾌한가?'

통쾌하지 않았다. 도무지 시원해지지가 않았다. 다만 익숙해져 가고 있을 뿐이었다. 피에! 죽음에! 사람이 되어 사람을 죽이는, 사람으로서는 할 수 없는 잔혹한 행위에!

"난 죽이지 않았다! 이건 꿈일 뿐이다! 한낱 꿈일 뿐이다!"

철민은 악을 쓰고 말았다. 그러나 그 순간에도 그의 눈앞에서는,

퍽!

머리통이 부서져 나갔고, 사방으로 피와 뇌수가 흩뿌려졌다. 검붉게! 허여멀겋게!

"우웩~!"

헛구역질을 하며 철민은 다시 부르짖었다.

"이건 진짜가 아니야! 꿈일 뿐이라고!"

16

폭풍전대는 겨우 오십여 명만이 남았다. 살아남은 자들은 서로의 처참한 몰골을 부둥켜안고 쓰다듬으며 격정과 회한의 눈물을 쏟았다. 필사의 사투 끝에 그들은 마침내 사지(死地)를 헤쳐 나오고야 만 것이었다.

그러나 격동은 잠시뿐이었다. 그들은 이내 깨달아야만 했다. 그들이 여전히 고립된 처지임을! 그들은 수호전단의 본진이 있는 쪽과는 반대로, 즉 잠마련의 영향권 안으로 아주 깊숙이 들어오고 만 것이었다. 어쩌면 그들의 역주행이 적의 의표를 찔렀기에, 그토록 첩첩이던 청랑단의 포위

망을 뚫어낼 수 있었던 것인지도 몰랐다.

어쨌든 그들은 안전해진 것이 아니었다. 다만 아직 살아 있는 것이었다. 아직까지는!

17

'계속 나아갈 것인가? 아니면 되돌아갈 것인가?'

모두는 예인후의 결정을 기다렸다. 예인후가 어떤 결정을 하던 이의는 없을 터였다.

꼬박 하루 밤낮을 끈 청랑단과의 혈투는 그들 모두를 피를 나눈 혈육 이상의 의리로 뭉치게 만들었다. 응축(凝縮)의 중심에는 예인후와 철민이 있었다. 두 사람에 대한 모두의 신뢰는 절대적이었다. 예인후의 통솔이 아니었다면, 그리고 가히 일인군단의 위용을 보여준 철민의 가공할 무력이 아니었다면, 진작에 전멸당하고 말았을 것이란 공감대가 생겨 있었다.

모두가 자신을 바라보고 있기에 예인후의 고민은 더욱 깊었다. 본진을 향해 왔던 길을 되짚어 다시 뚫고 나가기란 사실상 불가능했다. 그러나 예인후가 되돌아가는 쪽으로의 결정을 하지 못하는 정작의 이유는 불신 때문이었다. 본진으로 돌아가도 환영받지 못할 수 있겠다는 불신이 이미 싹터 버리고 난 다음이었다.

설령 척후의 보고를 받지 못했다고 해도 본진에서 폭풍전대의 상황을 파악하지 못했을 리는 없었다. 결국 지원병력은 못 오는 것이 아니라 안 오는 것이리라! 어쩌면 처음부터 지원병력을 보낼 계획은 없었던 것이리라! 차라리 폭풍전대가 장렬히 산화해 주기를 바란 것일까?

불신이 생겼다고 해도 예인후는 수호천이 그들을 버렸다고 단정하지는 않았다. 사군악 개인의 판단 내지는 어떤 감정이 결부된 결정일 수는 있겠지만, 나아가 사천주와 극단적으로 총수인 삼천주까지도 그들을 버리는 결정에 결부되었다고 하더라도, 위려려가 있었다.

위려려만큼은 결코 폭풍전대를, 그리고 그를 버리지 않을 것이라는 믿음이 예인후에겐 있었다. 그것은 지금 그를 지탱하게 하는 가장 큰 믿음이자 근본적인 신뢰였다. 차마 부정할 수 없는!

'나중에… 분명히 따져 보리라! 누가 무엇 때문에 우리를 버렸는지! 그러기 위해서라도 지금은 살아남아야만 한다! 악착같이!'

예인후는 가볍게 고개를 흔들었다. 더 이상 생각할 필요도, 여유도 없었다. 어쨌거나 지금 가장 명료한 사실은 그들이 한 곳에 오래 멈추어 있을 처지가 못 된다는 것이었다. 여기가 여전히 적진인 이상, 언제 어느 때 다시 적의 공격을 받을지 모르므로!

오십여 폭풍전대의 날카로운 눈빛들이 조금의 흔들림도 없이 일제히 예인후를 주시했다. 무표정한 얼굴로 땅바닥만 내려다보고 있는 철민만 제외하고!

"일단 움직인다!"

예인후의 한 마디에 대원들은 지치고 상처 입은 몸들을 벌떡 일으켜 세웠다. 누구도 묻지 않았다. 어디로 갈 것인지, 예인후의 판단과 결정이 무엇인지에 대해!

第八十章
哲學

몽상가

1

　시간은 어느덧 9월 말로 치달아서 이제 준PO를 삼 일 앞에다 두고 있었다.

　여느 날과 같이 훈련을 마치고 가방을 꾸리던 중에 핸드폰을 열어본 손강호가 잠시간 고개를 갸웃거리더니 철민에게 슬쩍 떠보듯이 말했다.

　"팀장님! 숙소 밥도 인자는 영 지겨운데, 오늘 저녁은 우째 외식 한번 땡길까예?"

　평소에 안 쓰던 사투리까지 섞어가며 떠는 0.1톤 덩치의 애교가 사뭇 닭살스러웠다. 아마도 누군가 만나자는 문자가 온 모양인데, 혼자 만나긴 좀 쑥스러운 상대인가 보았다.

　'소개팅이라도 받은 건가?

　괜한 생각들이 떠올랐으나 철민은 간단히 손사래를 쳤다.

　"혼자 가세요! 전 지겨운 숙소 밥이나 먹을랍니다!"

그러자 손강호가 짐짓 애달아했다.

"그러지 말고 같이 좀 가주이소!"

"여잡니까?"

"예!"

"누군데 그렇게 쑥스러워합니까?"

"글쎄요! 아마 팀장님도 아는 사람일지 모르겠는데… 미리 알면 재미 없다 아입니까?"

손강호가 애매하게 웃는 모습에서 철민은 언뜻 한 사람을 떠올려 보았다. 그러나,

"자자! 약속시간이 얼마 안 남았으니까 서둘러야 합니데이! 때 빼고 광 내지는 못해도, 땀에 절은 운동복 차림으로 나갈 수는 없지예!"

손강호가 우격다짐이라도 하듯이 밀어붙이는 통에 철민이 일단은 못 이기는 체 끌려가 줄 수밖에 없었다.

2

손강호를 따라 도착한 곳은 이곳 도시에서는 그래도 가장 고급이라는 P호텔의 꼭대기 층에 위치한 레스토랑이었다.

레스토랑은 넓고 고급스러운 시설의 홀 외에도 안쪽에 회랑 식으로 배 치된 룸들이 십여 개가 넘어 보였다. 홀을 한번 둘러본 손강호가 데스크 로 가서 뭔가를 물어보고 오더니,

"팀장님! 저쪽이랍니다!"

하고는 마음이 급한 듯이 제 먼저 성큼성큼 걸어갔다. 철민이 썩 내키 지는 않는 걸음으로 미적미적 따라갔더니, 어느 룸 앞에서 멈춰 선 손강

호가 조심스레 방문을 열고는 룸 안쪽을 향해 덩치에 영 걸맞지 않게도 곰살스러운 인사를 건넸다.

"아이고, 이거 죄송합니다! 서두른다고 했는데도 그만 늦어버렸네요!"

"아녜요! 제가 조금 일찍 온 걸요!"

방 안에서 들려 오는 목소리는 철민에게도 익숙했다. 바로 철민이 '언뜻 떠올려 보았던' 그 사람, 한영주였다.

그녀도, 철민도 먼저 인사말을 건네기 어색할 만큼 서먹한 이유가 단지 오랜만에 만나서이기 때문만은 아니겠지만, 그러고 보니 어쨌든 두 사람이 얼굴을 보는 것은 지난 번 철민이 이준혁과의 승부를 가지고 난 이후로 처음이었다.

"그럼 저는 이만……!"

손강호가 제 딴에는 눈치껏 빠지려고 하는 것을 철민이 슬쩍 옷자락을 잡았고, 한영주 역시,

"아녜요! 오늘은 두 분 다 제 손님이세요!"

하고 얼른 만류했다. 이를 드러내며 짐짓 익살스럽게 웃어 보인 손강호가 언제 체면을 차렸느냐 싶게 대뜸 메뉴판을 집어 들더니, 한식과 양식, 그리고 일식과 중식의 코스 요리 중에서 잠깐의 갈등을 보인 끝에 선뜻 중식을 택했다. 철민이 생각할 것도 없이 고개를 끄덕여 동의를 표했고, 이어 한영주가 배시시 웃으며,

"저도요!"

하고 또한 동의했다.

주문을 한 이후에는 한동안이나 서로 간에 말이 없는데, 한영주가 문득 엷게 웃으며 어색한 침묵을 깼다.

"늦었지만 포스트시즌 진출 축하 드리고, 두 분의 맹활약에 대해 감사

드려요! 그리고 계속 선전해 주시기를 당부 드리고요!'

손강호가 얼른 머리를 주억거리며 답례 치레를 하는 시늉인데, 철민은 괜한 까탈이 생겼다.

'그럴듯한 치하와 당부의 말이라니! 참 구단주스럽기도 하다!'

기왕에 이런 자리를 마련했으면서, 꼭 그런 투의 말이나 해야 되나 싶은 것이었다.

요리가 나오기 시작했고, 어떡하든 분위기를 살려보려고 생각나는 대로 이런저런 얘기를 늘어놓는 손강호의 가상한 노력으로 식탁에는 제법 화목한 대화와 웃음이 오갔다. 다만 철민은 끼어들 기분이 영 되지 않았기에, 그러한 대화와 웃음은 대개 손강호와 한영주 두 사람 사이의 것이었다.

두 사람은 지난 번 일로 꽤나 친해진 모양으로, 처음에는 꼬박꼬박 '구단주님!', '구단주님!' 하던 손강호의 호칭이 어느 때부터는 슬쩍 '영주 씨!'로 바뀌었고, 한영주 또한 그렇게 바뀐 호칭을 살갑게 받아 주었다. 그렇더라도 손강호가 제 '본분과 역할'을 잊지는 않았다는 듯이 중간중간에 전화가 왔다거나, 화장실을 간다며 눈치껏 자리를 비워주곤 했는데, 그러는 중에 코스 요리가 거의 끝나가는 분위기일 때였다.

"그동안 어떻게 지냈어요?"

한영주가 문득 눈을 맞추며 묻는 말에 철민이 짐짓 무덤덤한 체 대답했다.

"야구선수가 야구 연습하는 것 외에 달리 할 일이 있겠습니까?"

한영주의 눈빛이 문득 촉촉해졌다.

"저 보고 싶지 않았나요?"

그 소리에 철민이 갑자기 가슴이 방망이질 치는 바람에 말문이 콱 막히고 마는데, 한영주가 잔잔히 덧붙였다.

"전 보고 싶었는데…… 많이!"

순간 철민은 울컥해지고 말았다. 한영주 또한 더 이상은 아무 말도 하지 못하고서, 다만 촉촉한 눈빛으로 철민을 바라보고만 있었다.

"에헤이~! 분위기가 와 이렇습니까?"

마침 돌아온 손강호가 능청을 부리더니 이어 짐짓 능글맞게 두 사람을 흘겨보며 슬쩍 '오버'를 했다.

"식사도 든든하게 했는데, 우리 어디 가서 본격적으로 분위기 좀 띄워볼까요? 여기 지배인한테 물어보니까 요 바로 아래층에 이 집 사장이 하는 괜찮은 노래주점이 하나 있다는데, 레스토랑 이용 손님한테는 할인이 된답니다. 어떻습니까? 사람이 밥만 먹고 사는 건 아니라고 하던데, 거기 가서 간단하게 딱 한 잔만…… 오케이?"

"시합이 바로 코앞인데 술은 무슨 술입니까?"

철민이 대뜸 핀잔을 주는데, 그에 반발이라도 하듯이 한영주가 사뭇 적극적으로 환영했다.

"전 좋아요! 사실은 그때 회식 때 같이 못해서 얼마나 섭섭했다고요?"

손강호가 얼른 장단을 맞추었다.

"좋습니다. 여기는 민주주의 국가니까, 어디까지나 다수결로 땅! 땅! 땅! 결정됐습니다! 딱 한 잔씩에, 노래 한 곡씩만 하는 겁니다!"

3

아래층의 노래주점에 들어서자 생각했던 것보다 고급스러운 분위기였는데, 그 때문인지 호기롭게 앞장섰던 손강호가 정말 들어가도 되는지 뒤늦게 눈치라도 보는 듯이 힐끗 한영주를 돌아보았다. 그리고 한영주가 가볍게 웃으며 고개를 끄덕이자 그의 어깨에는 다시 잔뜩 힘이 들어갔다.

"우리 위층 레스토랑에서 예약했는데……?"

사뭇 내려 간 손강호의 목소리에 카운터의 마담이 반색하며 맞았다.

"예! 깨끗한 방으로 준비해 뒀습니다!"

"제일 좋은 방으로 부탁을 드렸는데……?"

손강호의 목소리가 바리톤을 넘어 베이스의 음역대로까지 깔렸다.

"예, 예! 물론입니다. 저희 가게에서 제일 좋은 VVIP 룸으로 준비했습니다!"

정중하게 허리까지 접어보이고 나서 마담은 즉시 웨이터를 불러 안내를 지시했다.

그때 철민이 문득 툭! 떠오르는 게 있기에 별 생각 없이, 정말로 별 생각 없이 마담에게 툭 뱉고 말았다.

"여기 카드 되죠?"

그런데 그야말로 충동적으로 튀어나온 말이라 철민이 곧바로 어색해지고 말았고, 마담 역시 순간 뜨악해하는 얼굴이 되었으며, 손강호는 무슨 촌스런 소리냐는 듯이 아예 확 눈총을 날렸다. 다만 한영주는 갑자기,

"까르르!"

웃음이 터지더니 이어 겨우 웃음을 추스르며,

"여기 카드 되죠?"

하고 철민의 말을 확인하듯이 재차 물었다.

그제야 마담이 얼른 장단을 맞추었다.

"예~! 물론입니다! 되고 말고요!"

한영주가 대뜸 철민의 팔짱을 꼈다.

그 갑작스럽고도 과격한 모드에 손강호의 두 눈이 크게 떠졌지만, 철민이 그녀의 대시를 슬며시 받아주는 걸 보고는 한 번 으쓱 어깻짓을 하고는 표정을 풀었다.

세 사람은 정말로 'VVIP ROOM' 이란 명패가 달린 방으로 안내를 받았는데, 곧이어 양주 한 병과 화려하게 장식된 안주 세트가 들어오는 걸 보고는 손강호가 괜히 꼼꼼한 체를 했다.

"어? 우리 아직 주문 안 했는데……?"

웨이터가 살짝 당황하는 기색이자, 한영주가 가볍게 웃으며 고개를 끄덕여 주었다.

각자의 첫 잔을 채운 다음부터 양주와 안주 세트는 거의 온전히 손강호의 차지였다. 한영주와 철민은 갑자기 말문이라도 터진 듯이 얘기하기에 여념이 없었으므로!

그러나 손강호는 곧 곤혹스러운 처지가 되고 말았다. 정말로 시합이 코앞인데 맘놓고 술잔을 비워낼 입장도 아니었고, 그렇다고 철민과 한영주의 '찰떡같은' 분위기를 깨가며 노래를 불러 제낄 수도 없고, 또한 그렇다고 여기까지의 분위기를 주도한 입장으로서 확 가버릴 수도 없고…….

손강호가 하릴없이 룸을 나갔다 들어왔다 해도 두 남녀는 별 신경을 쓰는 눈치가 아닌데, 몇 번이나 들락거리던 중에 손강호는 문득 가게 분위기가 좀 이상한 것을 느꼈다. 들어올 때만 해도 적어도 룸 몇 군데에는 손님들이 들어 있는 것 같았는데, 어느새 다 비었는지 룸들은 하나같이 조용하기만 했다. 더욱이 복도를 오가던 웨이터들까지도 보이지를 않았고, 앞쪽 카운터의 마담 역시도 자리를 비우고 없었다.

그때 가게로 들어서는 십여 명의 사내를 보는 순간, 손강호는 흠칫 긴장하고 말았다. 복장과 풍기는 분위기에서 사내들은 웨이터도, 손님도 아닌 것 같았다.

"바깥 분위기가 좀 이상합니다!"

"이상하다니요?"

사뭇 다급한 기색으로 돌아온 손강호에 대해 철민이 또한 반사적으로 긴장하고 말았다.

"우리 외엔 손님들도 없는 것 같고, 웨이터들도 보이지 않는데, 수상한 자들이 잔뜩 몰려와 있습니다!"

한영주 또한 크게 긴장한 빛이었지만, 그래도 차분하게 핸드폰을 꺼내 들며 말했다.

"일단 경호팀을 부르도록 하죠!"

그러나 그녀가 막 번호를 누르려는 참에 룸의 문이 벌컥 열리며 십여 명의 사내가 안으로 들이닥쳤다.

"김철민 씨?"

사내들 중에서 훤칠하게 키가 큰 사내 하나가 성큼 앞으로 나서며 철민을 찾았다. 철민이 진탕되는 가슴을 애써 진정시키며,

"나요!"

했더니 사내는 선뜻 핸드폰을 건넸다.

그것은 사뭇 익숙한 상황이었으므로, 철민은 곧바로 이 상황을 누가 만든 것인지 짐작할 수 있었다. 사실은 진작부터 그자일 것이라고 이미 짐작하고 있던 터였다. 바로 조승태이리라는 것을!

"어이, 김철민이! 별탈 없이 잘 지내고 있나? 혹시 너무 별탈이 없어서 나 같은 사람은 다 잊어버리지나 않았는지 몰라?"

과연 조승태였다. 짐작하고 있었더라도 철민이 새삼 질리고 마는데, 전화기 너머에서 듣는 것만으로도 치를 떨리게 하는 목소리가 다시 차갑게 느물거렸다.

"내가 그랬지? 아직 끝나지 않았다고! 새로 시작된다고 했지? 지금이 바로 그 시작이야! 나와의 싸움 말이야! 아! 그리고 같이 있는 두 사람에게는 구경 잘 하라고 좀 전해줘! 그 두 사람에게 좋은 구경할 기회를 만들어 주려고 내가 꽤나 공을 들였거든?"

4

철민은 도망치고 싶었다. 사실은 언제든지 이런 상황을 만나면 무조건 그렇게 하리라는 작정을 늘 가지고 있었던 것이었다. 그러나 지금 그는 도저히 그럴 수 없는 상황에 몰리고 말았다. 한영주, 그리고 손강호가 함께 있는 것이다.

하얗게 질린 얼굴로 파르르 떨고 있는 한영주를 보면서 철민은 문득 스멀거리며 일어나는 분노를 느꼈다. 손강호의 팔을 끌어당기며 철민이 속삭였다.

"한영주씨를 데리고 구석으로 피한 다음에 경찰과 경호팀에 전화하세요!"

손강호가 굳은 얼굴로 고개를 끄덕이는 순간, 철민은 그대로 테이블을 찼다.

쾅!

테이블이 미끄러져 가는 기세에 사내들이 화들짝 좌우로 갈라졌고, 그 틈에 손강호는 한영주의 팔을 잡아채며 재빨리 룸의 가장 안쪽 구석으로 물러났다.

그때 사내들이 일제히 허리춤에서 길쭉한 물건 하나씩을 꺼내 들었는데, 순간 그것들은 실내 조명에 반사되며 섬뜩한 빛을 뿌려냈다. 하얗게 날선 사십 센티미터 가량의 칼이었다.

"와앗~!"

누군가 내지른 짧은 고함을 신호로 사내들은 일제히 철민을 향해 쇄도해 들며 거침없이 찌르고 사정없이 그어왔다. 곧바로 어깨와 등에서 감전된 것처럼 아린 통증이 피어올랐지만, 철민은 신음을 안으로 삼켰다.

"악~!"

비명은 오히려 한영주가 질러냈다, 마치 자신이 찔리고 베이기라도 한 듯이!

순간 철민은 스스로의 속에서 폭발하고 마는 무언가를 보았다. 분노였다. 그리고 그는 곧바로 도저히 주체할 수 없는 거대한 분노에 함몰되고 말았다.

"죽인다!"

차라리 비명 같이 중얼거리며 철민은 양팔을 광포하게 휘둘렀다. 사내들이 마주 휘두르는 칼날에 손등과 팔뚝을 베이고 찔리며 금세 피가 낭자해졌지만, 철민은 마치 아무런 감각을 느끼지 못하는 것처럼 맹렬하게 치고, 후리고, 찔렀다.

"큭!"

"윽!"

사내 둘이 속절없이 바닥으로 무너져 내렸다. 그리고 이어 또 다른 사내 하나가 얼굴을 감싸쥐더니,

"아악~! 내 눈! 내 눈~!"

찢어지는 듯한 비명을 내지르며 그대로 바닥을 굴렀다. 그 처절한 비명과 광경에 방 안의 모두가 일시 움찔하고 마는데, 철민은 오히려 더욱 거세게 사내들을 몰아쳐 갔다. 어느 틈에 바닥에 나뒹구는 칼 한 자루를 집어 든 그가 주춤주춤 물러나는 사내 하나를 쫓아가서는 거침없이 칼을 찔러 넣었다.

"크~ 억!"

어깨에 깊숙이 칼이 박힌 채로 사내가 절박한 비명을 토해내며 쓰러졌다.

철민은 손에 잡히는 대로 휘두르고 찔렀다.

펙!

술병이 한 사내의 머리를 내리치며 산산이 박살이 났다. 사내가 머리를 감싸쥐며 바닥으로 무너질 때, 철민은 깨진 병으로 또 한 사내의 얼굴을 거침없이 그어 버렸다.

한영주는 두 눈을 부릅뜬 채로 부르르 치를 떨고 말았다. 그리고 이윽고는 차마 보지 못하겠다는 듯이 두 손으로 얼굴을 감싸쥐었다.

"으악!"

"큭!"

다시 두어 마디의 비명이 잇따랐고, 남은 사내 둘은 공포에 질린 채로 문을 향해 뛰었다.

"죽인다!…죽인다!"

철민이 주문처럼 중얼거리며 사내들을 쫓아 밖으로 나가는 걸 보고 한영주가 부들부들 떨리는 소리로 외쳤다.

"안 돼~!"

그러나 그때 손강호가 얼른 방문을 닫아걸고 등으로 버티며 그녀에게 외쳤다.

"빨리 경호팀에 전화하세요! 아니, 경찰에 신고부터 하세요!"

그러나 한영주가 여전히 충격과 공포에서 벗어나지 못한 듯이 온몸을 떨고만 있더니,

"악~!"

"으악~!"

바깥에서 다시 비명들이 터지자 허둥지둥 핸드폰의 번호를 눌렀다.

"여보… 세요! 거기… 경찰이죠!"

한영주가 덜덜 떨리는 목소리로 경찰에 신고 전화를 하는 동안에도 바깥에서는 비명이 잇따르더니, 그녀가 경찰에 이어 경호팀에까지 전화를 마쳤을 때쯤에는 비명이 잦아들었다.

조심스럽게 문을 열고 바깥의 동정을 살피던 손강호가,

"팀장님!"

하고 놀란 소리로 외치며 갑자기 달려나갔기에, 한영주가 또한 벌컥 문을 박차듯이 하고는 밖으로 뛰어나갔다. 바깥은 말 그대로 아수라장이어서 피투성이의 사내들이 여기저기 쓰러져 뒹굴며 신음하고 있었다.

손강호는 카운터 쪽에서 한 사람을 등에 업은 채로 황급히 오고 있었다. 철민이었다. 언뜻 보기에도 철민은 온통 피에 젖은 모습이어서 한영주가 놀라 달려갔다.

"철민 씨!"

눈물부터 그렁거리는 한영주를 손강호가 다급히 재촉했다.

"일단 피해야 합니다! 이리로!"

재빨리 가까운 룸의 문을 몸으로 밀며 안으로 들어선 손강호가 조심스레 철민을 소파에 내려놓았을 때였다. 갑자기 바깥 입구 쪽이 부산해지

는 기미가 있더니, 이내 한 떼의 사내가 들이닥친 듯이 고함을 치는 소리들이 들렸다.

그때였다. 힘없이 처져 있던 철민이 벌떡 몸을 일으키더니 그대로 바깥으로 달려나가려 했다.

"안 됩니다!"

놀란 손강호가 몸으로 철민을 막았다.

그러나 철민은 막무가내로 밀어붙이며 연신 무언가를 중얼거렸다. 처음에는 불명확했지만 곧 그것이 무슨 말인지를 알게 된 손강호와 한영주는 섬뜩하지 않을 수 없었다.

"죽인다! …죽인다!"

철민은 마치 주문처럼 중얼대고 있었다.

철민의 힘은 무지막지했다. 손강호의 완력으로는 도저히 막을 수 없는 지경이자 한영주까지 뒤에서 철민의 목을 끌어안고 매달렸다.

"철민 씨! 진정하세요! 제발!"

한영주가 다급하여 애원하다시피 속삭이자, 그제야 철민은 멍한 얼굴로 몸을 축 늘어뜨렸다.

손강호가 바깥 동정에 귀를 기울이는 사이에 한영주는 철민을 다시 소파에 앉히고 상처를 살폈다. 그러나 셔츠가 피로 흥건히 젖었을 정도이니, 그녀가 당장에 어떻게 해볼 수 있는 일은 없었다. 다만 멍한 채로 가늘게 온몸을 떨고 있는 철민의 모습이 너무나 안타까워서 그녀는 그의 머리를 품으로 끌어당겨 꼭 안아주었다.

"괜찮아요! 괜찮을 거예요!"

한영주의 다독임에 반응이라도 하듯이 철민이 또한 뭐라고 중얼거렸으나, 입속으로만 웅얼거리듯이 하는 말이라 대개는 알아들을 수가 없었다.

　손강호는 가늘게 안도의 한숨을 내쉬었다. 멀리서 경찰차 싸이렌 소리
가 들리는 것 같았고, 바깥에서 사내들의 동정이 문득 다급해지고 있었
다.

5

　철민은 스스로의 내부 깊숙한 곳에 빠져 있었다. 끝없는 혼돈 속이었
다. 그런 중에 누군가 무심하게 내뱉는 규칙적인 중얼거림만 기이하게도
또렷하였다.
　"죽인다!…죽인다!…죽인다!"
　바로 철민 자신이 중얼거리는 소리였다. 그는 포악하게 주먹을 휘두르
고 있었다.
　"으아악~!"
　"크아악~!"
　참혹한 비명들이 무수히 터져 나오고 있었다. 그의 주먹마다 공간의
일부가 마치 한 통의 붉은 물감을 확 흩뿌린 듯이 진홍으로 물들고 있었
다. 수박처럼 터져 버린 사람의 머리통이 푸른 공간에다 검붉은 피와 허
여멀건 뇌수를 쏟아내고 있었다.
　살인이었다. 아니, 살육(殺戮)이었다. 그는 마치 방금 지옥에서 빠져나
온 듯한 혈귀(血鬼)와도 같이 미친 듯이 날뛰었지만, 사방으로 마구 흩뿌
려지는 핏속에서도 그의 옷에는 막상 피 한 방울 튀지 않았다. 그것이 오
히려 더욱 공포스러웠다.
　"우웩~!"
　헛구역질을 하며 그는 부르짖었다.

"이건 진짜가 아니야! 난 죽이지 않았어! 이건 다만 꿈일 뿐이야!"

그는 다시 악을 썼다.

"난 괴물이 아니야! 난 괴물이 아니라고!"

6

방금 전 철민이 보여준 참혹한 칼부림도 그랬지만, 지금 다시 마치 악몽을 꾸는 듯이 중얼거리고, 외치고, 마구 악을 써대는 모습에 대해 한영주는 도무지 이해할 수 없고, 두렵기까지 했다.

그러나 이해할 수 없고 두렵더라도, 그녀는 공감하고 싶었다. 그가 지금 겪고 있을 알 수 없는 절망과 공포를 조금이라도 공감하고 싶었다. 그것이 어떤 이유로 인해 생겼든지 간에, 그에게 무슨 사정이 있을 것이었다. 이런 식으로라도 풀어내지 않으면 안 되는 무슨 절박한 사정이 있을 것이었다. 그의 고통을 조금이라도 덜어주고 싶었다. 그에게 조금이라도 위안을 주고 싶었다. 아니, 온전히 그의 위안이 되고 싶었다.

"그래요! 이건 다만 꿈일 뿐이에요! 그리고 당신은 절대로 괴물이 아니에요! 괜찮아요! 내가 당신을 지켜줄게요! 어떤 경우에도! 반드시!"

철민이 문득 안정을 찾는 것 같더니 이어 길게 한숨을 내쉬었다.

"후우~!"

한영주는 가만히 철민의 얼굴로 손을 가져갔다. 그리고 그의 뺨으로 흘러내리는 눈물을 훔쳐주었다.

"괜찮아요! 괜찮아요! 내가 지켜줄게요!"

그녀는 주문처럼 중얼거렸다. 그런 그녀의 뺨으로도 주르륵 눈물이 흘러내렸다.

7

　　경찰보다 먼저 현장에 도착한 것은 대성그룹의 경호팀이었다. 그들이 왔을 때 룸과 복도 곳곳에 쓰러져 신음하던 사내들은 모두 사라진 뒤였지만, 사방에 부서져 나뒹구는 집기들과 더욱이 아직 마르지 않은 곳곳의 핏자국들은 좀 전까지 이곳에서 어떤 참혹한 광경이 벌어졌는지를 여실히 말해주고 있었다.

　　"뒷정리는 저희가 알아서 하겠습니다! 그리고 경찰이 오면 아무래도 번거로워질 테니 우선 댁으로 모시겠습니다!"

　　경호팀장의 말에 한영주가 고개를 저었다.

　　"아니에요! 제 일행이 많이 다쳤으니 일단 병원부터 가야겠어요!"

8

　　철민의 상반신 곳곳이 상처투성이였고, 특히 양쪽 손과 팔의 자상은 수십 군데나 되었다. 그러나 병원 응급실의 당직 의사가 사뭇 감탄했듯이 신경과 혈관을 다친 곳이 한 군데도 없다는 것이 차라리 신기할 정도였다. 덕분에 외상 약을 덕지덕지 바르고, 붕대를 감는 조치만 하고서 곧바로 숙소로 복귀할 수 있었다.

　　조승태 패거리들 중 일부가 병원 치료를 받는 과정에서 경찰에 검거되었는데, 싸움의 경위에 대해서는 한결같이 자신들끼리의 시비에 이은 패싸움으로 진술을 하였고, 철민과 손강호에 대해서는 언급조차 하지 않았다고 했다. 아마도 조승태 측에서도 사건이 확대되는 것을 원하지는 않는 모양이었다.

그렇더라도 한영주는 대성그룹의 법무팀을 개입시키는 등 사건의 뒷수습에 신경을 썼다. 나아가 이번 기회에 조승태를 정식으로 경찰에 고발하자고도 했다. 그녀 자신과 이준혁의 증언이라면 조승태를 법정에 세우는 데 문제가 없을 것이라며.

손강호 또한 그녀의 생각에 동의하여 이대로 조승태가 계속 도발을 하도록 둘 수는 없으니 이제야말로 경찰의 도움을 받아야만 한다고 했다.

그러나 철민은 조심스러웠다. 일단 불스의 포스트시즌 경기가 끝날 때까지는 기다려 보자고 했다. 그의 개인적인 문제로 인해 이제 마지막 도전을 앞두고 혼신을 불태우고 있는 선수들의 뜨거운 열정에 찬물을 끼얹을 수는 없다는 생각이었다.

第八十一章
바다를 향하여

몽상가

1

준PO 하루 전의 오후.

원정지로 이동하기 위해 철민을 포함한 불스 선수단 전부가 점심을 마치자마자 분주히 짐을 정리하고 있는 중인데, 유승곤 코치로부터 철민을 좀 보자는 연락이 왔다.

철민이 감독실로 가보니 웬일로 운영팀의 강영석 부장이 보이고, 박태성 코치와 이종찬도 미리 와 있었다.

"오랜만입니다, 강 부장님! 잘 계시죠?"

"어, 김 팀장! 나야 뭐… 김 팀장과 선수들 덕분에 구단 직원들 모두 아주 신바람이 나 있지! 하하하!"

우선 강 부장과 반가운 인사를 나눈 다음에 철민이 탁자에 미리 놓인 커피를 한 모금 마시면서 보니 유 코치의 안색이 영 어두웠다. 철민이 슬쩍 이종찬을 눈짓해 보았지만, 이종찬도 아직 무슨 영문인지를 모르고 있는 모양으로 슬쩍 고개를 저어 보였다.

"그런데… 무슨 일입니까?"

철민이 유 코치에게 묻자 그는 말을 꺼내려는 듯하다가는 슬쩍 미루듯이 강 부장을 돌아보았다. 그에 강 부장이 문득 무거운 얼굴로 되며 말했다.

"다른 게 아니고… 어제 밤에 장 감독이 연락을 했더라고! 준PO 경기 전에 병상에서나마 시즌을 함께한 감독으로서 선수들에게 격려를 해주고 싶은데 괜찮겠느냐고!"

철민이 뭐라고 하기 전에 이종찬이 끼어들었다.

"그래요? 그럼 당연히 가봐야지, 괜찮고 말고 할 것이 뭐 있겠습니까? 안 그래도 선수들끼리 병문안 한번 가자는 얘기 있었는데, 큰 경기 앞두고 다들 정신들이 없어놔서……. 쩝! 사실은 성의가 부족해서 그런 거겠지만……. 하여튼 버스야 오늘 중으로만 출발하면 될 테니 모두에게 얘기해서 지금 바로 출발하도록 하죠!"

이종찬이 혼자서 결론까지 내버렸는데, 그럼에도 강 부장이,

"그런데……!"

하고 말꼬리를 늘렸기에, 철민이 무슨 사정이 있음을 짐작하고 조심스럽게 물었다.

"혹시 감독님께 무슨 일이라도 있는 겁니까?"

"그게… 장 감독의 병세가 좀 심각하네! 알고 보니 그 양반, 작년에 이미 췌장암 말기 선고를 받았는데, 감독 직을 맡으면서부터는 아예 모든 치료를 포기해 버린 모양이야! 본인이 그런 얘기를 일절 안 했으니 구단에서도 전혀 모르고 있다가, 이번에 그 양반 병원비 중간정산을 하는 과정에서야 알게 되었지! 그런데 담당 의사 말로는 암세포가 이미 전신으로

전이돼서 손을 쓰기 불가능한 상태이고, 얼마나 더 버틸 수 있을지 예상하기조차 어렵다고 하더군!"

순간 모두가 말을 잃고 멍해지고 마는데, 이종찬이 갑자기 버럭 목소리를 높였다.

"아니! 그게 갑자기 무슨 소립니까? 그런 일이 있었으면 우리한테도 진작에 얘기를 해줬어야 하는 거 아닙니까?"

강 부장이 미간을 찌푸렸다가 풀며 말했다.

"구단 입장에서도 여러 가지로 고민이 많았네!"

이종찬이 다시 버럭 하려는 것을 철민이 제지하며 차분히 말했다.

"물론 선수들에게 큰 충격이 될 테고, 사기에도 영향을 미치게 될 테지만, 그래도 그처럼 위태로운 상태라면 즉시 가보는 게 도리 아니겠습니까?"

강 부장이 무겁게 고개를 끄덕였다.

"역시 그래야겠지?"

2

병원 뜰 한쪽의 등나무 그늘 아래에서 장 감독은 환자복이 아닌 평상복 차림으로 선수들을 맞았다. 비록 보기에 안쓰러울 정도로 야위었고 병색이 완연한 얼굴이었지만, 그는 평소 늘 그랬던 것처럼 선수들을 한 번 쭉 돌아본 뒤에 특유의 묵직한 목소리로 입을 열었다.

"반갑다! 여러분!"

선수들이 또한 평상시대로의 인사말을 합창했다.

"반갑습니다!"

장 감독이 창백한 얼굴에 빙그레 미소를 머금으며 가볍게 질문을 던졌다.

"여러분은 드디어 내일 대망의 포스트시즌 첫 경기를 앞두고 있다! 어떤가? 긴장되는가?"

대답을 기다리지 않고 장 감독은 곧바로 말을 이었다.

"긴장할 것 없다! 다만 즐겨라! 여러분은 이미 목표를 달성했다! 이제부터는 보너스다! 보너스를 즐기면 되는 것이다!"

"그럼 우리는 이미 바다에 도착한 겁니까?"

이대헌이 짐짓 느물대는 흉내로 불쑥 물은 데 대해 장 감독은 희미한 미소로 답했다.

"바다는 여러분 각자의 마음속에 있다! 따라서 여러분들 중 누군가는 아마도 이미 바다에 도착했을지 모르겠고, 또 다른 누군가는 아직 아닐 수도 있겠지!"

이대헌이 좀 더 노골적으로 주변을 둘러보며 물었다.

"어이! 우리 중에 이미 바다에서 놀고 있는 사람 있나?"

웃음 섞인 대답들이 돌아왔다.

"아닌데요!"

"아직 멀었는데요!"

이대헌이 실실 웃으며 외쳤다.

"감독님! 아직 아무도 바다에 도착 못했다는데요? 아무래도 아직 좀 더 가야 하는 모양인데… 만약 우리 모두가 바다에 도착하기 전에 혼자서 슬쩍 빠지신다면, 그건 배신입니다? 배신은 절대 용서받지 못한다는 것, 아시죠?"

장 감독이 문득 먹먹해지는 기색이더니, 이내 환하게 웃으며 말했다.

"고맙다! 내 마음속의 바다는 바로 여러분들이다! 이제부터 여러분들이 바다로 나아가는 동안, 나도 여러분들과 함께할 것이다! 비록 야구장에 함께 있지는 못하지만, 여러분들이 펼쳐가는 매 순간순간이 내 야구 인생의 진정한 클라이맥스가 될 것이다! 그리고 여러분들이 마침내 바다에 도착했을 때, 나 또한 그 바다에 함께 있을 것이다!"

장 감독의 목소리가 점점 떨려 나오고 있었다. 힘겨워 보이기도 했지만, 누구도 부축하려 들지는 못했다. 지금 이 순간 모두는 무언지 모를 가슴 찡함에 마취라도 되어버린 듯이 그저 묵묵히 서 있기만 했다.

장 감독이 유 코치에게 손을 내밀어 악수를 청했다.

"강 부장에게 들으니, 감독 대행 안 맡겠다고 계속 고집을 부린다면서?"

유 코치가 손을 잡힌 채로 슬쩍 눈길을 비키자 장 감독은 잡은 손을 꽉 잡으며 덧붙였다.

"나 대신 당신이 짐 좀 져줘!"

유 코치가 피해 있던 시선을 설핏 장 감독과 마주쳤고, 다시 그 뜨거운 진정으로 가득한 눈빛을 보고 난 다음에는 대답을 하지 않을 수 없었다.

"알겠습니다……! 자신은 없지만, 감독님 오실 때까지 어떡하든 한번 버텨보겠습니다!"

장 감독이 환히 웃으며 고개를 끄덕였다. 이어 그는 선수들 하나하나와 눈을 맞추며 손을 잡아갔다.

손강호는 이전에 억세었던 장 감독의 손아귀 힘을 떠올리기라도 했던지 울컥하고 마는 기색이었다.

장 감독과 손을 마주 잡았을 때 철민은 뭐라고 할 말을 떠올릴 수 없었다. 장 감독 역시 웃는 눈빛으로 잠시 바라보다가 가볍게 고개를 끄덕여 보이고는 다음 사람의 손을 잡아갔다.

순간 속으로 겨우 삭혀두었던 철민의 회의감이 문득 다시 머리를 치켜 들었다.

‘이대로 계속하는 것은, 이처럼 뜨겁고 순수한 열정에 대한 비열한 반칙이 아닐까? 아아! 정말로 지금이라도 그만두어야 하는 게 아닐까?

선수들 모두와 뜨거운 악수를 마친 장 감독은 활짝 웃으며 손을 들어 보이고는 병원 건물로 걸어갔다.

건물 입구에 서서 다시 한 번 번쩍 손을 들어 보이는 장 감독을 향해 선수들이 허리 숙여 인사하고, 혹은 마주 손을 흔들어주며 다들 웃는 얼굴이다가, 막상 장 감독의 모습이 건물 안으로 사라지자 모두는 금세 축 처진 모습들이 되고 말았다.

3

“최～ 강! 돌～ 핀스!”
“최～ 강! 돌～ 핀스!”
프로야구 준PO 1차전을 맞은 돌핀스의 홈 구장은 관중들의 응원 열기로 뜨거웠고, 그런 중에 원정팀인 불스의 응원 열기도 만만치 않았다.
“오～ 오～ 오! 불～ 스～ 파이팅!”
“오～ 오～ 오! 불～ 스～ 파이팅!”
그렇게 축제의 장이 열리고 있었다.
경기 시작을 앞두고 덕아웃 앞에 불스 선수들이 집결하였다.
“이미 말했지만, 총력전이다! 내일은 없다는 각오로 나가는 거다! 그러나 긴장할 필요는 없다! 장 감독님 말씀대로 지금부터의 매 순간을 즐겨

보자! 가는 데까지 가다가, 어디에서 멈추더라도 후회하지 않도록 원없이 즐겨보는 거다! 자~! 파이팅!"

유 감독의 짧은 당부에 선수들이 한 목소리로 외쳤다.

"파이팅~!"

4

준PO 1차전.

불스는 1회 초부터 대거 3점을 뽑으며 앞서갔다. 정규 시즌 막판 무패를 구가하던 맹렬한 상승세가 그대로 이어지는 것 같았다.

3회 말에 1점을 내주긴 했지만, 불스는 곧바로 4회 초에 다시 한 점을 추가하여 4-1의 스코어로 계속 리드를 지켜 나갔다.

다만 5회 초의 무사 만루 찬스를 포수 파울플라이와 이어진 병살타로 무산시켜 버린 것을 포함해, 6회와 7회에 연이어진 득점 찬스에서도 결정타가 터지지 않아 추가 득점을 올리지 못한 것이 아쉬웠다.

철민은 시즌 종반 불같은 맹타를 휘두르던 '공신'의 모습이 결코 아니었다. 타석에 선 그는 마치 무엇에 주눅들기라도 한 것처럼 소극적인 모습이었다.

다만 와중에도 '공신'의 위압감에 감히 쉽게는 정면승부를 걸어오지 못한 돌핀스 투수들 덕분으로, 철민이 스윙 한 번 하지 않고도 두 개의 볼넷을 얻기는 했다. 물론 팀과 팬들이 그에게 기대하는 바가 기껏 그런 정도일 리는 없었으나, 그나마 팀이 스코어를 리드해 가는 분위기에 편승해 묻어가는 중이었다.

7회를 마치고 유 대행은 철민과 선발투수 김승완을 교체했다. 철민에 대해서는 제 컨디션이 아님을 고려한 것일 테지만, 김승완의 경우에는 호투하고 있는 중이었고 아직 투구 수에 여유가 있어 충분히 완투까지를 바라볼 수 있는 상황이었다. 아마도 두 이닝을 남기고 4—1의 스코어였으니, 그만하면 승기를 굳혔다고 판단하고 팀의 에이스에게 조금이라도 더 체력을 안배할 수 있도록 배려하는 차원일 터였다.

그러나 8회 말 믿고 올린 채병두가 2사 주자 없는 가운데 상대 하위 타선에게 불의의 솔로홈런을 허용하고 말았다. 스코어는 4—2.

불안해진 유 대행은 곧바로 마무리 임희건을 마운드에 올렸고, 다행히 임희건은 삼구 삼진의 쾌투로 간단히 불을 껐다.

9회 초. 불스 공격.

불스는 1사 만루 찬스를 맞아 승부에 쐐기를 박을 마지막 기회를 잡았으나, 또 한 번의 병살타로 기회를 무산시키고 말았다.

9회 말. 돌핀스의 마지막 공격.

기회 뒤의 위기라고 했던가? 임희건의 컨트롤에 갑자기 기복이 찾아왔다. 내야 플라이로 간단히 원 아웃을 잡아 쉽게 경기를 마무리하는가 했더니, 이후 내리 두 타자를 몸에 맞는 볼과 포볼로 걸러 내보내고 만 것이었다. 네 번째 타자는 다행히 1루수 파울플라이로 투 아웃! 불스 덕아웃은 가슴을 쓸어 내리는 분위기였다.

돌핀스는 대타를 냈다. 그리고 초구로 던진 임희건의 슬라이더가 밋밋하게 한가운데로 몰렸고

딱!

하는 소리와 함께 빨랫줄 같이 라인드라이버로 날아가는 타구를 보고 임희건은 고개를 떨구고 말았다. 타구는 그대로 쭉쭉 뻗어가 좌측 외야 펜스를 살짝 넘어갔다. 단숨에 승부를 뒤집는 스리런 홈런이었다. 최종

스코어 4—5.

불스의 허탈한 역전패였다.

5

준PO 2차전.

어제와는 반대로 불스는 1회부터 1점을 내주고, 다시 2회에 3점을 뺏겨 경기 초반부터 0—4의 스코어로 끌려가기 시작했다.

그러나 불스에게는 단순히 리드를 당하는 것 이상의 문제가 비치고 있었다. 불스의 팀 캐릭터처럼 되어버린 투지! 뒤지는 경기에서도 악착같이 물고 늘어져 기어코 승패를 뒤집고 마는 악착같은 근성이 보이지 않았다. 투수들이나 야수들이나 무언지 모르게 전반적으로 무기력한 모습들이었다. 마치 단체로 슬럼프에 빠져 버리기라도 한 듯이!

5회와 6회에 각각 2점씩, 7회에는 대거 6점을 실점하여 스코어는 0—14까지 벌어졌다.

8회 말. 돌핀스의 공격.

선두 타자가 안타를 쳤지만, 홈 팬들의 환호는 시들하기만 했다. 돌핀스는 이후 후속 타자들의 연속 안타로 다시 3점을 보태 스코어는 0—17이 되었다.

9회 초. 불스의 마지막 공격.

이윽고는 경기를 포기한 듯이 큰 스윙으로 일관한 끝에 삼진과 내야땅볼, 그리고 포수 파울플라이로 경기가 끝나자 원정 경기장까지 와서 내내 열성적으로 응원을 펼친 불스의 응원석 중에서도 마침내는 야유가 터져나왔다.

불스 선수들은 고개를 떨군 채 황급히 덕아웃을 빠져나갔다.

6

불스! 만년 꼴찌의 모습으로 돌아가다!
불스에게 과연 무슨 일이 생긴 것인가?
가을 잔치의 첫 단추는 불명예스러웠다!

스포츠 매체들은 일제히 자극적인 타이틀로 불스의 졸전을 보도했다.

7

홈으로 이동하여 숙소에서 쉬고 있는 중에 철민은 장 감독의 전화를
받았다. 손강호와 함께 잠깐 좀 봤으면 한다는 것이었다. 아무래도 두 경
기를 속절없이 내준 것에 대해 얘기를 하려는 것일 테고, 특히 그의 부진,
어쩌면 혼란까지를 본 것인지도 모르겠다는 생각을 하며 철민은 벌써부
터 죄라도 지은 심정이 되고 말았다.
"빨리 끝내고 푹 쉬자는 작정들이야?"
병실에 누워 있다가 웃으며 농담부터 던지는 장 감독은 며칠 전과는
또 차이가 날 정도로 더욱 야윈 모습이었다.
그리고 농담이라곤 해도 손강호나 철민이나 큰 질책이라도 받는 듯이
착잡하기만 한데, 장 감독이 빙그레 웃더니 철민에게 물었다.
"김 팀장! 우리가 처음 만났던 때 기억하나? 그때 그 허름한 모텔 방에
서 우리 셋이서 소주잔을 기울이는 것으로부터 불스의 새로운 역사가 시

작됐었지! 안 그런가?"

철민이 묵묵히 고개를 끄덕이자 장 감독은 웃음기를 지우지 않으며 다시 물었다.

"그런데 김 팀장 혹시 무슨 문제라도 생겼나?"

"예……?"

"하하하! 죽을 날을 받아놓아서 그런가, 요즘에는 아주 예민해져서 가끔씩 다른 사람들한테는 보이지 않는 게 보일 때가 있더라고!"

"감독님도 참……!"

"농담 아닐세! 내 눈에는 지금 김 팀장이 온몸으로 '나 걱정 있소! 나 문제 있소!' 하고 외치는 게 보인다니까?"

철민이 언뜻 놀라는 얼굴이 되었다가는 이어 저도 모르게 가는 한숨을 내쉬는데, 장 감독이 언뜻 손강호를 돌아보았다.

"강호야!"

"예?"

"너 나가서 뭣 좀 사 와라!"

"뭘 말입니까?"

"아무거나… 그래! 요 앞에 치킨 집에 가서 닭이나 한 마리 튀겨 와라!"

"치킨이요? 예! 114에 물어보고 배달시키겠습니다! 그런데 치킨 같은 거 드셔도 됩니까?"

손강호가 짐짓 고개를 갸웃거리며 핸드폰을 꺼내는데, 장 감독이 대뜸 목소리를 높였다.

"자식이? 야! 누군 배달시킬 줄 몰라서 갔다 오라는 줄 아냐?"

"예? 그럼……?"

"배달시킨 거하고, 직접 가서 튀겨 온 거하고 맛이 같으냐고?"

장 감독의 괜한 호령에 손강호가 짐짓 입맛을 다시며 싫은 체를 했지만, 눈치가 없지는 않아서 군말없이 병실을 나갔다.

8

철민은 천천히 얘기를 풀어냈다. 지금껏 그 누구에게도 하지 못했던 얘기들이었다. 장 감독 스스로의 말처럼 '죽을 날 받아놓은 사람' 앞이어서였을까? 다른 사람에게는 차마 털어놓지 못할 얘기들이 장 감독에게는 그냥 독백처럼, 혹은 고백처럼 순순히 풀려져 나왔다.

참으로 이상한 얘기였을 텐데도 장 감독은 묵묵히 들어주었다. 그 허황된 얘기들을 결코 이해할 순 없었을 테지만, 다만 심정적으로라도 그는 철민의 고민에 대해 공감을 표해주었다.

다 듣고 난 후, 장 감독이 차분하게 입을 열었다.

"야구에서의 진정한 승리는 상대를 이기는 것이 아니라 나 자신을 이기는 것이라고 나는 생각하네! 그래서 자네에게도 이렇게 말해주고 싶군! 그냥 야구를 하라고 말일세! 상대를 이기기 위한 야구가 아닌, 자네 자신을 이기기 위한 야구를 한다면, 자네의 그 이상한 능력이 무슨 문제가 될 것이며, 설령 신의 도움을 받았다 하더라도 또 무슨 문제가 될 것인가?"

말을 끊고 잠시 따뜻하게 철민을 바라보던 장 감독이 문득 물었다.

"이제 내 얘기도 좀 들어줄 텐가?"

철민이 고개를 끄덕이자 장 감독은 담담히 웃으며 말을 이었다.

"내 인생 최고의 행운은 자네와 손강호, 그리고 불스의 모든 이들과 함께할 수 있었다는 것일세! 겨우 한 시즌에 불과했지만, 난 정말 행복했네! 그런데 사람의 욕심이 끝이 없다고 하더니, 이 와중에도 욕심이 또 생기지 뭔가? 자네들이 끝까지 멋지게 경기를 펼치는 모습을 보고 싶다는 욕심일세! 끝내 자네들 모두가 진정한 승리자가 되는 모습을 꼭 보고 싶네! 어떤가? 부탁을 해도 되겠나?"

그때 철민이 할 수 있었던 건 고개를 끄덕여 주는 것뿐이었다. 천천히! 그리고 힘주어 한 번 더!

장 감독은 환하게, 아주 환하게 웃었다.

9

원정경기에서의 연패에도 불구하고, 준PO 3차전이 열리는 불스의 홈구장은 그야말로 만원 사례를 이루었다.

2회 말 불스 공격.

1사 주자 없는 상황에서 6번 철민이 타석에 섰으나 고의사구성 포볼로 1루에 진출했다.

이어 7번 진용철의 타석. 초구에 진용철의 방망이가 힘껏 돌았다. 그러나 볼과는 한참이나 갭이 있는 헛스윙이었다. 제2구. 몸 쪽 높은 볼에 진용철의 어깨가 움찔했으나, 방망이 끝이 돌지는 않았다. 볼 카운트 1-1. 제3구째. 투구를 위해 투수가 셋 포지션에서 투구 모션에 들어가는 순간, 1루의 철민이 스타트를 끊었다. 그리고 왼쪽으로 흘러가며 낮게 떨어지는 변화구였음에도 진용철이 짧게 커트를 하듯이 방망이를 툭 갖다댔다. 방망이 끝에 맞은 공이 힘없이 날아가더니 2루수와 우익수 중간의 빈 곳에 떨어졌다. 행운의 안타! '히트 앤 런' 작전이 걸린 것이었다.

1사 1, 2루. 타석에는 8번 김창수가 들어섰다. 그런데 초구에 다시 '히트 앤 런'이 걸렸다. 우전 안타! 2루 주자 홈인으로 불스는 선취 득점을 올렸다.

이어진 1사 1, 3루의 찬스에서 유 대행은 다시 한 번 과감한 작전을 구사했다. 타자 송호영에게 고의 스윙을 하게 한 뒤, 1루 주자 김창수와 3루 주자 진용철의 이중도루로 추가득점을 뽑아내는 데 성공한 것이다.

작전이 잇달아 성공을 거두었으나 사실 과감하다 못해 무리한 작전이었다. 아마도 이번이 불스로서는 포스트시즌의 마지막이 될 수 있는 경기였으니, 유 대행으로서는 해볼 수 있는 건 다해본다는 각오인 모양이었다. 그러나 어쨌든 결과적으로 경기 초반의 작전들이 잇달아 성공함으로써 불스는 2점을 선취한 것 이상의 효과를 거둘 수 있었다. 침체되어 있던 선수들의 분위기가 한껏 끌어올려진 것이다.

초반부터 리드를 당하자 돌핀스는 이후부터 소위 핵 타선이라 불리는 불스의 중심 타선을 마냥 기피하지는 못하게 되었고, 강대웅과 최준덕, 그리고 철민의 방망이가 잇달아 불을 뿜었다.

쾅!

쾅!

6회와 8회에 철민이 날린 연타석 홈런은 승부에 확실한 쐐기를 박아버렸다.

"공~ 신~!"

"공~ 신~!"

"오~ 오~ 오! 불~ 스~ 파이팅!"

"오~ 오~ 오! 불~ 스~ 파이팅!"

관중들이 목청껏 외치는 환호성으로 불스의 홈 구장은 뜨겁게 달아올랐다.

10

황소가 본모습으로 돌아왔다!
황소가 다시 뿔을 세웠다!

스포츠 매체들의 흥분 속에 불스는 준PO 4차전에서 또다시 승리를 거두었고, 이어 돌핀스의 홈 구장으로 이동하여 치른 5차전까지도 거침없이 승리를 따냈다.

2패 후에 내리 3연승을 거두는, 그야말로 대역전 드라마였다.

불스는 당당히 PO에 진출했다.

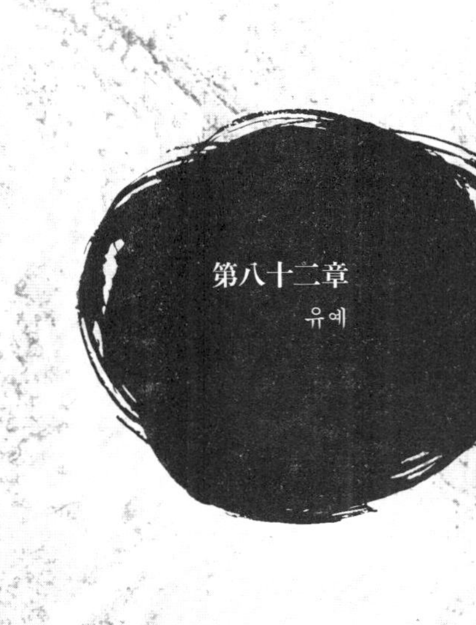

第八十二章

유예

몽상가

1

누가 성난 황소를 막을 것인가?

어느 스포츠 매체의 기사 타이틀은 불스가 일으키고 있는 돌풍을 그대로 대변하고 있었다.

불스는 로얄스와의 PO에서 특유의 조직력과 폭발력으로 파죽지세의 3연승을 거두고 마침내 대망의 코리안 시리즈에 진출했다.

야구팬들은 열광했다. 불스가 코리안 시리즈까지 진출하는 과정은 차라리 점증(漸增)의 전율이었다. 모든 야구팬들이 설마 설마 하면서도 내심으로는 가장 바라던, 가장 극적인 시나리오였다. 물론 코리안 시리즈에서 맞붙게 된 드래건스에게는 가장 피하고 싶었던 시나리오였겠지만!

어쨌든 시나리오는 아직 완성되지 않았고, 바야흐로 가장 극적인 클라이맥스를 향해 치닫고 있는 중이었다.

2

철민은 놀라운 기록을 쌓고 있는 중이었다. 포스트시즌 들어와서만 홈런 5개에 타율은 거의 7할에 육박하는 경이로운 기록이었다. 만약 그의 타순에서 상대 배터리가 웬만하면 거른다는 식으로 대응하지 않았다면, 그런 중에 다시 그가 마치 싸움을 하듯이 달려들어 어떡하든 치고 나가려는 무리를 범하지 않았더라면, 아마도 그는 괴물 소리를 들었을 것이다.

유승곤 감독 대행은 철민에게 4번을 맡으라고 했지만, 철민은 한사코 사양했다. 아니, 거부했다. 그의 갈등과 혼란은 아직 해결이 된 것이 아니었다. 억지로 잠시 더 눌러두고 있을 뿐이었다. 그런 중에 그는 점점 더 괴물이 되어가고 있는 스스로에 대해 끝없이 자위해야만 했다.

'이제 얼마 안 남았다! 곧 끝이다!'

3

철민이 내일 코리안 시리즈 1차전을 앞두고 밤 열두 시가 다 되도록 쉽사리 잠을 이루지 못하고 있던 중에 진동 모드의 핸드폰이 울렸다. 반쯤 감긴 눈으로 생각없이 핸드폰을 열었다가,

"어이, 김철민이!"

하는 목소리가 흘러나오는 순간 철민은 섬뜩한 후회에 빠져들고 말았다. 받지 말 것을! 진작에 잠들 것을!

옆 침상의 손강호가 깨지 않도록 조심하며 철민은 방을 빠져나왔다. 밤 공기가 제법 서늘하였지만 조금도 느끼지 못하다가, 문득 흘러나오는

조승태의 음울한 목소리에 철민은 불현듯 으스스한 한기를 느꼈다.

"요즘 아주 잘 나가던데? 야구 말이야! 근데 TV에 네 얼굴이 자꾸 비치니까 나는 기분이 좀 그렇더라고? 슬슬 더러워지더란 말이지! 그래서 말인데… TV에서 네 얼굴 좀 안 보게 해주면 안 되겠니?"

"또 무슨 수작을 부리려는 거야?"

철민이 나직이 부르짖고만 데 대해 조승태가 즐기듯이 느물거렸다.

"내 기분이 더러우니까 알아서 좀 맞추라는 얘기다! 그리고 수작이라고 했니? 흠! 내가 부릴 수 있는 수작이야 많지! 우선 한영주를 잡아올 수도 있고……. 그렇지? 한영주를 잡아다 놓으면 찍 소리 안하고 내 말을 듣겠지? 아, 참! 그러고 보니 요즘 한영주는 경호하는 애들을 줄줄이 달고 다닌다고 하데? 그럼… 괜히 귀찮아질 수도 있으니까… 병원에 입원해 있는 그 양반으로 할까? 장… 무슨 감독인가 하는 그 양반 말이야! 뭐 기왕 병원에 있는 김에 조금 더 오래 있게 해준다고 해서 크게 나쁠 것도 없잖아? 아니면 또… 손강호인가 하는 친구도 있고 말이야! 그리고 또 누가 있을까……?"

"이런… 비열한 새끼!"

"비열……? 흐흐흐! 나 원래 그런 사람이야? 이런 게 바로 내 방식이라니까?"

조승태의 나직한 조소 속에 철민은 문득 가슴이 빠개질 듯이 옥죄어드는 느낌이었다. 그리고 그는 문득 악몽 속 예인화의 죽음을 떠올렸다. 비록 꿈속의 일이지만, 그때 가슴을 쥐어뜯는 듯한 비통과 암담한 절망을 겪으면서 그는 한 가지 절박한 각오와 다짐을 한 바 있었다.

'다시는 나로 인해 소중한 사람들을 다치게 하지 않으리라! 꿈에서든, 현실에서든, 언젠가 나의 이탈된 인생궤도가 다시 원래의 궤도로 돌아간 뒤에라도, 이 한 가지 맹세만큼은 반드시 지키리라!

그리고 철민은 지금이야말로 그가 스스로의 맹세를 지켜야 할 순간이라고 생각했다. 한영주! 장동국! 손강호! 지금 조승태에게서 언급된 그 이름들이야말로 그에게 너무도 소중한 이들이었으니까!

그들이 조승태의 위협을 받아야 하는 이유는 오로지 철민 자신 때문이었다. 또한 조승태의 위협이 단순히 그가 지금 당장에 요구하는 바를 들어주는 것만으로는 결코 근원적으로 해결되지 않으리라는 점도 분명했다. 조승태는 끝없이 그를 파멸로 몰아갈 것이고, 그러한 목적을 위해서는 철민이 비통해하고 절망할 그 어떤 짓이라도 저지르고 말 자였다. 선택은 하나뿐이었다. 그와 조승태, 둘 중 하나가 완전히 파멸하는 것!

"너와 나 둘이서 직접 해결하면 되지 않나? 지금 어디 있나? 내가 그리로 가겠다!"

철민의 목소리는 차라리 담담했다.

그러나 잠깐의 침묵 후에 다시 들려온 조승태의 목소리에서는 약간의 흥분이 느껴졌다.

"우리 둘이서 직접 끝장을 보자? 그래! 그거 아주 멋진 얘긴데? 그런데 말이야, 그 멋진 얘길 네가 했다는 게 마음에 안 들어! 이렇게 하지! 나중에 내 기분이 내킬 때 사람을 보낼 테니까, 그때는 아무 이유 없이 즉시 오라고! 안 그러면 내 기분이 도저히 참을 수 없을 만큼 더러워질 것 같으니까 말이야!"

4

"늦은 시간에… 미안합니다!"

"아니에요! 안 그래도 잠을 설치고 있는 중이었어요! 그런데 웬일이세요? 전화를 다 해주고? 저야 뭐 항상 대환영이지만 말이에요! 호호호!"

새벽 한 시를 훌쩍 넘긴 시간이었는데도 전화기 너머 한영주의 목소리에는 오히려 반색이 넘쳤다.

"그냥… 별일 없는가 해서요……!"

"왜요? 철민 씨 쪽에는 혹시 무슨 일 있어요?"

"아닙니다! 저번에 그런 일도 있었고 해서… 자꾸 이런저런 걱정이 되네요!"

"호호호! 전 걱정 마세요! 안 그래도 큰오빠가 한바탕 난리를 치고 경호팀을 겹겹이 붙이는 바람에 요 며칠 간은 아주 숨도 못 쉴 지경인 걸요!"

"예……! 그래도……!"

철민이 습관처럼 말꼬리를 끄는데, 한영주가 갑자기 엉뚱한 소리로 말을 잘랐다.

"우리 만나요!"

"……!"

"만나자니까요?"

"지금… 말입니까?"

철민이 괜히 쫓기는 사람처럼 우물거리자 한영주는 본격적으로 몰아붙이기 시작했다.

"왜요? 코리안 시리즈 끝날 때까지는 안 된다고요? 홍! 제 성격 급한 거 몰라요? 지금 당장 보고 싶은데 그때까지 어떻게 기다려요? 괜히 전화해서 가만히 있는 사람 마음 흔들어놓았으면 최소한의 책임은 져야 하는 것 아닌가요? 잠깐 얼굴만 좀 봐요! 내가 지금 그리로 갈게요!"

차라리 저돌적으로 되고 마는 한영주에 대해 철민이 더 이상 물러설 구석을 찾지 못하고 버럭 소리를 지르고 말았다.

"안 됩니다! 지금 팀 전체가 신경이 곤두서 있는 마당에 구단주라는 사람이 이렇게 제멋대로여서야 되겠습니까?"

놀란 듯이 수화기 저편에서는 아무 소리도 내지 못하다가, 철민이 다시,

"이만 전화 끊겠습니다!"

하고 말하자 문득 다급하게 소리를 쏟아냈다.

"여보세요! 철민 씨! 여보세요!"

그러나 철민은 핸드폰의 폴더를 닫아버렸을 뿐더러, 아예 전원까지도 꺼버렸다.

5

코리안 시리즈 1차전을 앞두고 소위 전문가들은 불스의 폭발적인 기세에도 불구하고 객관적인 전력차이에다 준PO와 PO를 거친 불스의 체력적 문제를 들어 대개는 드래건스의 우세를 전망했다. 그렇더라도 큰 경기는 실력으로만 되지 않는다는 점에서, 더욱이 기왕의 드래건스와 불스의 전적이 실력과 통상적인 평가만으로는 도저히 설명할 수 없었던 것이라는 점에서, 한편으로는 조심스럽게 이변의 여지를 두었다.

6

"와~!"

"드~ 래~ 건~ 스~! 필승!"
"드~ 래~ 건~ 스~! 필승!"
"와아~!"
"오~ 오~ 오! 불~ 스~ 파이팅!"
"오~ 오~ 오! 불~ 스~ 파이팅!"

야구장은 온통 환호성과 응원구호들로 가득했다. 그런 중에 홈팀인 드래건스를 응원하는 소리보다 원정팀인 불스를 응원하는 소리가 오히려 더욱 거세게 들리는 것은, 아마도 드래건스의 팬들을 제외한 모든 야구팬들이 대개는 불스를 응원하고 있는 때문은 아닐까?

드래건스는 금년도 다승왕에 방어율 1위인 페드로를 선발로 세웠고, 불스는 에이스이자 유일한 선발투수 김승완이 마운드에 섰다.

5회까지는 스코어 0—0이 말해주듯이 팽팽한 투수전이었다. 다만 양 투수의 차이라면 김승완이 패기를 앞세워 거침없는 정면승부를 펼쳐 나가고 있는데 비해, 페드로는 노련하게 선택적인 승부를 펼치고 있다는 점이었다. 그 결과, 강대웅과 철민은 5회까지 각각 두 번의 볼 넷을 얻었다. 특히 철민의 타석에서는 사뭇 노골적인 고의사구였으니, 철민이 타석에 들어설 때마다,

"공~ 신~!"
"공~ 신~!"

하고 야구장을 가득 메우던 환호성이 이내,

"우~ 우~!"

하고 투수에 대한 야유로 변하곤 했다.

2회 첫 타석까지만 해도 철민은 여전히 싸움을 하고 있었다. 한참이나 벗어나는 공을 치열하게 따라다니며 방망이를 휘둘렀고, 상대 배터리가

질린 듯이 아예 멀찍이 공을 빼버리고 나서도 치미는 화를 겨우 삼키며 1루로 걸어나갔다. 후속 타자의 내야 땅볼로 아웃된 그가 벤치로 돌아왔을 때였다. 이종찬이 슬쩍 그의 어깨에 팔을 두르며 말했다.

"김 팀장! 야구를 해야지, 왜 자꾸 싸우려고 그래? 살살 좀 하자, 응?"

대중없는 말끝에 이종찬이 싱긋 웃어 보였지만, 철민은 흠칫 깨달았다. 지금 이 넓은 야구장에서 그 혼자만이 야구가 아닌 싸움을 하고 있으며, 그를 제외한 모두는 치열할지언정 싸움이 아닌 야구를 하고 있다는 것을!

5회 타석에 선 철민은 빠지는 공에 스윙을 하지 않았다. 그리고 스트레이트 볼 넷으로 1루에 나갔으나 후속타 불발로 득점은 다시 무산되었다.

스코어 0—0의 행진은 8회까지 계속되었다.

9회 초. 불스의 마지막 공격.

2사 주자 없는 상태에서 그때까지 벤치를 지키던 이종찬이 대타로 타석에 섰다. 볼 카운트 2—1. 몸 쪽 높은 코스로 박히는 직구에 이종찬의 방망이가 힘껏 나갔고,

딱!

경쾌한 소리와 함께 타구가 쭉쭉 뻗어나가더니 한가운데의 펜스를 살짝 넘겨서는 관중석으로 떨어졌다.

"와아~!"

"와아아~!"

뜨거운 함성이 야구장을 무너뜨리고 말듯이 일어났다. 스코어 1—0. 팽팽하던 영의 행진이 마침내 깨지는 순간이었다.

완투를 자청한 김승완이 삼자 범퇴로 9회 말을 잘 틀어막았고, 불스는 대망의 코리안 시리즈 1차전 승리를 따냈다.

7

"지금까지 그래 왔듯이 오늘도 다음은 없다고 생각하자! 오늘 이 경기에 우리가 가진 모든 것을 다 털어넣자!"

코리안 시리즈 2차전을 앞두고 유 대행은 준PO 전부터 단골 메뉴처럼 해온 소리를 다시 했다. 그렇더라도 불스의 벤치는 이제 완연히 여유가 감돌았다.

채병두가 2회까지 던진 것을 제외하면 상대 타선에 따라 수시로 투수를 교체하다 보니 거의 매회 한 명 꼴로 투수가 바뀌는 불스의 투수 운용을 보고 TV중계의 해설자는 차라리 탄식조가 되었다.

"정말 눈물겨운 총력전입니다!"

스코어 0—0. 팽팽한 투수전으로 이어지던 승부는 결정적인 순간에 나온 한 개의 실책에 의해 갈렸다. 7회 초 불스의 공격에서였다.

철민은 선두 타자로 나섰지만 이번에도 어김없이 볼 넷으로 1루로 걸어나갔다. 오늘만 세 번째 볼 넷이었다.

벤치에서 번트를 지시받은 7번 타자 손강호가 3루수 앞으로 볼을 떨군다는 것이 그만 투수 정면으로 굴러갔다. 여유있는 더블아웃의 타이밍이었다. 그런데 볼을 잡은 투수가 여유있게 2루를 보다가는 흠칫 당황하고 말았다. 전력질주하던 1루 주자가 2루 베이스에서 한참 멀다 싶은 곳에서 몸을 날려 슬라이딩을 들어가고 있었는데, 마치 사냥감을 덮치는 한 마리 매처럼 굉장한 빠르기였던 것이다. 다급해진 투수가 힘껏 공을 뿌린다고 한 것이 원 바운드로 날아갔고, 베이스 커버를 들어온 유격수는 공을 몸으로 막기에도 급급했다. 2루에서 주자 세잎! 그리고 1루에도 이미 늦어, 주자 올 세잎! 투수 실책이었다.

그 후 8번 타자 김창수의 보내기 번트 성공으로 1사에 주자 2, 3루가 되었다. 이어 9번 타자 송호영이 우익수 얕은 플라이를 쳤을 때 3루 주자 철민은 과감하게 스타트를 끊었다.

“안 돼! 돌아가!”

온몸으로 제지하던 박태성 코치가 이내 두 주먹을 불끈 쥐고는 비명 같은 소리를 흘려냈다.

“어… 어……!”

철민의 전력질주는 그가 지금까지 보아왔던 어떤 질주보다도 빨랐다. 적어도 지금 이 순간에는 그렇게 느껴졌다. 우익수가 던진 공이 다이렉트로 홈까지 송구되었고, 홈에서는 일순 접전이 벌어졌다.

쾅!

포수와 주자가 정면으로 충돌하고 나뒹굴었지만, 주심은 잠시간 판정을 내리지 못하고 있었다.

“세잎~!”

“세잎~!”

합창하듯이 관중석에서 열렬한 외침이 터져 나오기 시작했고, 이윽고 주심이 손을 옆으로 흔들며 외쳤다.

“세잎!”

“와아~!”

“와아아~!”

관중들의 환호에 야구장이 온통 들썩거렸다.

불스는 남은 세 이닝에 다섯 명의 투수를 더 투입해 총 열한 명의 투수를 소진한 끝에 1─0의 스코어를 지켜냈다.

그야말로 눈물겨운 총력전이었다.

8

불스 선수단을 실은 버스는 홈으로 이동하는 중이었다.

버스 앞쪽에 설치된 TV 화면에서는 코리안 시리즈 1, 2차전의 주요장면들과 해설이 흘러나오고 있었다.

"이제 불스의 거침없는 전진을 누구도 막을 수 없을 듯합니다!"

TV 속에서 누군가 그렇게 말했다. 또 다른 누군가는,

"불스의 인기가 하늘 높은 줄 모르고 치솟는 중이죠!"

라고 했고, 다시,

"코리안 시리즈 2차전의 중계가 역대 최고의 시청률을 기록했다고 합니다!"

하는 말을 전하고 있었다.

철민이 바보상자가 끝없이 토해내는 소리를 귓등으로 흘리며 바깥으로 스쳐 가는 풍경들에만 마냥 시선을 풀어놓고 있는 중인데, 문득 핸드폰의 진동이 울렸다. 그러나 화면에 한영주의 번호가 뜨는 걸 보고 철민은 전화를 받지 않았다.

버스가 도시로 들어서서 숙소까지 오는 동안에 도로변과 버스 옆으로 지나치는 차들 속에서 홈 팬들의 환호가 연이어졌다. 마치 벌써 불스가 우승이라도 한 듯이 도시 전체가 축제 분위기에 들떠 있는 듯한 느낌이었다.

숙소에 도착하여 철민이 샤워를 하고 나오는데, 손강호가 사뭇 곤란하다는 얼굴로 기다리고 있다가 한영주가 숙소 앞 잔디공원에서 기다리고

있다는 말을 전했다. 철민이 전화를 받지 않자 손강호에게 전화를 한 모양이었다.

9

한영주는 잔디공원 안쪽의 벤치에 홀로 앉아 있었다.

"위험하다고 하지 않았습니까?"

철민이 대뜸 목소리를 높이자, 사십여 미터쯤 떨어진 곳에 서 있던 십여 명의 사내가 힐끔 이쪽을 노려보았다. 한영주의 경호팀일 것이었다.

"그러게 왜 전화를 안 받아요?"

한영주가 대뜸 마주 기를 세웠다.

"내가 미리 말했잖아요! 성격 급하다고!"

"허, 참!"

철민이 할 말을 잃고 마는데, 그녀는 이내 배시시 귀여운 웃음을 떠올렸다.

"일단 좀 앉아요!"

막상 나란히 앉고 나서도 철민은 여전히 할 말이 없었다. 연신 그를 힐끔거리는 십여 쌍의 날카로운 눈길들에만 자꾸 신경이 쓰였다. 그러나 한영주는 그런 데 대해서는 조금도 신경이 쓰이지 않는 듯했다.

"정말로 얼굴만 보려고 왔으니 금방 갈게요! 대신 코리안 시리즈 끝나고 나면… 나랑 정식으로 연애 한 번 안 해볼래요? 공개적으로 말이에요."

불쑥 꺼내는 그녀의 말에 철민은 차라리 놀랍지도 않아서 그저 덤덤히 대꾸해 주었다.

“코리안 시리즈가 끝나는 대로 난 떠날 겁니다!”

한영주가 또한 그다지 놀랍지도 않다는 듯이 물었다.

“어디로요?”

“내가 있어야 할, 내 원래의 자리를 찾아갈 겁니다!”

철민의 그 말을 잠시 되새겨 보는 듯하던 한영주가 문득 생긋 웃으며 말했다.

“뭐 좋아요! 어려운 얘기 같지만 억지로라도 이해하기로 하죠! 그러나 대신 내게도 조건이 하나 있어요!”

“……?”

“난 당신과의 이별을 두고두고 후회하고 싶지는 않아요! 당신이 꼭 떠나야만 한다면 당신이 떠나는 그 순간에 쿨하게 당신이라는 존재를 잊어버릴 수 있기를 바라요! 그러니 당신은 내게 당신과의 이별 연습을 할 시간을 주어야만 해요!”

“이별 연습……?”

“한 달만, 아니, 일주일만 우리 같이 한번 살아봐요! 진짜로 결혼한 부부처럼요! 그렇게 하면 당신에 대한 내 갈증이 완전히 해갈될 것 같아요. 그동안 당신이 항상 나와의 거리를 유지하는 바람에 난 늘 목이 말라왔어요! 당신만의 여자, 나만의 남자로, 그렇게 미친 듯이 일주일만 보내게 해줘요! 이별 후에도 결코 다시는 목말라 하지 않도록 말이에요!”

철민은 오래 침묵하지 않았다.

“그 조건, 받아들일 수 없습니다!”

“왜죠?”

“내게 그런 호사를 누릴 자격도 없는 것이겠지만, 무엇보다 나와 함께 있는 것만으로도 당신이 위험해질 테니까요!”

그러나 한영주는 오히려 환하게 웃었다.

"좋아요! 그러나 나도 자존심이 있으니, 지금 당장의 거절은 받아들일 수 없어요! 시간을 줄게요! 나중에 내가 다시 물을 때 그때 정식으로 답을 주세요!"

第八十三章
혈신

몽상가

1

위려려는 격분했다. 폭풍전대의 고립상황에 대해 한참이나 늦게 보고를 듣고 나서였다.

"폭풍전대가 적진 속에 고립된 지가 언제인데 이제야 보고가 올라오는 것이며, 더욱이 어떻게 아직까지 아무런 조치도 취해지지 않고 있다는 거죠? 단주께서는 지금 당장 명령을 하달하세요! 즉시 구조대를 보내라고! 아니에요! 그쪽에만 맡겨놓아서는 안 되겠어요! 지금 당장 무백을 급파하도록 하세요!"

안 그래도 불편한 기색으로 듣고 있던 진무극이 당장에 표정을 굳히며 이의를 제기했다.

"그건 안 될 말이오!"

"안 된다고요? 왜요? 왜 안 된다는 거죠?"

위려려의 목소리에도 대번에 날이 섰다.

"상황이 아무리 급박하다고 해도 무백의 투입만큼은 신중에 또 신중을 기해 결정해야만 할 사항이오!"

"폭풍전대가 이미 전멸을 당했을지도 모르는 터에 언제까지 신중 타령만 하고 있을 건가요? 진정 그들이 모두 죽기를 바라나요? 이건 부총수로서 하는 명령이에요! 단주께서는 즉시 명을 실행하도록 하세요!"

진무극의 얼굴이 딱딱하게 굳어졌고, 실내에는 촉발 직전의 팽팽한 긴장이 엄습했다.

그때였다.

"노부가 좀 늦었소!"

짐짓 서두르는 기색을 하며 실내로 들어서는 사람은 삼천주 상조위였다. 한 바퀴 좌중을 둘러본 그가 위려려를 향하며 차분한 투로 말했다.

"무백을 투입하자는 얘기가 나온 것 같은데……!"

"폭풍전대가 적진 속에 고립된 지 벌써 하루가 지났답니다. 이미 전멸을 당했을지도 모르니 촌각을 다투어 구조대를 보내야만 합니다. 그래서 무백을 투입하자는 것입니다!"

위려려의 다급함에 대해 삼천주가 고개를 끄덕여 우선 동감을 표시했다. 그러나 그는 이어 가만히 고개를 가로저었다.

"전쟁을 통솔하는 위치에서는 늘 냉정해야 하고, 때에 따라서는 비정한 결정도 내려야만 하는 법일세, 부총수!"

"무슨 말씀이신지……?"

"지금 무백을 투입하면 능히 폭풍전대를 구해낼 수도 있을 것이네! 그러나 어떤 경우라도 우리 쪽에서 먼저 무백을 투입하는 일은 피해야만 하네!"

"하면 폭풍전대가 이대로 전멸당하도록 방치해 두라는 말씀인가요?"

삼천주가 담담한 눈길로 위려려를 응시하며 오히려 반문했다.

"무백은 이번 전쟁의 승패를 가름할 가장 막강한 전력일세! 인급 몇 기를 투입하는 것만으로도 충분히 초반의 선기를 잡을 수 있을 테지! 한데도 우리는 물론이고 잠마련 쪽에서도 아직까지 무백을 투입하지 않고 있는 이유가 무엇일지 생각해 보았나?"

"하지만 우리는 이미 지난 번 황대평원에서 우리가 보유한 무백 전부를 적들에게 과시한 적이 있지 않습니까?"

"당시와 지금은 완전히 다른 상황일세! 당시는 잠마련과 본 천만의 문제였지만, 지금 만약 무백을 등장시킨다면 강호 전체에 전례없는 절대병기를 공개하는 격이 되는 것일세! 그럼으로써 강호는 단번에 극도의 경계와 불안으로 빠져들 것이고, 필경은 거대한 반발 심리로 이어질 것인데, 그 거대한 반발이 과연 어느 쪽으로 쏠릴 것 같은가? 역시 먼저 무백을 투입한 측이 필연적으로 거센 역풍을 맞게 되지 않겠는가?"

위려려의 얼굴빛이 언뜻 무거워졌고, 삼천주는 한결 부드러운 어조로 다시 말을 이었다.

"전쟁에서는 흔히 무력의 우열보다 심리적인 측면이 승패에 더욱 큰 영향을 미치곤 하는 법일세! 그런 점에서 이번 첫 전투에서 겨우 일백이십 명의 폭풍전대가 근 이십 배에 달하는 청랑단에 맞서 최후의 순간까지 굴하지 않았다는 점은 본 천의 사기와 투지를 크게 고무함은 물론, 강호의 민심을 보다 확고히 본 천 쪽으로 돌려놓는 데 상당한 기여를 하게 될 걸세!"

굳게 입을 다물고 있던 위려려가 단호하게 고개를 가로저으며 외치듯이 말했다.

"그래서요? 승리를 위해 폭풍전대를 제물로 삼자는 건가요? 전 그럴 수 없어요! 어떤 이유로도, 어떤 명분으로도 그들, 본 천의 젊은 영웅들이 헛되이 죽어가도록 방치해 둘 수는 없어요! 전 무백을 투입하겠습니다! 그것이 어떤 결과를 초래한다고 해도!"

순간 삼천주의 두 눈에서 돌연 형형한 안광이 번뜩였지만 그는 곧 가볍게 한숨을 내쉬고는 담담하게 말했다.

"노부가 이미 전적으로 권한을 위임한 바 있거니와, 이 전쟁에 관한 한 모든 결정권을 부총수에게 있네! 그러나 노부는 믿겠네! 본 천의 존망을 책임지는 입장으로서, 부총수가 반드시 합당한 판단을 내릴 것이라고!"

2

끝없이 펼쳐진 황무지였다. 거친 대지 위에 서 있는 것이라곤 곳곳에 버려진 무덤처럼 솟은 돌무더기들과 듬성듬성 자란 키 작은 초목들뿐이었다.

폭풍전대는 벌써 이틀째 황무지를 헤매 다니고 있는 중이었다. 각자가 조금씩 지니고 있던 건량과 웅덩이에 고인 빗물로 주린 배를 채웠으나, 이제는 건량마저도 바닥나고 말았다. 더 큰 문제는 부상자들이었다. 그들의 상처가 덧나 곪아 들어가고 있었다.

황야의 밤은 모질게도 추웠다. 그러나 폭풍전대는 모닥불도 피우지 못하고 바짝 붙어 앉은 서로의 체온만으로 모진 추위를 견뎠다.

예인후는 네다섯 걸음 떨어진 곳에 홀로 앉은 철민을 바라보고 있었다. 그는 웅크리고 앉은 채 두 손으로 감싼 양 무릎 사이에다 고개를 파묻고 그대로 잠에라도 빠진 듯이 미동도 하지 않고 있었다. 그러나 예인후는 알고 있었다. 그가 다만 깊은 침묵에 빠져 있을 뿐이란 것을! 지난 이틀 동안 적과 싸울 때를 제외하고 그는 늘 그래 왔다. 예인후는 가만히 철민의 곁으로 다가갔다.

"철 형!"

나직이 불렀으나 철민은 여전히 미동도 하지 않았다. 아니, 그는 끊임없이 무슨 말인지를 중얼거리고 있었다. 소리를 내지 않은 채!

예인후는 쓰게 웃으며 철민을 따라 그 역시 양 무릎 사이에다 얼굴을 묻었다. 잠깐이라도 눈을 붙여두어야만 했다. 밝아올 또 하루의 생존을 위해!

그믐인지 달은 처음부터 자취가 없었거니와, 초저녁에 성글게 빛을 뿌리던 별무리조차도 하나둘 사라져서 이윽고 천지 사방은 캄캄한 암흑으로 변해 버렸다.

"철 형?"

문득 철민이 일어서는 느낌에 예인후가 흠칫 깨며 나직이 불렀다. 그러자 철민이 웃는지 그의 얼굴 즈음에서 하얀 선이 그어졌다가 사라졌다. 순간 예인후는 등줄기가 확 곤두서는 듯한 느낌을 받았다. 그에게 철민은 너무도 익숙했지만, 요 이틀 간에 새로이 생긴, 마치 잘 정제된 살기와도 같은 그런 느낌은 생소하다 못해 공포스럽기까지 했다.

이어 예인후는 퍼뜩 긴장했다. 철민이 그런 느낌을 줄 때는, 적을 대할 때뿐이었으므로!

'적이다!'

예인후로부터 신호가 전달되었고, 이내 오십여 명의 폭풍전대가 차례로 깨어나며 곧바로 칼날 같은 초긴장 상태로 들어갔다. 그러나 그들은 움직이지 않았다. 기왕에 방어 진형을 짜고 있는 중이기도 하거니와, 적의 실체를 확인하기 전에 먼저 움직여서 유리할 것은 조금도 없었다.

사방은 아직 칠흑 같은 어둠에 잠겨 있는 중에 철민은 천천히 움직였다.

저벅저벅!

굳이 숨기려 하지 않는 그의 발걸음 소리가 정적 속에서 유독 선명하였다. 철민 역시도 앞이 보이지 않기는 마찬가지였다. 그러나 그런 것은 조금도 문제가 되지 않았다. 눈으로 보지 않아도 주변 사방의 모든 것은 그의 감각 범주 안에 다 들어와 있었다.

핏!

아주 희미한 파공성을 일으키며 무언가가 그에게로 쏘아져 왔다. 아주 가느다란 침 종류 같았다. 그러나 그 물체는 그의 몇 미터 앞쯤에서 어떤 부드러운 장애물에 부딪친 듯이 힘없이 바닥으로 떨어졌다. 뒤이어 어둠 속에서,

퍽!

"컥!"

무언가 부서져 나가는 소리와 단말마의 비명이 동시이다시피 터져 나왔다. 그것으로 암흑의 고요는 본격적으로 깨어지기 시작했다.

피핏!

피피핏!

바람을 가르는 소리가 철민에게로 집중되었고,

퍽!

퍼퍽!

절로 사람을 소름 끼치게 만드는 파열음들이 잇달아 들렸고,

"악~!"

"으악~!"

처절한 비명들이 합창처럼 터져 나왔다.

철민은 기계적으로 움직였다. 아무 느낌도 가지지 않으려 했다. 적들은 어둠 속에 숨은 채로 익숙하게 암기를 떨쳐내고 검을 휘둘러 왔다. 그러나 칠흑 같은 어둠은 그들의 편이 아니라 오히려 철민의 편이었다. 적들의 작은 움직임까지도 철저히 그의 인지하에 있었으니까!

적들의 은폐와 기습은 아주 간단히 와해되었고, 오히려 그들은 자신들이 어떻게 죽는지도 알지 못한 채 죽어갔다.

메스꺼움이 느껴지지 않는다는 점에서 철민은 차라리 만족스러웠다. 피와 뇌수의 붉고 허여멀건 색들이 보이지 않는 덕분이리라!

퍽!

"악!"

퍼퍽!

"큭!"

"으악!"

퍼퍼퍽!

"크악!"

"악!"

"으아악~!"

철민은 정말로 무감각해졌다. 뭐랄까? 마치 게임을 하는 듯했다. 숨고 도망치고 기습하는 몬스터들을 사냥하는 것 같았다.

이윽고 게임을 끝내고 철민은 원래의 자리로 돌아왔다. 그리고 마치 아무 일도 없었다는 듯이 고개를 양 무릎 사이에 파묻었다.

그런 철민에게서 예인후는 진한 피냄새를 맡았다. 아니, 피냄새는 이미 사방에 진동하고 있었다. 다시 정적을 되찾은 캄캄한 암흑 속에서!

3

날이 밝아오면서 폭풍전대는 주변에 펼쳐진 끔찍한 광경을 볼 수 있었다. 그리고 사방에 머리가 부서진 채로 늘어진, 어림잡아 백여 구에 이르는 시체들을 보고 모두는 치를 떨고 말았다. 그것이 철민 혼자서 벌인 참사라는데 대해! 그리고 만약 철민이 아니었다면 지금 바닥에 참혹한 형상으로 누워 있는 것은 적들이 아닌 바로 그들 자신들일 것이라는데 대해!

간단한 정황조사를 통해 그들이 바로 잠마련의 흑살단이라는 판단이 내려졌을 때, 폭풍전대는 새삼 경악하지 않을 수 없었다. 잠마련의 사대 전투 조직 중 서열 삼 위로 대원들 모두가 일류고수들로 이루어졌으며, 특히 침투, 기습 등 각종 특수상황에서의 작전 능력을 보유한 것으로 알려진 막강 전력의 흑살단 두 개 대(隊) 백여 명을 철민 혼자서 궤멸시켜 버린 것이다.

4

폭풍전대에 관한 소식은 강호를 온통 들썩이게 만들었다. 일백이십 명의 폭풍전대가 무려 이천에 이르는 청랑단의 포위를 돌파했다는 소문은 강호를 경동시키기에 충분했다. 뒤이어 황야의 칠흑 같은 밤에 벌어진 흑살단과의 전투 소식은 강호의 무인들을 차라리 열광시켰고, 그들의 열광은 이내 우상들을 만들어냈다. 한 사람의 영웅과 한 사람의 잔혹한 살수를!

폭풍전대를 이끄는 대주로서 예인후는 단번에 강호의 새로운 청년영웅으로 부각되었다.

잔혹한 살수는 당연히 철민을 이름이었다. 강호는 그에게 혈신(血神)이라는 별호를 붙였다. 하룻밤 새에 홀로 흑살단의 일백 명을 궤멸시켜 버린 피의 신! 무릇 전쟁이란 피와 살육과 파괴의 현장이고, 적에 대해 비정하고 잔혹한 파괴자야말로 누구보다도 찬양받고 추앙받는 그런 곳이니, 바로 혈신이야말로 전쟁에 가장 잘 어울리는 자였다.

그러나 막상 폭풍전대는 아직 알지 못했다, 자신들의 얘기가 강호를 경동시키고 있다는 사실을!

5

'폭풍전대는 과연 어디로 향하고 있는가?

강호의 이목들이 폭풍전대의 움직임을 쫓기 시작했다. 단지 오십여 명에 불과한 그들의 움직임에 대해, 그들의 적과 그들의 아군과 그리고 아무 관련이 없는 이들까지, 그야말로 강호의 모든 이목이 집중되고 있는 중이었다.

'폭풍전대는 공손세가로 향하고 있다!'

그것이 누구로부터 시작된 추측인지는 알 수 없었다. 폭풍전대가 왜 공손세가로 향하는지에 대해서도 그럴듯한 분석은 나오지 않았다. 그러나 폭풍전대가 움직이는 궤적이 거의 일직선에 가깝고, 그 연장선상에 공손세가가 위치하고 있다는 점만으로도 그 추측은 상당한 신빙성을 인정받았다. 그리하여 강호의 이목과 관심들은 서둘러 공손세가 쪽으로 쏠렸다.

폭풍전대와 그들을 추격하는 잠마련과 다시 집중되는 강호의 이목까지! 원하지 않게도 공손세가는 줄지에 태풍의 눈으로 부상하였다.

그런 상황은 안 그래도 결집 시점을 재고 있던 사대세가에게 좋은 명분이 되었고, 사대세가의 결집은 다시 그들과 직간접의 연관고리를 지닌 많은 문파들을 움직이도록 하였다. 또한 전쟁의 전개 양상을 예의 주시하며 최대한 신중하게, 또 치열하게 시세를 저울질하고 있던 강호의 제세력과 문파들을 자극하는 결과로 이어졌다.

그렇게 전쟁의 양상은 점차 가열되고 있었다.

第八十四章

광포

몽상가

“혈마단(血魔團)이다!”

능운의 나직한 목소리가 사뭇 떨려 나왔다.

붉은 물결이 그들을 향해 밀려오고 있었다. 타는 듯 붉은 무복을 걸친 일백여 명! 바로 혈마단이었다. 잠마련의 사대 전투 조직 중 서열 이 위로, 절정고수 일백 명으로 이루어진 가공할 무력 집단!

혈마단이 서서히 포위를 굳혀오는 동안 폭풍전대는 그저 굳은 듯이 서 있을 뿐, 누구도 감히 그들에 대응해 나갈 엄두를 내지 못하였다.

그때 다시 마치 하늘에서 검은 기둥들이 땅으로 내려 박히는 듯한 기세로 혈마단의 포위선 밖으로 일제히 내려서는 자들이 있었다. 전신을 휘감은 흑의전포를 바람에 펄럭이며! 애써 냉정을 지키고 있던 예인후였지만, 그들 열다섯 명의 흑의전포인을 보고는 신음처럼 내뱉고 말았다.

“천마단(天魔團)……!”

천마단! 초절정고수 열다섯 명으로 이루어진 잠마련 최강의, 아니, 천하최강의 전투 조직이었다.

천마단의 십오 인이 뿜어내는 무형의 예기가 일제히 한 곳을 향해 있는 것을 보고서 예인후는 퍼뜩 깨달았다. 천마단이 원하는 것이 바로 철민이라는 사실을!

예인후는 철민을 보았다. 마침 철민도 그를 향해 시선을 주고 있었다. 그런 그는 천마단 십오 인의 무형예기를 한 몸에 받고 있는 것에 대해 아무런 흥분도 격동도 없는 듯 무덤덤하게만 보였다.

예인후는 천천히 고개를 끄덕였다. 포기였다. 아니, 차라리 순응이었다. 그도, 철민도 도저히 어찌해 볼 수 없는 불가항력의 상황에 대한 담담한 순응! 예인후가 생각하기에 당대의 천하에서 단신으로 천마단을 상대할 수 있는 사람은 존재하지 않았다.

철민이 천천히 걸음을 뗐을 때 폭풍전대는 묵묵히 길을 비켜 주었다. 이어 혈마단 또한 선뜻 포위망의 한쪽을 터주었다.

천마단의 십오 인이 이룬 원진의 한가운데에 이르러 멈추어 선 철민은 땅바닥으로 시선을 준 채 더 이상 움직이지 않았다. 천마단 또한 땅바닥에 뿌리를 박은 듯이 미동도 보이지 않았기에 그때부터 그들 사이의 시간은 그대로 정지되어 버린 것 같았다.

2

예인후는 천천히 철민에게서 시선을 거두었다. 이제는 그와 폭풍전대역시도 상황에 순응해야만 할 차례였다.

"폭풍전대~!"

나직이 울리는 예인후의 목소리에 오십여 쌍의 눈이 일제히 그들의 대주에게로 향했다.

"이제 우리의 마지막 싸움을 할 때가 되었다! 모두 가장 명예로운 죽음을 맞을 준비가 되었나?"

오십 폭풍전대가 무언의 눈빛으로 대답했다. 그리고 전투는 시작되었다.

폭풍전대는 굳이 진형을 고수하지 않았다. 무작정 적에게 달려들어 악착같이 검을 휘둘렀다. 그리고 속절없이 붉은 피를 뿌리며 죽어갔다.

속속 쓰러져 삽시간에 전멸로 치달아가는 부하들을 보며 예인후 또한 구태여 목숨을 보존할 의지를 가지지 못했다. 다만 지레 포기할 수는 없었다. 죽음을 함께하는 부하들에게 부끄럽지 않도록 마지막 순간까지 치열히 싸우다 적의 검에 죽으리라는 각오였다.

이윽고 거의 한계에 이르러 예인후는 마지막으로 철민에게로 시선을 주었다. 그러나 보이는 것은 무섭게 회전하고 있는 거대한 검은 소용돌이 뿐, 그 속에 갇혀 있을 철민은 보이지 않았다.

예인후는 애써 한 가닥의 고소를 지어냈다. 철민의 마지막을 보아줄 수도 없게 된 데 대해!

"미안하오! 철 형! 끝까지 함께하지 못해서!"

마지막 한 점까지 전신에 남은 내력을 모조리 쥐어짜 낸 예인후의 검 끝에 한 방울 찬란한 빛이 매달렸다. 회한의 눈물처럼!

"끄아아~ 악!

처절을 극한 비명이 길게 울린 것은 바로 그때였다. 그리고 비명은 연이어졌다.

"크아아~ 악!"

"끄아아~ 악!"

혈마단의 외곽에서 끔찍한 광경이 벌어지고 있었다. 세 명의 혈마단원이 땅바닥을 뒹굴며 처절하게 울부짖고 있었다. 그들의 온몸은 피처럼 붉은 전포에 선명히 대비되며 넘실대는 푸른 불꽃에 휩싸여 있었다. 그런데, 아아! 그들의 몸이 녹아내리고 있었다. 기왕에도 피와 죽음의 광경이 펼쳐지고 있던 중이긴 했으나, 그 잔인과 처절을 극한 지옥의 광경 앞에서는 모든 이들이 일제히 움직임을 멈추고 말았다.

"끄아아~ 악!"

또 한 명의 혈마단원이 쓰러져 바닥을 뒹굴 때에야 사람들은 새롭게 한 사람이 나타났다는 사실을 확실히 인식했다. 흑의사내였다. 그가 걸어오며 한 손을 가볍게 앞으로 떨쳐내자 마치 아지랑이와 같이 희미하고 아련한 빛의 푸른 기류가 넘실거리며 뻗어나왔다. 가까운 쪽에 섰던 혈마단원들이 지레 질린 모습들로 화들짝 비켜났지만, 푸른 기류는 그들에게 당도하기도 전에 저절로 사라져 버렸다. 그러나 다음 순간,

"끄아아~ 악!"

혈마단원 중의 또 하나가 돌연히 푸른 불꽃에 휩싸이며 바닥으로 나뒹굴었다. 그리고 다시 흑의사내가 천천히 한 걸음씩을 내디딜 때마다,

"끄아아~악!"

"크아아~악!"

"끄아아~악!"

혈마단원 한 명씩이 푸른 불꽃에 휩싸이며 처절하게 울부짖었다. 독이었다. 전대미문의 가공할 독공이었다. 이윽고 공포를 이기지 못한 혈마단이 주춤주춤 뒤로 물러서고 있었다.

"폭풍전대! 결진(結陣)~!"

예인후의 나직한 명령에 살아남은 폭풍전대가 신속하게 그를 중심으로 모여들었다. 예인후는 천천히 뒤로 물러섰다. 겨우 십여 명만이 남은 폭풍전대가 그와 한 덩어리로 움직였다. 그러나 그 방향이 흑의사내가 다가오고 있는 쪽이었기에 혈마단은 감히 그들을 막지 못했다.

"율 형!"

예인후가 격정에 가득한 소리를 토해내자 흑의사내는 가볍게 읍하며 담담히 미소를 떠올렸다. 그는 바로 율도린이었다.

율도린의 읍에 대해 예인후 또한 마주 고개를 숙여 예를 취했다. 못 본 새에 율도린은 거대해진 느낌이었다.

3

윙~!

위잉~!

거대한 검은 소용돌이는 이윽고 거대한 벽으로 화하여 서서히 안으로 조여들었다. 기벽(氣壁) 내에서는 흙과 돌 따위가 마구 날아올랐으나, 기벽이 둘러친 공간을 빠져나가지 못한 채 맹렬히 휘돌았다.

그 거대한 기벽 속에서 철민은 여전히 버티고만 서 있었다. 그런데 기의 폭주 속에 주변 사방이 온통 광란지경으로 휩쓸리고 있는 중인데도, 그 한가운데에 우뚝 서서 옷자락조차 날리지 않는 고요의 모습으로 서 있는 그는 차라리 괴이해 보였다. 다만 땅 속으로 무릎까지 박혀 버린 그의 두 다리가, 그가 사실은 엄청난 압력을 받고 있음을 말해주고 있었다.

철민은 갈등하는 중이었다. 부숴 버리고 싶은 욕망과 차라리 부서져 버리고 싶은 욕망 사이에서! 그러나 한순간 그는 갈등을 놓아버렸다. 부수든지, 부숴지든지, 상관하지 않으면 그뿐이었다.

"흡!"

짧은 기합을 토함으로써 철민은 처음으로 의지를 썼다. 그의 의지와는 상관없이 그를 둘러싸 지키고 있던 무형의 벽을 거두어들이기 위해! 순간 첨예한 대치를 이루고 있던 거대한 균형이 한순간에 허물어지고 말았다. 그리고 감히 예측조차 해볼 수 없는 엄청난 기류가 해일처럼 철민에게로 덮쳐들었다.

고오오오~!

이어,

과과과~ 광!

차라리 조용하게 느껴지는 굉음과 함께 철민의 주변에서 맹렬히 소용돌이치던 거대한 검은 장벽이 사라졌다. 그처럼 사납게 휘돌던 흙과 돌과 먼지구름 따위가 일시간에 조용히 가라앉았고, 사위는 그대로 깊은 고요에 잠겨 버렸다.

철민은 부서지지 않았다, 그 모든 것을 빨아들이고도!

천마단의 십오 인은 철민의 주위로 원형의 포위를 유지한 채였다. 그러나 그들 중 서 있는 자는 아무도 없었다. 모두가 바닥에 누운 채로 열 명은 미동도 하지 않았고, 나머지 다섯 명은 울컥울컥 격렬하게 피를 토해내고 있었다. 그러나 그 다섯 명 역시도 이내 고개를 떨구더니 움직임이 없어졌다.

일대에는 오로지 경악만이 흘렀다. 피아를 막론하고 어느 누구도 감히 숨소리조차 내지 못하는 조용한 경악이었다.

몰살! 단 한 사람에 의한 천마단의 몰살이었다.

4

혈마단은 소리없이 물러갔다, 처절하게 억눌린 공포를 자취로 남긴 채!

"오랜만이오, 형씨!"

철민에게 건네는 율도린의 첫마디는 짐짓 농담조였다. 혹은 주변의 참혹함과 여전히 남아 있는 치열했던 흔적들에는 조금도 개의치 않는다는 여유일지도 몰랐다.

그러나 힐끗 율도린을 보는 철민의 얼굴은 무표정일 뿐이었다. 그의 붉게 충혈된 두 눈과 무덤덤함에 대해 율도린은 약간 당황스러운 듯 했다.

율도린은 이내 머쓱한 미소를 떠올렸다. 그의 미소에는 은은하게 푸른 빛이 감돌았다.

5

혈신(血神) 철민!

폭풍대주(暴風隊主) 예인후!

두 이름에 더하여,

독마(毒魔) 율도린!

세 이름이 강호를 진동시키고 있었다.

제이차 정마대전의 서전이 낳은 그들 신성들 중에서도 단신으로 천마단을 몰살시켜 버린 혈신의 명성은 가히 폭발적이었다. 심지어 그 이름은 단번에 강호최강, 천하제일인으로 거론되기까지 했다.

6

　광기에 절고 피에 절어버린 자신에 대해 철민은 새삼 헛구역질이 치밀었다.

　'다만 꿈일 뿐이다!'

　그런 핑계조차도 더 이상은 위안이 되지 못했다.

　'꿈이라고 치부할지라도, 넌 살인의 주체였다. 넌 차라리 적극적이었다. 한 명이라도 더 죽이기 위해 미쳐 날뛰었었다. 이래도 다만 꿈이었다고 할 건가? 이래도 네가 살인자가 아니라고 할 건가?

　자조와 비난과 경멸에 대해 또 다른 철민이 맹렬히 항변했다.

　'누구라도 그렇지 않겠나? 지독한 분노와 증오로 누군가를 죽여 버리고 싶을 때도 있지 않겠나? 차마 실제로는 못하지만 마음속으로야 누구라도 죽일 수 있는 게 차라리 인간다운 것 아니겠나?

　그러나 철민은 이미 언뜻언뜻 치밀곤 하는 공포를 겪고 있었다. 스스로의 정신이 황폐해지고 있다는 데 대해! 그가 원래 가지고 있던 모든 가치관과 삶의 기준들이 하나씩 하나씩 파괴되어 이윽고는 뒤죽박죽 얽히고 무너지고 부서져 나가고 있다는 데 대해! 그는 점점 그가 아니게 되어가고 있는 중이었다. 어쩌면 아예 인간성을 상실한, 인간이 아닌 존재로 되어가고 있는 중인지도 몰랐다.

　'꿈일 뿐이다! …꿈일 뿐이다! …꿈일 뿐이다!

　철민은 끊임없이 되뇌었다, 주문처럼! 지금 그가 할 수 있는 건 그것뿐이었다, 견디기 위해!

第八十五章
괴물

몽상가

1

언제부터인가 일정한 거리를 두고서 그들을 추종하고 있는 일단의 무리에 대해 예인후가 처음 한동안은 경계를 늦추지 못하였다.

무리들은 처음에 수십 정도에 불과하더니 빠르게 그 수가 늘어 이제는 수백으로 규모가 커져 있었는데, 폭풍전대가 잠마련과 전투를 치를 때는 오히려 거리를 더욱 벌려 철저히 방관적인 입장을 견지하다가, 전투가 끝난 연후에는 다시 처음의 거리만큼으로 접근하여서는 열광하고 환호하는 모습을 보이곤 하였다. 치를 떨어도 시원치 않을 그 참혹하고도 잔인한 결과에 대해서!

최소한 적이 아니란 판단을 하였을 뿐 예인후는 무리들의 정체나 목적에 대해 굳이 알려고 하지 않았다. 더욱이 교류나 합류를 시도하지는 않았다. 다만 무리들의 환호에서 폭풍대주와 혈신, 그리고 독마의 명성에 대해서 비로소 듣게 되었다.

2

철민은 잠시간의 위안을 찾을 수 있었다. 기이하게도 그러한 위안은 율도린 덕분이었다. 자신보다 더욱 잔혹하고 거침없는 율도린의 살육에서 철민 자신은 한 걸음 뒤로 물러서 있을 수 있다는 비겁한 위안과 동시에 기묘한 안도였다.

그러나 그 같은 철민의 위안과 안도는 얼마가지 못했다. 율도린이 벌이는 살육에서조차 심정적으로 그는 여전히 살육과 파괴에 대해 방조하고 있었으므로!

철민은 이윽고 환멸을 느꼈다. 도망치고 싶었다. 그 스스로와 모든 어둡고 끈적거리고 부정적인 것들로부터! 누구로부터도, 무엇으로부터도 속박받지 않고 방해받지 않는 깊숙한 곳에 숨어서 죽은 듯이 침잠해 있고 싶었다.

3

쏴아아아!

비가 억수같이 쏟아지기 시작했다. 물동이로 들이붓는 듯한 세찬 여름비는 주변 사방을 대번에 뿌연 물의 장막에 가두어 버렸다. 잠깐 지나갈 소나기가 아니었지만 넓게 트인 광야에서 비를 피할 만한 곳은 찾을 수 없었다.

철민은 문득 답답했다. 그리고 그것이 비에 흠뻑 젖고 싶은 갈증임을 깨닫는 순간에야 비로소 세찬 빗줄기가 그의 몸을 직접 두드렸다.

타다다다닥!

수직으로 떨어지는 빗방울이 그의 얼굴을 때렸다. 따가웠다. 그 실제의 따가움이 좋았다. 그 실감나는 두드림에 그의 얼굴에, 그리고 온몸에 잔뜩 끼고 쌓여 있던 것들이 비로소 씻겨 내려가는 것만 같았다. 시원했다. 고개를 드니 천지 사방이 자욱한 물안개로 잔뜩 뒤덮여서 어디부터가 하늘이고 어디까지가 땅인지, 그 경계가 참으로 모호했다.

“철 형!”

뒤에 섰던 예인후가 나직이 불렀지만 철민은 굳이 뒤돌아보지 않았다. 그때쯤 그 또한 뿌연 안개의 장막 저 너머로 시선을 돌려놓고 있는 중이었으므로!

처벅! 처벅!

처벅! 처벅!

안개 너머에서 흥건한 물 바닥을 걷는 소리가 울려왔다. 규칙적이고도, 몹시도 무겁게! 그리고 이윽고 안개 속으로 흐릿한 형체들이 모습을 드러냈다. 검은 철립(鐵笠)들이!

‘둘… 넷… 여섯!’

속으로 수를 세다가 언뜻 엄습해 드는 불안감에 예인후는 저도 모르게 중얼거림을 흘리고 말았다.

“설마……?”

그때 그들 여섯 철립인들이 돌연 걸음을 빨리하기 시작했고, 육중한 땅울림들이 생겨났다.

쿵! 쿵! 쿵! 쿵!

쿵! 쿵! 쿵! 쿵!

순간 예인후는 자신이 가졌던 불안감의 정체를 확연히 깨달았다. 그리고 신음처럼 뱉었다.

"무백이다……!"

쿵! 쿵! 쿵! 쿵!

요란스러운 땅울림에 철민의 심장 박동이 공명을 일으켜 갔다. 너무도 격렬해져서 더 이상 참을 수 없게 되었을 때 철민은 그대로 앞으로 달려 나갔다.

쾅!

최초의 육중한 충돌에서 무백 한 기가 그대로 튕겨 나갔고, 철민은 주춤 그 자리에 멈춰 섰다. 나머지 다섯 기의 무백이 일제히 철민에게로 덮쳐 들었다. 그러나 철민은 하얗게 웃으며 그대로 마주 부딪쳐 갔다.

쾅!

철민의 어깨에 가슴을 찍힌 한 기의 무백이 튕겨 날아갔으나, 다른 네 기의 무백들은 그대로 철민과 얽혀 버렸다.

와드득!

콰지직!!

무언가 부서지고 뜯기는 듯한 소음들은 예인후와 열 명의 폭풍전대를 숨조차 제대로 쉬지 못할 긴박함 속으로 몰아넣었다. 그러나 예인후는 그 엄청난 괴물들의 육박전을 계속 지켜보고 있을 여유를 가지지는 못했다. 철민과의 충돌로 튕겨 나가 땅바닥에 널브러져 있던 두 기의 무백이 언제 일어났는지 그들을 향해 맹렬하게 달려오고 있는 중이었다.

쿵! 쿵! 쿵! 쿵!

쿵! 쿵! 쿵! 쿵!

"피해!"

대원들을 향해 외치던 중에 예인후는 그대로 아연해지고 말았다.

"율 형······?"

율도린이 무백들을 맞아 걸어나가고 있었다.

그러나 예인후는 말리지 못했다. 이제 율도린의 존재감은 그가 섣불리 제지할 수 있는 것이 아니었다.

몇 걸음을 떼던 율도린에게서 돌연 푸른 기운이 확 번져 나왔다. 이글거리며 타오르는 푸른 불꽃이었다. 기이하게도 그 푸른 불꽃은 세차게 쏟아지는 빗속에서도 조금도 흐트러지지 않고, 오히려 빗물을 타고 확산되는 것처럼 앞으로 번져 나갔다.

화르륵!

무백 한 기가 푸른 불꽃에 휩싸이더니 삽시간에 옷이 타고, 얼굴 피부가 녹아내리는 참혹한 몰골로 화했다. 그러나 놀랍게도 무백은 그런 중에도 계속 율도린을 향해 다가들었다.

"대주님!"

폭풍대원 중 하나가 진저리를 치며 앞을 가리켰다. 남은 무백 한 기가 율도린을 비켜 곧장 그들을 향해 달려오고 있는 중이었다. 무백이 어떤 존재인지 이미 겪어 본 바 있는 예인후였다. 그것은 인간이 아닌 괴물이었다.

부하들을 밀치며 무백을 향해 우뚝 버텨 선 예인후의 검극에 영롱한 빛 방울이 맺혔다.

핏!

가슴에 예인후의 점강을 맞은 무백의 달려들던 기세가 잠깐 멈칫하였다. 그러나 그뿐 무백은 탄력을 죽이지 않고 그대로 도약하며 온몸으로 예인후를 덮쳐 왔다.

그때였다.

“찻!”
“타앗!”
여러 마디의 기합이 터져 나오며 예인후의 뒤쪽에 섰던 폭풍대원들이 일제히 앞으로 치고 나갔다.
“안 돼~!”
예인후가 다급히 부르짖었으나,
팅!
챙강!
도검불침의 신체를 찌른 검끝이 튕겨 나고, 혹은 부러지는 소리와 함께,
“악~!”
“으악~!”
두 마디의 처참한 비명이 울렸다. 바닥으로 무너져 내리고 있는 두 명의 대원은 머리가 깨지고 가슴이 으스러진 참혹한 모습들이었다.
“물러서! 물러서라고!”
예인후가 절규하며 앞으로 달려들 때, 대원들은 공포로 떨리는 검을 다시 무백에게 찔러 넣고 있었다.
피핏!
잇달아 쏘아진 예인후의 점강이 무백의 양눈에 작렬했다. 그러나 비명은 오히려 대원들에게서 터져 나왔다.
“으악!”
“으아악!”
다시 처참한 모습으로 쓰러지는 두 명의 대원들을 보면서 예인후는 차라리 처연해지고 말았다. 그러나 이내 예인후의 두 눈에서는 번쩍 정광

이 토해졌다. 방금 전 그의 점강에 격중된 무백의 두 눈에서 검붉은 액체가 흘러내리고 있었다.

피핏!

피핏!

예인후의 점강이 무백의 두 눈을 노리고 다시 쏘아졌다. 그러나 마침 무백이 고개를 돌려 피하는 바람에 미간과 이마를 맞추는 데 그쳤다. 뿐만 아니라 무백도 예인후의 점강에 대해 경각심을 가지게 된 모양으로 한쪽 손으로 두 눈앞을 가려 방비하는 모습이었다.

지켜보던 폭풍대원들이 일제히 무백의 눈을 노렸다. 그러나 그들로서는 무백에 가까이 접근하는 자체가 어려웠다.

"으악~!"

다시 대원 하나가 쓰러졌다. 그러나 남은 대원들은 이제 필사적이었다. 검을 버리고 육탄으로 달려들어 무백을 붙잡고 매달렸다. 예인후에게 점강을 날릴 틈을 만들어주려는 것이었다.

무백이 미친 듯이 날뛰었다. 그 몸에 매달린 대원들은 마치 태풍에 시달리는 나뭇잎처럼 마구 휘둘렸다.

부릅뜬 예인후의 두 눈에 피눈물이 맺혔다. 그러나 그는 울음 대신 사력을 다해 점강을 쏘아냈다.

피핏!

피피핏!

집요한 공략 끝에 마침내 무백의 두 눈이 파괴되었다. 횅하게 파인 두 개의 구멍에서 검붉은 액체들이 계속해서 쏟아졌고, 그 부분을 중심으로 점차 얼굴 전체가 뭉개져 나갔다. 그러나 대원들 또한 하나하나 참혹하게 죽어갔다. 머리가 으깨어지고, 어깨가 통째로 뜯겨 나가고, 혹은 발에 짓밟혀서!

그리고 마침내,

"으악~!"

마지막 단말마의 비명을 끝으로 예인후 혼자만 남게 되었을 때 예인후의 두 눈은 악마를 상대로 사투를 벌이는 공포와 그것보다 백 배는 더 지독한 증오로 뒤범벅되어 번뜩이고 있었다. 잇단 점강의 발사로 그는 이미 기력이 소진된 상태였다. 그러나 이제 와서 죽음을 회피하고 싶은 생각은 추호도 없었다. 무백의 억센 손아귀가 그의 양 어깨를 틀어잡고, 이어 반 넘게 뭉개진 악마의 얼굴이 그의 얼굴로 다가들 때, 예인후는 차라리 두 눈을 감았다.

"대주님! 피하십시오!"

다급한 외침에 예인후가 두 눈을 번쩍 떴을 때, 무백은 허리가 뒤로 넘어간 채 버둥거리고 있었다. 율도린이었다. 그가 무백의 목을 휘감은 채 그 뒤에 매달려 있었다.

무백은 예인후를 놓아준 채로 격렬하게 몸을 뒤틀고 흔들어댔다. 그러나 그때쯤 무백의 움직임은 이미 많이 느려진 데다 예인후에게서 떨어지는 순간,

파스스슷!

무백과 율도린이 한 덩어리로 푸른 불꽃에 휩싸이며 무백의 전신이 빠르게 녹아내리기 시작했다. 그런 탓에 예인후는 재빨리 뒤로 물러나야만 했다.

허물거리며 서서히 무너져 내리던 무백이 한순간 마지막 발악이듯이 크게 한 번 몸부림을 쳤다. 반쯤이나 녹아내린 그것의 손아귀에 율도린의 팔 하나가 틀어잡힌 것은 바로 그때였다. 그야말로 순식간에 벌어진

일이었다.

우두둑!

소름 끼치는 파열음이 일었고

"크으윽~!"

율도린이 고통에 몸부림치며 처절한 비명을 토해냈다. 어깻죽지에서 부터 뜯겨 나간 그의 오른팔이 겨우 가죽만으로 이어진 채 덜렁거리고 있었다. 상처에서는 콸콸 피가 쏟아지고 있었다. 청혈(靑血)이었다. 불꽃보다 더욱 짙은 푸른색의 피!

치익~!

치이익~!

청혈에 닿은 무백의 몸이 부글부글 끓어오르며 급속히 녹아내리더니 이내 한줌 매캐한 연기로 화해 사라졌다.

"크윽!"

악 다문 비명을 삼키며 율도린은 덜렁거리며 매달린 팔 하나를 완전히 떼어내 바닥에다 던져 버렸다.

칙!

치익~!

펄떡거리는 그것에서 뿌려진 피가 여기저기 땅바닥을 맹렬하게 태웠다. 좀 전까지 그의 팔이었던 그 덩어리를 잠시 내려다보던 율도린이 문득 나직하게 투덜거렸다.

"제기랄! 비만 안 왔어도!"

"율 형!"

예인후가 달려오자 율도린은 왼팔을 들어 그를 제지했다.

"다가오지 마십시오!"

그리고 율도린의 상처 부위에서 일순 은은하게 빛나는 백광(白光)이 뿜어졌고,

지지지직!

마치 불로 살갗을 지지는 듯한 소리가 나며 피가 멈추었다.

지켜보던 예인후가 저도 모르게 질린 소리로 물었다.

"괜찮소, 율 형?"

율도린이 악다물고 있던 표정을 바로 하더니 문득 빙긋 웃어 보이며 말했다.

"저 또한 괴물이니, 이 정도론 끄떡도 없습니다!"

이어 힐끗 뒤를 돌아본 율도린이 나직이 웃음소리를 내며 덧붙였다.

"후후후! 진짜 괴물은 저기에 따로 있지만 말입니다!"

그제야 철민에게 생각이 미친 예인후가 황급히 율도린 너머로 시선을 던졌다. 그러나 그의 다급함은 다시금 질린 빛으로 되고 말았다.

철민과 네 기의 무백이 한데 뒤엉킨 채로 치고 차고 할퀴고 찢고 물어 뜯고 있는 중이었다. 그것은 잔인을 극한 원초의 치열한 생존 투쟁의 광경이었다. 예인후는 치를 떨고 말았다. 인간들이 아니었다. 괴물들이었다. 철민조차도! 아니, 철민이야말로 오히려 가장 괴물다웠다. 그는 지금 아예 미쳐 날뛰고 있는 중이었다. 무백들이 악착같이 그에게 달라붙고 있었지만, 조금씩 부서지고 있는 건 놀랍게도 도검불침의 그것들이었다. 철민은 오히려 멀쩡한 채로 부수고, 으깨고, 찢고 있었다. 보면서도 믿지 못할 광경 중에 무백들은 이윽고 한 기 한 기 무참히 부서진 채로 널브러져 나갔다.

第八十六章
깨어서 꾸는 악몽

몽상가

1

　내일의 코리안 시리즈 3차전을 앞두고 불스 선수들은 훈련 대신 휴식을 취했다. 그러나 쉬는 것보다는 가볍게 몸이라도 푸는 것이 오히려 맘 편하겠다고 손강호가 극성을 부리는 통에 철민까지도 오후 느지막이 홈 구장으로 나갔다.

　가볍게 몸을 푼 후, 철민과 손강호가 다시 구장을 나설 때였다. 앞쪽 저쯤에 서 있던 검은 색의 세단 한 대가 스르르 미끄러져 와 둘의 앞에 멈추어 섰다.

　"김철민 씨?"

　짙게 선팅을 입힌 운전석 창문이 열리며 젊은 사내가 철민을 향해 말을 건넸다.

　철민이 언뜻 무거운 기색이 되면서도 고개를 끄덕이자, 사내는 표정없이 눈짓으로만 힐끗 뒤를 가리키며 말했다.

“타시죠!”

그러자 진작부터 잔뜩 경계의 기색이던 손강호가 불쑥 철민의 앞을 막아서며 사내를 윽박질렀다.

“이봐, 당신 뭐야?”

그러나 사내는 손강호에게는 전혀 관심이 없다는 듯이 무표정한 얼굴로 외면했다.

“이 자식이?”

손강호가 대번에 사내의 멱살을 잡아가는 것을 철민이 얼른 팔을 낚아챘다.

“아니, 이거 좀 놓아보십시오! 이 자식 하는 짓이 영 수상하지 않습니까?”

그러나 손강호가 목소리를 높이며 뻗대보았으나, 그가 완력으로 철민을 감당하지 못하게 된 지는 이미 오래였다. 철민이 손강호의 덩치를 가볍게 뒤로 당겨놓고는 타이르듯이 차분하게 말했다.

“저랑 사전에 약속이 되어 있던 일입니다. 그러니 걱정 말고 먼저 들어가십시오!”

“아무 얘기도 없다가 갑자기 무슨 약속이 있다는 겁니까? 도대체 무슨 약속인데요?”

손강호가 한풀이 꺾였더라도 여전히 목소리를 높이며 따져 물었으나 철민은 차분하기만 했다.

“제 개인적인 일입니다. 큰일은 아니니… 어쨌든 일단 갔다 와서 나중에 따로 얘기하도록 하죠!”

그리고 철민은 장비 가방을 든 채로 승용차의 뒷문을 열었다.

“아니, 팀장님! 어디로 가는지만이라도 얘기를 좀 해주셔야죠!”

손강호가 차창을 두드렸지만, 철민은 무시하고 운전석의 사내에게 말했다.

"갑시다!"

붕!

"이런……!"

급가속으로 차가 출발해 버리자 손강호는 당혹스러운 중에도 황급히 차 번호를 외웠다.

"30허에… 15……."

그러나 그것 외에는 더 이상 할 수 있는 게 없다는 사실에 안절부절못하다가 손강호는 언뜻 한 사람을 떠올렸다.

"여보세요! 저 손강홉니다!"

"아! 강호 씨! 안녕하세요? 별일없죠?"

저쪽에서 맑은 목소리가 반갑게 맞았다. 그러나 손강호가 '별일'을 얘기하자마자 맑은 목소리는,

"그렇다고 그 사람 혼자서 가게 두면 어떻게 해요?"

당황하여 화를 내다가는 다시 빠르게 상황을 정리했다.

"일단 제 쪽에서 어떻게 수를 내볼 테니까, 강호 씨는 이 전화 항상 열어두도록 하세요!"

그리고 한영주는 전화를 끊어버렸다.

"에이, 씨!"

손강호는 주먹으로 제 머리를 쥐어박았다. 한영주의 질책처럼 아무 대책 없이 철민을 보내 버린 데 대한 뒤늦은 자책이었다.

2

"어디로 가는 거요?"

"저도 모릅니다. 아직까지는!"

"뭐요?"

"저는 다만 지시에만 따를 뿐입니다!"

철민은 더 이상 묻기를 포기하고 차창 밖으로 스쳐 가는 풍경에다 시선을 놓아두었다. 밖은 어느 틈에 어둠이 내리고 있었다. 안개 같이 스쳐 가는 어둠처럼, 철민의 머릿속으로도 만감이 스쳐 지나갔다.

사내의 핸드폰이 울린 것은 한참이 더 지나서였다.

"예! 형님!…예! 알겠습니다! 그리로 가겠습니다!"

사내가 짧은 통화를 마쳤지만, 철민은 어디로 가는지에 대해 굳이 묻지 않았다.

서울을 빠져나간 차는 김포 방향을 가리키는 이정표를 따라 달렸다. 그러고도 삼십여 분 동안, 사내가 두 번의 전화를 더 받고 나서야 차는 어느 한적한 시골 풍경의 시멘트 포장 길로 들어섰다. 다시 십여 분 후, 차는 어느 농원쯤으로 보이는 곳의 활짝 열린 철문을 통과했고, 곧 자갈이 깔린 넓은 공터에 도착했다.

"내려서 정면에 보이는 건물로 가십시오!"

철민이 차에서 내리자 차는 마치 도망치듯이 자갈을 튕기며 왔던 길을 급하게 되돌아 나갔다.

철민은 천천히 주위를 둘러보았다. 그가 선 자갈마당 주위로는 곳곳에 키 작은 나무들과 여러 가지 모양을 지닌 암석들이 놓여 있어, 본래는 정원으로 꾸며진 장소 같았다. 그리고 마당에서 삼십여 미터쯤 떨어진 곳에 서 있는, 마치 별장처럼 보이는 이 층의 양옥이 바로 사내가 말한 건물

일 것이었다. 마당에서 양옥까지는 숲길로 이어져 있었는데, 십여 미터 간격으로 드문드문 선 가로등들이 희미한 빛을 뿜어내고 있었다.

철민은 길게 심호흡을 한 번 했다. 야외의 한적한 곳이라 그런지 밤 공기가 제법 서늘하였다.

3

드문드문 선 가로등의 희미한 불빛 사이로 시커먼 그림자들이 우르르 쏟아져 나오더니, 곧바로 철민을 가운데로 놓고 넓게 둘러쌌다.

사내들은 근 백여 명에 달했다. 그리고 그들 중에서 다시 이십여 명이 앞으로 나서는 순간, 주위 사방에 빛이 번뜩였다. 일제히 칼을 뽑아 든 것이었다.

철민은 그대로 온몸이 얼어붙는 듯했다. 처음부터 조승태와의 일대일 승부를 치르리라는 순진한 기대를 하고 온 것은 아니었지만, 그렇다고 이런 정도까지를 각오하지는 못한 터였다.

사내들이 일제히 칼을 세우며 치고 나오려는 기세가 되었을 때에야 철민은 떨리는 몸을 겨우 추스르고서 어깨에 멘 가방에 꽂혀 있던 야구방망이를 꺼내 들었다.

"쳐라!"

누군가 나직이 외쳤고, 섬뜩한 기운들이 일제히 치고 나왔다.

순간 아뜩한 공포 속에서 철민이 할 수 있는 건 한 가지 밖에 없었다. 이를 악다문 채 무작정 방망이를 휘두르는 것!

기껏 방망이 한 자루 휘두르는 것으로 한꺼번에 들이닥치는 수십 자루의 칼을 막아낼 수는 없다는 것은 확연했지만, 가만히 서서 죽을 수는 없는 일이었다. 죽어라고, 아니, 죽을 때까지 휘둘러보기라도 하는 것만이 지금 철민이 할 수 있는 유일한 몸짓이었다. 죽음에 대항하기 위한 유일한 몸짓!

붕~!

부웅~!

철민은 온 힘을 다해 방망이를 휘둘렀다. 목표를 두고 휘두르는 것이 아닌, 그저 무작정의 몸부림이었다. 그러던 중 철민은 문득 혼란스러워졌다. 생사가 갈리는 촉박한 순간임에도 왠지 자꾸만 무언가로 몰입해드는 느낌이 들었다. 이어 점점 감각이 분명치 않게 되더니, 이윽고 그의 의식은 그를 찔러드는 칼들을 외면하다시피 하고, 차라리 그 스스로의 내면 속을 헤매기 시작했다. 그리고 그의 의식 깊숙한 어딘가에서 빠르게 일련의 장면들과 소리들과 기억들이 퍼 올려졌다.

철민은 이윽고 지독한 혼돈 속으로 빠져 버렸다. 다급한 감각들과 아련한 의식이 뒤섞이며 마구 충돌했다.

우웅~!

우우웅~!

방망이가 돌아가는 소리마저 점점 낯설게 변해가고 있는 듯했다. 아니, 사실은 익숙한, 너무도 익숙한 소리였다. 다만 그 소리가 현실에서는 도저히 날 수 없는 소리라는 점에서 낯설 수밖에 없을 뿐이었다. 그러나 '낯설어야 할' 현상들은 연이어 일어났다.

점차로 일련의 흐름이 느껴지고 있었다. 방망이의 무게와 원심력의 흐름! 그 흐름에 거슬리지 않게 편승하며 방망이의 궤적과 궤적이 촘촘하게 연결되고 있었다.

우우웅~!

우우우웅~!

소리는 꼬리를 단 듯이 점차 길어지고 있었다. 그를 중심으로 한 공간에 방망이의 그림자들이 거뭇거뭇하게 생겨나고 있었다. 그리고 다시 어느 순간, 이윽고는 시간마저 사라져 버리고 말았다. 오로지 공간만이 존재했다. 도대체 얼마나 길고 광활한지 짐작도 못할, 그러나 틈 하나 없이 꽉 들어찬 몰입의 공간이었다. 그 속에서 철민은 오로지 혼자만이 존재하였다. 그리고 여전히 그는 휘두르고 있었다. 무수히! 끝없이!

우우우웅~!

방망이가 마치 살아 있기라도 한 것처럼 길게 울부짖는 가운데 그 그림자가 마치 온 허공을 자욱하게 수놓는 듯하였다. 마치 허공 중에다 하나의 벽을 만들듯이!

'벽이라고?'

철민은 문득 낯설고도 익숙한 의문 하나를 떠올렸다. 그리고 그 짧은 의문은 다시 그의 내면 깊은 곳에서 일련의 대화를 퍼 올렸다.

"매봉파(魅棒破)라고 하면 어떻겠나?"

"무얼 말입니까?"

"아우의 그 봉벽(棒壁) 수법 말일세!"

"봉벽 수법이라니요?"

"그게 무엇인고 하니… 쩝! 아닐세! 그냥 아우가 매봉을 휘두르는 재간에 대해, 앞을 가로막는 것이라면 그 무엇이든 부숴 버린다는 의미를 담아서 그렇게 부르면 어떻겠나 하는 거지. 제법 그럴듯하지 않은가?"

창!

차차창!

날카로운 금속성들이 서늘한 밤 공기를 가르는 가운데, 십여 자루나 되는 칼들이 일제히 튕겨 났다. 동시에 고통스러운 신음 소리들이 잇따라 터져 나왔다.

"윽!"

"크윽!"

철민은 퍼뜩 혼돈에서 깨어났다. 주위는 마치 한바탕 태풍이 휩쓸고 지나간 들판과도 같았다. 십여 명의 사내가 어깨와 다리, 머리 등을 부여잡고서 바닥을 뒹굴고 있었고, 멀찍이 물러선 사내들 역시도 두 눈을 부릅뜬 채 도무지 믿기 어렵다는 기색들을 하고 있는 중이었다.

철민은 가만히 호흡을 골랐다. 믿기 어렵기는 그 또한 마찬가지였지만, 어쨌든 그가 해낸 일들이었다. 설마 정말로 매봉파가 펼쳐진 것은 아니었겠지만!

"와라!"

다친 자들이 빠르게 뒤로 물려지고 외곽에 섰던 자들이 다시금 포위망을 좁혀 들었기에 철민은 나직이 으르렁대며 방망이를 고쳐 잡았다.

이층 양옥 쪽이 환하게 밝아진 것은 바로 그때였다.

이어 갑자기 환해진 가로등 빛 속에서 십여 명이 걸어 나왔고, 사방의 사내들이 우르르 그 십여 명을 호위하는 형태로 둘러싸며 보조를 맞추었다.

조승태였다. 사내들의 호위 속에서 느긋한 걸음걸이로 다가온 그가 오 륙 미터쯤 앞에서 멈춰 설 때까지 철민은 야구방망이를 땅에 짚은 채로 묵묵히 지켜만 보고 있었다.

"본 지 얼마 되지도 않았는데 꽤나 오랜만에 보는 것 같네?"

바지 주머니에 두 손을 찔러 넣은 채로 조승태는 싱긋 웃어 보였다. 그리고 천천히 주머니에서 빼 드는 그의 손에는 한 자루의 권총이 쥐어져 있었다.

조승태가 천천히 권총을 들어 올려 그에게 겨누기까지의 짧은 순간, 철민은 치열한 갈등에 빠졌다. 권총이 진짜일지 가짜일지, 기습을 할지 말지 등등에 대해!

그러나 곧바로 조승태의 뒷쪽에 선 대여섯 명의 사내가 또한 일제히 권총을 꺼내 그를 겨눔으로써 철민의 그런 갈등은 한순간에 무의미해져 버렸다.

그리고 다시 한순간,

탕!

하고 한 발의 총성이 사방의 어둠을 진탕시켰을 때 철민은 그대로 온몸의 힘을 뺄 수밖에 없었다. 그로 하여금 감히 어떻게 해볼 엄두조차 내 보지 못하도록 만드는 상황이었다.

"내가 졌소! 당신이 원하는 대로 다할 테니, 이제 제발 그만 좀 합시다!"

철민의 무조건 항복 선언에 대해 조승태는 빙그레 웃는 얼굴이더니 돌연 무표정하게 얼굴을 굳혔다.

"그만하자고? 이렇게 간단히? 이렇게 쉽게? 안 되지! 그렇게는 안 되지! 아직도 모르겠어? 네가 사정한다고 해서 그만둘 수 있는 게 아니라니까? 내가 됐다고 해야만 비로소 끝이 나는 거라니까?"

4

"양손 머리 위로!"

조승태의 앞으로 나선 사내의 발음은 사뭇 어색했고, 특히 일본풍의 발음이 나는 것 같았다.

짙은 선글라스, 중키에 다부진 체구, 선글라스 아래로 보이는 날카롭게 각진 매부리코! 바로 그자였다. 그날 유동제 회장과 함께 왔던 자! 그리고 지금 이 자리에 나타남으로써 그자는 이준혁이 말했던 흑교(黑鮫)임이 분명해졌다.

시키는 대로 두 손을 머리 위에 올린 철민에게로 다가온 흑교는 몸수색을 하듯이 어깨에서부터 천천히 철민의 몸을 더듬어 내려갔다. 그 손길이 섬뜩하고도 고역스러웠지만 철민으로서는 감히 거부할 수 없는 처지였다. 그런데 한순간 배꼽 아래 어디쯤에서 화들짝 피어오르는 극심한 통증에 철민은 급박한 비명을 토해내고 말았다.

"크윽!"

무언가 뾰족하고 날카로운 것이 길게 복부를 관통한 느낌이더니, 돌연 엄청난 공명이 몸 속에 휘몰아치며 내부가 온통 뒤흔들렸다. 이어 온몸의 힘이 죄다 바깥으로 빠져나가는 듯이 다리가 후들거렸고 허리를 지탱하기조차 버거워졌기에, 철민이 이윽고는 그 자리에 무너져 앉고 말았다.

바닥에 무릎을 꿇은 채로 철민이 힘겹게 아래를 내려다보니, 배꼽 바로 아래에 깊숙이 박혀 있는 시커먼 침(針) 하나가 보였다.

흑교가 돌아보며 고개를 끄덕이자 조승태는 설핏 인상을 찡그렸다. 그리고 불만인 듯이 툭 뱉었다.

"싱겁군!"

이어 조승태는 철민에게로 다가서며 느물거렸다.

"어이, 김철민이! 이제 시작인데 벌써부터 이렇게 약한 모습을 보이면

내가 섭섭하지! 네 배에 꽂힌 그 침 말이야! 이름이 무슨 파정침(破精針)인가 뭔가 하는 건데, 일본에서 닌자 애들한테 비밀리에 전해 내려오는 대단한 물건이라고 해서 널 위해 특별히 준비를 했는데 말이야! 네가 이렇게 쉽게 무너져 버릴 줄 알았으면 안 할 걸 그랬어?"

그리고 조승태는 권총의 총구를 철민의 왼쪽 어깨에다 가져다 대고는 속삭이듯이 뱉었다.

"난 이 정도 가지곤 도저히 만족이 안 되거든?"

조승태의 얼굴에 싱긋 웃음기가 떠오르는 순간,

탕!

총성이 울렸고, 뜨거운 불줄기가 확 어깨를 뚫고 나가는 화끈한 느낌에 철민은 비명을 지르지도 못하고 입만 크게 벌리고 말았다.

"아프지? 고통스럽지? 그럼 빌어! 살려 달라고, 제발 살려 달라고 빌어보란 말이야!"

조승태가 철민의 귀에다 바짝 입을 붙이며 속삭였다.

지독한 고통은 오히려 뒤늦게 밀려들었다. 그러나 철민은 고통에 함몰되기보다는 차라리 혼미한 어지러움 속으로 빨려들고 있었다. 어쩌면 그는 지금 또 하나의 악몽 속으로 끌려 들어가고 있는 것 같았다. 깨어 있는 채로 꿈꾸어야만 하는 끔찍한 악몽 속으로!

"아아!"

저도 모르게 나직한 탄식을 토해내며 철민은 눈을 감았다.

"눈 떠! 눈 뜨고 살려 달라고 빌어보란 말이야, 이 새끼야!"

조승태가 발작적으로 외치고 있었다.

第八十七章

급전

몽상가

1

　혈신과 독마가 무백이라 불리는 괴물들과 벌인 혈투 소식은 강호를 다시 한바탕 경동시켰다. 처음에는 무백이라는 괴물들의 갑작스러운 등장에 대해서보다는 시간이 갈수록 엄청난 무력을 선보이고 있는 혈신과 독마에 대해 더욱 열광하는 분위기였다. 그리고 혈신과 독마에 의해 파괴된 여섯 기의 무백이 알고 보니 그 중 세 기가 잠마련이 아닌 야맥의 것이었다는 소문에서, 야맥의 본격적인 전쟁 개입이 확인된 데 대해 우려를 더하는 분위기였다.

　그러나 마치 때를 맞추듯이 무백을 보유하고 있는 당사자들이 아니면 알지 못할 극비의 정보가 포함된 소문들이 속속 강호로 전파되면서 상황은 다시 일변했다. 즉, 무백이 수호천과 잠마련, 그리고 야맥의 전대수장들의 공조로 탄생하였다는 사실과 천지인(天地人) 세 개 급으로 구분된다는 것, 그리고 그들 삼대세력의 보유 현황 등등에 관한 내용들이었다.

뒤늦게 강호가 경악한 것은 혈신과 독마가 혈투 끝에야 겨우 파괴한 무백들이 기껏 인급에 불과하며, 그 상위 지급의 위력은 능히 인급 네 기의 위력에 상당하고, 다시 그 상위 천급의 위력은 지급 네 기의 위력을 능가한다는 실로 가공할 사실들이 속속 밝혀지면서였다.

그리고 강호 제파는 이윽고 무백의 존재가 강호정의와 기존 질서에 반하는 역천의 행위라는 경계와 위기의식이 빠르게 공감대를 이루어갔다. 곧이어 그런 공감대를 대표할 새로운 힘의 결집이 요구되었고, 그때 마침 사대세가가 모여 있던 공손세가로 강호 제파의 수장들과 대표자들이 일제히 모여든 것은 차라리 자연스러운 일이었다.

무림맹(武林盟)!

수호천과 잠마련, 야맥의 삼대세력과 직접적인 관련을 맺고 있는 소수의 문파들을 제외한 강호의 대다수 문파와 세력들이 모인, 역대로 결성된 바 있었던 그 어느 시대의 무림맹보다도 거대한, 사상 최대 규모의 무림맹은 그렇게 탄생되었다.

무림맹은 결맹일성(結盟一聲)으로 수호천 등 삼대세력에 대해 보유하고 있는 무백들을 즉시 전량 폐기할 것을 요구하였으며, 그것을 실현하기 위한 구체적인 실행 방안까지를 제시하였다.

일(一). 현재 천마유체의 소재에 대한 주장이 엇갈리는 등 불명확한 점이 있는 천급에 대해서는 일단 유보하고, 우선 각 세력별 보유 현황이 명확한 지급과 인급부터 일괄 폐기할 것을 요구한다! 즉, 수호천의 열네 기(지급 네 기, 인급 열 기), 잠마련의 네 기(지급 한 기, 인급 세 기), 그리고 야맥의 여덟 기(지급 한 기, 인급 일곱 기)가 이에 해당한다!

이(二). 양측은 즉각 휴전에 합의하고, 연후 무림맹의 중재하에 구체적인 절차의 협의에 임할 것을 요구한다!

　상(三). 상기의 사항들을 거부하는 세력에 대해서는 강호공중(江湖公衆)의 적으로 규정할 것임을 강호정의의 이름으로 천명한다!

　그러나 그러한 요구와 제안이 실제의 효력을 거둘 것이라고 기대하는 사람은 드물었다. 그들 삼대세력이 무백이라는 절대병기들을 쉽게 포기할 리는 없었으니, 그들이 모두 응하지 않는 한에는 아무리 사상 최대 규모의 무림맹이라도 당장에 어떻게 행동으로 나서볼 방법은 또 없는 것이었기에!

　그러나 사태는 다시 예측 밖으로 급진전되었다. 잠마련 측에서 야맥과 이미 합의를 이루었음을 전제하며, 무림맹의 안을 적극 수용할 의지를 표명하고 나선 것이다.

　그에 대해 수호천은 사뭇 당황하는 분위기였고, 수호천의 반응이 곧바로 나오지 않는 것을 질타하는 강호 여론이 이내 비등하였다.

2

　"철민과 율도린! 그 둘로 인해 노부의 심모원려가 이처럼 뒤틀리고 마는구나!"

　그의 목소리에 은은한 노기가 서렸기에 그의 손자는 잠깐 망설이는 기색 끝에야 조심스럽게 의문을 말했다.

　"하지만… 그들은 결국 할아버님의 심계대로 움직인 것이지 않습니까?"

　번쩍 안광을 발한 후에 이내 추스르며 그가 고개를 끄덕였다.

　"잠마련이나 야맥 쪽에서 먼저 무백을 동원한 것까지는 노부의 예상대로 되었다. 아마 저들에게도 노부와 마찬가지로 무백으로 철민을 압박함으로써 천마령의 실체를 확인하려는 의도가 있었을 것인데, 설마 철민과 율도린 둘만으로 인급 무백 여섯 기를 간단히 파괴해 버릴 줄을 누가 상상이라도 했겠느냐? 그리하여 결과적으로는 저들로 하여금 동귀어진의 태세를 취하지 않을 수 없도록 만들어 버린 것이다. 그러나 향후 대국에 보다 위협이 되는 것은… 지금의 이러한 상황으로부터 비롯되고 전개될 사건들이 아니라, 바로… 철민 그자 자체일지도 모른다!"

　불쑥 반발이 생기는 모양으로 그의 손자의 얼굴에 언뜻 붉은 기운이 돌았다.

　"놈이 인급 무백 몇 기를 파괴한 것은 실로 놀라운 일임에 분명하나, 그렇다고 하더라도 기껏 놈 정도가 어찌 대국에 위협이 되는 정도까지야 되겠습니까?"

　그가 얼굴빛을 무겁게 하며 고개를 가로저었다.

　"아니다! 노부가 그자에 대해 다시 주목하고 있는 것은 그자가 가진 능력에 대해 우리가 정확하게 알지 못하고 있다는 점이다. 돌이켜 보면 그자의 능력은 늘 우리가 짐작했던 것 이상으로 진화해 왔다. 이번에 그자 혼자서 네 기의 인급 무백을 파괴시킨 만큼 그의 능력은 이제 최소한 지급 무백을 상회한다고 보아야만 하고, 어쩌면 이미 천급의 능력에 진입했을 가능성도 아주 배제할 수는 없을 것이다. 더욱이 두렵기까지 한 것은 놈이 정말로 천마령과 소통하고 있을 경우이다. 여러 정황들과 심지어 네게서 직접 목격했다는 말을 들었음에도 불구하고, 사실 노부는 그동안 천마령의 부활 가능성이 희박하다는 판단을 하고 있었다. 그러나 이제 그 부분에 대해서도 노부는 판단을 달리 해야만 할 것 같다. 어쩌면 천마경이 유일한 열쇠가 아닐지도 모르겠다. 적어도 그자가 이처럼 불가능에 가까운 속도로 강해지고 있는 데는, 어떤 식으로든 천마령과 소통을 이루었다는 가정을 제외해 놓고는 납득할 만한 상황이 도저히 성립되지를 않는 것이다. 그럼으로써 향후의 어느 시점에 우리는 어쩌면 그동안 준비해 두었던 모든 수단들을 오로지 놈과 그리고 천마령을 제거하는 데 다 투입해야 할 상황을 맞게 될지도 모르겠다!"

한껏 붉어진 안색을 애써 가라앉힌 그의 손자가 문득 화제를 돌렸다.

"우선 급한 것은 비등하고 있는 강호 여론일 것입니다!"

"하니, 네 생각에는 어찌하는 것이 좋겠느냐?"

그가 천천히 고개를 끄덕이며 묻는 말에 그의 손자는 흠칫 당황하는 기색이 되고 말았다.

"무림맹의 제안을 그대로 받아들인다면 본 천이 일방적으로 손해를 보게 되고, 그렇다고 무작정 거부하여 강호 대의라는 명분을 거스를 수도 없는 문제이니……."

그가 빙긋이 웃으며 슬쩍 손자의 말을 끊었다.

"지난 며칠 간 밀원에서는 총력을 다해 잠마련과 야맥의 무백들을 추적해 왔다. 그 결과, 오늘 아침 그들의 무백 십여 기가 은폐해 있는 장소를 발견했고, 그것들이 아마도 두 세력의 인급 무백들 전부인 것 같다는 보고가 들어왔다. 만약 노부가 지금 즉시 본 천의 무백들을 대거 동원하여 그들을 기습 공격하라고 명한다면… 그 결과가 어찌 되겠느냐?"

순간 크게 놀란 그의 손자가 급한 투로 말했다.

"그러나 그리되면 무림맹까지를 적으로 두게 될 것이고, 결국 본 천은 고립무원의 처지가 되고 말 터인데, 어찌……."

그러자 그는 문득 즐거워지기라도 한 듯이 나직이 소리내어 웃었다.

"허허허! 글쎄다. 난세의 역사일수록 대개는 확실시되는 방향보다는 불확실한 방향으로 흘러가기 쉬운 법이니, 막상 무림맹이 우리를 적으로 돌릴 지는 그때의 상황이 직접 도래해 보아야만 확실해지지 않겠느냐? 다만 지금 확실하다고 말할 수 있는 것은, 이번 기습이 성공하였을 때 우리가 압도적인 전력의 우위를 가지게 될 거란 점이고, 그럼으로써 무림맹이란 덩치 큰 공룡이 미처 본격적으로 움직이기 전에 모든 국면을 우리에게 유리한 쪽으로 전환시켜 놓을 수 있다는 것이지!"

격동되는 마음을 애써 진정시키는 기색으로 그의 손자가 다시 물었다.

"그렇지만 위려려, 그녀가 과연 순순히 따르려 하겠습니까?"

가만히 고개를 끄덕이던 그가 문득 빙그레 미소지으며 답했다.

"폭풍전대! 언제까지 그들을 적지에 버려둘 수야 없지 않겠느냐? 이제야말로 그들을 구출해 내야 할 때이다!"

3

수호천은 조건부로 무림맹의 제안을 수락했다. 곧, 적진 속에 이미 열흘여 간이나 고립된 채로 필사의 항전을 계속하고 있는 폭풍전대의 안전한 귀환이 먼저 이루어져야 한다는 조건이었다. 동시에 수호천은 폭풍전대의 구출에 대한 강력한 의지를 표출하려는 듯이 곧바로 행동에 들어갔다. 수호전단주인 진무극이 직접 전선으로 나선 것이다.

그런데 폭풍전대의 남은 생존자가 이제 셋에 불과했고—정확히 따지자면 둘이지만—더욱이 그들이 바로 혈신과 독마와 폭풍대주라는, 당금 강호를 열광시키고 있는 이름들이라는 점에서 수호천의 움직임은 아무래도 강호 대중의 폭넓은 공감을 얻기는 어려웠다. 나아가 조금 이상하거나, 혹은 어색하기까지 한 데가 있다고 해야 했다.

4

수호전단은 막상 전선의 경계를 넘어서면서부터는 상대를 자극하지 않으려는 듯이 아주 느리고 조심스러운 행군을 했다.

그리고 잠마련 측 또한 굳이 충돌을 원하지는 않는다는 듯이 적당한 범위로 길을 열어주었다.

백여 리를 진군하였을 때 예인후 등이 오십 리 앞에 있다는 척후의 보고를 접한 진무극은 일단 본대를 멈추게 하고 삼십 명의 정예를 선발하였다. 그것은 마침 밤이기도 하였고, 암묵적으로 용인해 주고 있는 잠마련 측에 대한 성의도 보일 겸, 소수의 인원만을 보내 조용히 예인후 등을 데려오려는 뜻으로 보였다.

그런데 특별한 긴장이나 흥분, 혹은 감동 따위는 없었지만, 그래도 혈신과 독마, 폭풍대주가 마침내 수호천으로 귀환한다는 사실에 온 강호의 이목과 관심이 집중되던 그 밤, 또 다른 장소에서는 일대 사건 하나가 벌어지고 있었다. 기껏 이삼십 정도의 숫자 간에 벌어진 소규모의 전투였으나, 그 격돌은 그야말로 하늘이 놀라고 땅이 흔들리는 경천동지의 엄청난 광경이었다. 그것이 바로 무백들 간의 격돌이었기 때문이다.

그런 소식들이 누구로부터 전해졌는지, 그리고 어디까지가 사실이고, 또 어디까지가 허구인지 알 수는 없었지만, 날이 밝자마자 자세하고도 생생한 내용들이 속속 강호로 전파되었고, 삽시간에 온 강호를 뒤흔들어 놓았다.

지급 세 기와 인급 열 기, 총 열세 기의 무백을 대거 동원한 수호천이 잠마련의 모처를 기습한 것이었다. 목표는 잠마련과 야맥의 인급 열 기였다.

수호천은 압도적인 무력의 우위에다 기습의 묘를 더했지만 결과는 뜻밖이었다. 잠마련 측에서는 수호천의 기습 가능성에 대해 이미 대비하여 수호천이 목표한 열 기의 인급 외에 지급 두 기를 별도로 숨겨두고 있었던 것이다.

결과는 상잔(相殘)이었다. 잠마련 측의 인급 일곱 기가 파괴되었고, 수호천 측에서는 지급 두 기와 인급 두 기가 파괴되었다. 그 한 기의 위력이 인급 네 기에 상당한다는 지급의 비중을 고려할 때, 수호천의 피해가 오히려 훨씬 더 큰 셈이었다. 그렇게 된 데는 물론 수호천에서 잠마련 측의 대비를 미처 간파하지 못한 요인도 있었지만, 가장 직접적인 요인은 바로 잠마련 측의 특별한 지급 무백 한 기 때문이었다. 놀랍게도 그 지급 무백은 가히 천급과 맞먹는 가공할 무력을 발휘하며 홀로 수호천의 지급 무백 두 기를 파괴해 버린 것이었다.

조금의 시차를 두고 전해진 더욱 놀라운 소식 하나는 잠마련 측의 그 특별한 지급 무백이 바로 전대 잠마련주인 혈마신의 화신이리라는 것이었다. 즉, 이미 지탈경의 경지에 달해 있던 혈마신이 지고지상(至高至上)의 천탈경으로의 진입을 시도하다 주화입마에 빠졌고, 전신의 내공이 폭발하여 산화할 마지막 순간에 자신의 전 내공을 지급 무백 한 기에 주입함으로써, 해당 무백의 무력을 일시간에 천급에 상당하도록 끌어올렸다는 것이다.

지급 무백이 생전에 이미 지탈경에 올랐던 고수의 유체라는 사실과 혈마신이 잠마련의 비전마공인 흡월신마대법을 대성했다는 가정, 그리고 다시 그 지급 무백이 홀로 수호천의 지급 무백 두 기를 간단히 파괴해 버렸다는 결과가 합쳐지면서, 그런 추측은 대개 사실로 여겨졌고, 강호에는 천마령, 천무령, 밀황령에 이어 혈마령이란 새로운 이름이 회자되었다.

5

강호 정세는 다시금 급변하였다.

수호천이 기습 공격을 가한 것에 대해 잠마련 측에서는 즉각 반격을 취하는 대신 무림맹에 대해 분명한 입장을 취할 것을 강력히 압박하였다. 즉, 애초에 공표한 대로 수호천을 강호의 공적으로 규정하라는 것이었다.

그리하여 무림맹은 사뭇 곤혹스러운 상황에 빠지고 말았다. 졸지에 시세가 잠마련 측의 우세로 돌변한 상황에서 기존의 명분에 얽매여 섣불리 수호천을 비난하거나, 더욱이 공적으로 규정할 수는 없는 일이었다. 무림맹이 강호 전체를 대변한다는 기치 아래 중도의 명분을 취하고는 있으나, 무림맹의 주축이 어디까지나 사대세가를 비롯한 범정파 세력인 이상, 어떤 명분으로서도 넘어설 수 없는 절대의 명분은 '사불승정(邪不勝正)!' 일 수밖에 없었다. 사마(邪魔)는 결코 정(正)을 이길 수 없다! 그들에게 그것은 명분을 넘어서는 이념의 문제였다.

수호천에서는 천급을 제외한 무백들 전부를 폐기하자는 협상을 현시점에서 다시금 추진하자는 궁색한 제안을 내고 무림맹에 중재해 줄 것을 요청했다.

그러나 잠마련 측에서 코웃음친 것은 당연한 일이었고, 이미 중도의 명분을 잃어버린 무림맹으로서도 운신의 폭이 거의 없는 노릇이었다.

그런 중에 강호의 대지는 다시금 거대하고도 격렬한 전운에 뒤덮이고 있었다.

6

예인후는 수호천으로 후송시켜 줄 것을 상부에다 청했다. 대원들을 모두 잃은 채 혼자만 살아남은 처지로 전선에 계속 남아 있을 심정이 아니었고, 또한 철민과 특히 율도린의 사뭇 불편한 입장과 처지를 생각하지 않을 수 없기도 해서였다. 그러나 그의 청은 받아들여지지 않았다.

철민은 넋을 잃은 사람처럼 내내 멍하니만 있었다. 혈신의 명성이 전하던 엄청난 면모와는 사뭇 다른 모습의 그를 두고 수호전단의 무사들 중에서는 혹시 그 또한 무백의 하나가 아닐까 하고 수근거리는 소리도 있었다.

율도린은 예인후 이외의 그 누구도 안중에 두지 않는 모습이었다. 그는 더 이상 수호천 사람이 아니었고, 특히 진무극과는 풀지 못할 원한까지 있으니 서로가 눈엣가시 같은 존재일 테지만, 그렇다고 독마 율도린이 수호전단 중에 머무는 것에 대해서 시비가 일거나 이의가 제기되지는 않았다. 독마라는 이름이 주는 무게와 더욱이 전쟁 중에 그를 적으로 돌리는 무모한 일을 만들지 않으려는 어쩔 수 없는 고려 때문일 것이었다.

7

삼대세력 간에 전격적으로 타협이 이루어진 것은 차라리 기적적이었다.

잠마련주와 수호천의 총수가 모처에서 직접 대면하여 극적으로 대타협을 이끌어냈다는 얘기도 있고, 야맥의 노야가 중재를 자청했다는 소문도 있었다.

현재의 전선을 북쪽으로 삼백 리 연장한 선상(線上)에 있는 천붕곡(天

崩谷)에 야맥의 밀황령과 수호천의 천무령, 그리고 잠마련의 혈마령을 제외한 삼대세력의 모든 무백들을 집결시킨 후, 무림맹의 주관하에 일거에 폐기시킨다는 합의였다.

강호는 일제히 환호했다. 강호 공공의 안전을 위협했던 최대의 위험요소가 일거에 제거되는 것으로 받아들여졌고, 조만간 제이차 정마대전의 종식으로 이어질 것이라 낙관했다.

그런 중에 '도검불침의 무백들을 과연 어떻게 파괴할 것인가?' 하는 쪽으로도 강호 대중의 흥미가 촉발되었기에 무림맹에서는 곧바로 몇 가지의 방법들을 고안하여 공개했다. 그런데 그 방법들 중의 한 가지가 특히 강호 대중들의 뜨거운 관심을 이끌어냈다. 바로 혈신과 독마였다. 이번 전쟁에서 가장 크게 부각된 이름들이며 특히 엄청난 무위와 독공으로 이미 여섯 기나 되는 무백들을 직접 파괴했던 바가 있기에, 그 둘의 참여는 여러 측면에서 상징성을 가지는 것이었다.

수호전단주 진무극은 예인후에게 무림맹 파견을 명했다. 무림맹에서 요청한 사람은 철민과 율도린이었지만, 예인후를 통하지 않고 그 둘을 움직일 방법은 없기 때문이었다.

내키지 않았지만 예인후에게 당장의 명에 따르지 않을 도리가 있을 리는 없었다.

천붕곡으로 가야 한다는 사실에 대해 철민은 여전히 아무런 감상도 일지 않는 듯한 모습이었고, 율도린은 가장 첨예하고 위험한 상황의 중심에 선다는 사실에 오히려 즐거워하는 듯한 반응이었다.

第八十八章

탁류

몽상가

1

한영주는 한승헌 회장에게 전화를 했다. 그러나 한 회장의 핸드폰은 비서가 받았고, 한 회장은 지금 사장단 회의를 주재 중이라 전했다. 한영주가 긴급한 사정이 있으니 회의가 끝나는 대로 연락을 해달라고 부탁을 해두었지만, 한 시간이 넘도록 연락은 오지 않았다.

급한 마음에 한영주가 직접 회장실로 찾아갔을 때 마침 방금 회의를 끝내고 왔다며 한 회장이 그녀를 맞았다.

"당장 경찰에 신고를 하려고 생각도 해봤지만, 그건 아무래도……. 그래서 오빠에게 도움을 청하는 거예요! 오빠라면 다른 방법이 있을 것 같아서……!"

"그런데 너, 김철민이라는 친구와는 어떤 사이니? 단순히 구단주와 선수 사이는 아닌 것 같은데……!"

한영주의 다급한 얘기를 차분히 듣고 난 한 회장이 문득 물은 데 대해

한영주가 언뜻 당황하여,

"그냥… 좋은 사람이에요!"

하고 나서는, 다시 정색이 되며 차분히 덧붙였다.

"제 남자로 만들고 싶을 만큼!"

한 회장이 잠시 어린 여동생을 바라보고 있다가 다시 물었다.

"그 친구도 너를 그렇게 생각하고?"

"그건… 아직 잘 모르겠어요!"

"잘 모르겠다고? 그럼 혹시 그 친구가 감히 널 홀대하기라도 한단 말이야?"

"오빠! 지금 그런 얘기할 때가 아니잖아요? 서둘러야 해요! 조승태라는 인간, 정말로 지독한 말종이라니까요? 어쩌면 철민 씨에게 이미 무슨 일이 생겼는지도 몰라요!"

다시금 다급해지고 마는 여동생에 대해 한 회장이 가늘게 한숨을 내쉬고 나서 고개를 끄덕였다.

"알았다! 알아보도록 하마!"

2

"어떻게 된 일인지 한번 알아보세요!"

"예! 알겠습니다!"

한 회장의 말에 대답하며 비서실장은 꼼꼼히 메모를 한 메모지의 상단 여백에 마지막으로 'B'라고 표기를 했다.

한 회장은 분초를 쪼개어 써야 할 만큼 바쁜 사람이다. 그리고 그런 이의 스케줄을 관리하는 비서실장의 입장에서는 회장이 지시하는 사안들의 우선 순위를 정함에 있어, 그때그때의 회장의 심정이 어떠한지에 대한 느낌을 큰 판단 기준의 하나로 삼을 수밖에 없는 일이었다.

그가 짐작하기에 지금의 이 사안에 대해 한 회장은 그다지 급해하지 않는 것 같았다. 적어도 그가 지닌 메모들 중 'A' 라고 표기된 몇 가지의 다른 사안들보다는!

3

"오~ 오~ 오! 불~ 스~ 파이팅!"
"오~ 오~ 오! 불~ 스~ 파이팅!"
곧 시작될 코리안 시리즈 4차전을 앞두고 관중석에서는 홈 팬들의 열 띤 응원이 시작되었다. 그런 중에 1루 측 관중석에서는,
"공~ 신~!"
"공~ 신~!"
하는 외침도 간간이 울려 퍼지고 있었다. 그런데 지명타자에다 6번 타 순이니 통상적이라면 2회 말이나 되어야 모습을 보일 철민을 홈 팬들이 경기가 시작되기 전부터 연호하고 있는 것은, 어제의 3차전에서 불스가 제대로 힘 한번 써보지 못하고 패한 가장 큰 요인을 타선의 핵인 공신의 결장에다 두기 때문일 것이었다. 더하여 그럼에도 불구하고 오늘도 불스 의 덕아웃에 아직 '공신' 의 모습이 보이지 않고 있기 때문일 것이었다.

이후로도 불스가 찬스를 맞을 때마다 어김없이 '공신' 을 부르는 연호 가 차라리 안타깝게 울려 퍼졌다.
"공~ 신~!"
"공~ 신~!"

그러나 공신은 끝내 관중들의 부름에 호응하지 않았다. 불스의 패배가 결정될 때까지!

2승 2패! 코리안 시리즈의 승부는 다시 원점으로 돌아가고 말았다.

4

"야! 너 진짜로 몰라?"

구단버스를 타기 위해 가는 길에 이종찬이 툭 던지듯이 물었다. 벌써 몇 번째 묻는 말이었기에 손강호가 그저 딴청을 피울 수밖에 없는데, 이종찬은 갑자기 화가 치미는 듯이 잔뜩 인상을 그렸다.

"김 팀장, 그 새끼! 아무리 생각해도 이건 정말 너무 하는 거 아냐? 그렇잖아? 시즌 중도 아니고, 코리안 시리즈가 벌어지고 있는 중에 말 한마디 없이 갑자기 사라져 버리는 경우가 어딨냐고? 아주 우리들 물 먹이려고 작정한 게 아니라면 말이야? 이건 아주 고의적인 배신이라니까? 그 새끼, 나중에 내 앞에 나타나기만 해봐! 야구방망이로 대갈통을 확 까버릴 테니까!"

손강호가 듣다못해 겨우 기어 들어가는 소리로 한마디를 뱉었다.

"죄송합니다!"

"니가 뭘 죄송해?"

톡 쏘고 난 이종찬이 성큼 걸음을 내딛어 버스로 올랐다.

손강호가 잠시 미적거린 후에야 막 버스에 오르려는 때였다. 버스 주변에 둘러서 있던 팬들 중에서 말쑥한 차림의 청년 하나가 불쑥 다가오더니 쪽지 하나를 손강호에게 건넸다.

"이게 뭡니까?"

손강호가 가볍게 놀라며 물었으나, 청년은 싱긋 웃어 보이기만 하고는 다시 사람들 사이로 묻히듯이 사라져 버렸다.

문득 짐작되는 것이 있었기에 손강호가 급하게 쪽지를 펴 보았다.

김철민을 살리고 싶으면 지금 즉시 야구장 남B문 앞으로 와라! 너의 행동은 다 보고 있으니까 쓸데없는 짓은 하지 말고!

쪽지를 구겨 주머니 속으로 넣으며 손강호가 슬쩍 옆으로 빠지려는데, 버스 앞자리에 앉았던 이종찬이 창문을 열어젖히며 외쳤다.

"야, 손강호! 너 어디로 새려고 그래?"

"예! 화장실이 좀 급해서……."

"너까지 괜히 엉뚱한 짓 하려는 거 아냐? 큰 거 아니면 버스 타고 패트병에다 해결해!"

"큰 겁니다! 저 기다리지 말고 그냥 출발하십시오! 저는 따로 갈 테니까!"

그리고 손강호는 급하게 뛰어갔다.

5

"여보세요? 강호 씨?"

핸드폰에 손강호의 번호가 떴기에 한영주가 얼른 받았다.

"예! 저 손강흅니다! 김철민 씨 일로 좀 만났으면 합니다!"

순간 한영주는 전율과도 같이 직감했다.

'뭔가 일이 생겼다!'

평소의 손강호답지 않은 사뭇 딱딱한 어감도 그랬지만, 특히 철민에 대한 호칭이 '팀장님!' 이 아닌 '김철민 씨!' 인 데서 손강호가 지금 정상적인 상황이 아니라 것을 한영주는 직감할 수 있었다.

한영주가 서둘러 나갈 채비를 하자 경호팀이 덩달아서 바쁘게 움직였다.

6

길가에 혼자 서 있는 손강호를 발견하고 한영주는 차를 세우라고 했다.

한영주가 차에서 내리자 두 대의 차량에서 일곱 명의 경호팀이 함께 내렸고, 그 중 두 명은 근접 경호를, 나머지 다섯 명은 차 앞에서 언제든지 달려갈 태세로 대기하였다.

"어떻게 된 일이에요?"

"죄송합니다!"

한영주의 물음에 손강호가 차마 고개를 들지 못하는데, 그때 승합차 한 대가 빠르게 달려와서는 바로 곁에서 급정거를 했다. 그리고 차 안에서 검은 양복 차림의 사내들 셋이 뛰쳐나오는 것을 보고 두 명의 경호원들이 재빨리 한영주의 앞을 막아서며 외쳤다.

"아가씨! 위험합니다!"

동시에 뒤에서 대기하던 경호원들이 일제히 달려오는데, 그때 사내들이 양복 안에서 뭔가를 꺼내 겨누면서 외쳤다.

"모두 꼼짝 마! 다들 뒤로 물러나고, 여자는 차에 타! 빨리!"

권총이었다. 사내들이 날카롭게 위협하면서 한영주에게로 다가들었기에 경호원들이 몸으로 막을 태세를 취했다. 그러자 사내들은 경호원들의 얼굴을 향해 총구를 겨누었고, 그 중의 하나가 나직이 외쳤다.

"죽고 싶어? 새끼들, 확 쏴버린다?"

순간 경호원들은 사내들이 들고 있는 것이 진짜 권총이며, 이미 안전장치까지 풀린 상태라는 걸 확인하고는 멈칫 굳어지고 말았다. 그들이 가진 것이라야 기껏 가벼운 호신장비들뿐이었으니, 진짜 권총으로 무장한 사내들에게 대항할 수는 없는 일이었다.

한영주와 손강호를 차 안으로 밀어 넣은 후 사내들은 재빨리 승합차로 올라탔다. 그리고,

"따라왔다가는 이 여자 달리는 차 안에서 밖으로 확 밀어버리는 수가 있어?"

한 번 더 위협한 뒤에 승합차는 급가속으로 달아나 버렸다.

7

대성그룹 비서실에 비상이 걸렸다. 보고를 받고 급하게 회장실로 돌아온 한승헌 회장의 얼굴은 창백하게 질려 있었다.

"도대체 어떻게 된 일입니까?"

이미 전화로 보고가 된 일이지만, 비서실장은 다시 한 번 빠르게 상황을 요약하여 보고했다.

"권총이라니……. 우리나라에서 어떻게 그런 일이……?"

탄식처럼 중얼거리던 한 회장이 문득 생각난 듯이 물었다.

"일전에 말했던 김철민 건 말입니다. 조승태라는 자와 연관지어 좀 알아보라고 했던……! 어떻게 좀 알아보았습니까?"

“아직……!”

비서실장이 잔뜩 어두운 표정으로 말끝을 흐리자 한 회장의 목소리가 버럭 높아졌다.

“아직이라니요? 지시를 한 게 언제인데 아직이라는 겁니까?”

그러나 한 회장은 애써 흥분을 가라앉혔다.

“경찰에 신고하세요! 시끄럽게는 하지 말고, 경찰 고위층에다 직접 손을 쓰세요!”

“예!”

“지금 바로, 긴급으로 서두르세요!”

“예! 지금 바로 조치하겠습니다!”

第八十九章
지기

몽상가

1

　양쪽으로 거대한 칼날처럼 솟은 천장절벽이 좁은 협곡을 만들었고, 그 길이가 십 리 넘게나 이어지며 일대 장관을 이루고 있었다. 협곡 안으로 들어서서 위를 보면 양쪽의 절벽은 올라갈수록 점점 좁아져 종국에는 좁은 틈으로만 하늘을 보여주니, 마치 금방이라도 무너져 내릴 듯이 아찔하기 짝이 없었다.

　예인후와 철민, 그리고 율도린은 지금 천붕곡의 한가운데에 있었다.

　여러 가지 고려로 무림맹의 특사단은 열 명의 인원으로만 꾸려졌다. 물론 백리세가의 노가주 백리화천이 특사단장이라는 점에서는 부족하지 않은 무게라고 하겠지만, 예인후와 철민, 율도린을 제외하고 나면 그 외는 패력문(霸力門)이라는 비교적 작은 규모의 방파에서 차출된 역사(力士)들 여섯이 전부였다.

　그들은 지금 협곡의 남쪽 입구와 북쪽 입구로 각각 무백들을 이끌고 올 수호천과 잠마련을 기다리고 있는 중이었다.

2

노강호인 백리화천으로서도 긴장이 돋는 것을 어쩔 수는 없었다. 강호 초유의 절대병기라는 무백이 자그마치 열다섯 기였다. 그것만으로도 공전절후라 할 만한 실로 엄청난 무력이 지금 이 좁은 협곡 안에 집결해 있는 것이다. 애써 긴장을 다스리며 백리화천은 짐짓 여유있는 걸음으로 먼저 수호천 측을 향해 다가섰다.

"수호천 지장전주 사군악입니다!"

수호천 측을 대표하는 사군악의 포권지례에 백리화천이 빙그레 웃으며 가볍게 답례했다.

"오신다고 수고 많았소!"

이어 백리화천은 곧바로 자신의 임무로 들어갔다.

"그럼 확인을 좀 하겠소이다!"

지급 무백 두 기, 인급 무백 여덟 기, 그리고 열 명의 인원! 백리화천은 고개를 끄덕였다. 이상은 없었다.

그때 백리화천의 한 발짝 뒤를 따르던 예인후는 수호천 측 대열 중의 한 사람과 시선을 마주치고는 어쩔 수 없이 미간을 찌푸리고 말았으나, 곧 가볍게 고개를 숙여 보이고는 담담히 지나쳤다. 상군환이었다. 수호전단에서 제외된 일로 수호천 내에서 많은 비난을 받았던 그가 결코 안전을 보장받지 못할 이 위험천만한 장소에 나타난 것은 역시 그가 소통하고 있는 무백 밀영 때문이리라고 예인후는 퍼뜩 짐작해보았다.

백리화천은 다음으로 잠마련 측 대열 앞으로 갔다.

"잠마련 대장로 인창걸(璘昌傑)이오!"

중키에 유난히 얼굴 색이 어두운 노인이 고개를 까딱해 보였다. 그에 백리화천이 비록 웃은 얼굴로는 아니더라도,

"오신다고 수고 많았소! 그럼 확인을 좀 하겠소이다!"

좀 전 사군악에게 건넸던 것과 토씨 하나도 다르지 않게 인사와 용무를 말하고는 곧장 잠마련 측 대열을 살펴 나갔다.

지급 한 기, 인급 세 기, 열 명의 인원, 그리고 또 하나의 예외적인 존재! 백리화천의 표정이 언뜻 굳어졌다. 그러나 그는 이내 고개를 끄덕였다. 역시 이상은 없었다.

잠마련 측의 예외적인 존재 하나는 바로 혈마령이었다. 강호 전체의 첨예한 관심 속에서 철저한 중립을 선언한 무림맹의 특사단이 주관을 한다고 하지만, 양측의 가장 강력하고도 막강한 정예전력이 한자리에 집결하는 만큼, 만약의 충돌 가능성을 배제시켜 놓을 수는 없는 일이었다. 그럴 경우를 대비하는 가장 합리적인 수단은 역시 힘의 평형을 맞추는 것일 터였다.

그러나 사실은 혈마령 하나의 무력만으로도 수호천의 열 기 무백들 모두를 합친 정도에 상당하는 것으로 평가되기에, 오히려 심한 역균형이 되는 것이었다. 다만 수호천 측에서 과감히 양보하였기에 양측이 비교적 수월하게 합의에 도달한 것이었다.

3

여섯 명의 역사들이 자루부터 날까지 온통 시커먼 오광을 발하는 두 자루의 육중한 도끼를 열 걸음 간격으로 나란히 배치하는 광경은, 이제

곧 벌어질 강호 최대의 기사(奇事)이자 대사(大事)를 앞둔 첨예한 긴장과
는 도무지 어울리지 않게도 사뭇 어색하고도 이질적인 것이었다.

그렇더라도 그 두 자루의 도끼가 무엇에 쓰일 지를 유추해 보는 것은
어렵지 않았다. 아무리 도검불침으로 알려져 있다지만 진정한 불괴지신
은 아닐 터! 역사들이 교대해 가며 내리찍는 이백 근(斤)짜리 도끼질에 끝
내 목이 잘리지 않고 배기지는 못하리라! 비록 가장 무식하고도 끔찍한
방법이지만, 한편으로 그것이야말로 가장 확실한 방법일 수 있었다.

도끼 한 자루당 역사 세 사람씩이 배치되었다. 그리고 그들 앞으로 각
각 잠마련과 수호천의 무백들이 일렬로 늘어섰다. 다시 그것들의 가운데
쯤 앞쪽에 백리화천과 예인후 등이 위치하였고, 그 외 양측의 이십여 명
의 인원은 양쪽으로 나뉘어 오십 보 가량씩 멀찍이 물러섰다.

육중한 도끼를 어깨에 걸쳐 맨 역사들 앞으로, 양측의 줄에서 맨 앞에
선 인급 무백 하나씩이 앞으로 나와 천천히 무릎을 꿇고 목을 늘이는 광
경은 참으로 기괴하기 그지없어 그야말로 전대미문의 기사라 할만하였
다.

예인후가 저도 모르게 꿀꺽! 마른침을 삼킬 때였다. 문득 그의 귓전에
가느다란 전음이 울렸다.

[기분이 영 그렇군! 자네는 안 그런가?]

예인후가 움찔 시선을 들자 백리화천이 그를 돌아보고 있었다.

[이 음울한 현장에 그래도 자네들이 함께 해준 덕분에 실로 의지가 되
네!]

백리화천의 눈빛에 언뜻 호감을 담은 엷은 웃음기가 지나가는 것을 예
인후가 차마 미소로는 답하지 못하고 그저 미미하게 고개만 숙여 보였
다.

콱!

콰직!

역사들의 도끼가 힘차게 아래로 내리찍히며 섬뜩한 소리들을 만들어 냈고, 그 육중한 충격에 차라리 짓찧긴 두 무백의 머리는 대번에 동체와 분리되고 만 듯했다. 그러나,

"어허!"

가까이에서 지켜보던 백리화천은 신음과도 같은 탄식을 내뱉고 말았다. 육중한 도끼들이 가볍게 튕겨 나는 믿지 못할 광경이 벌어지고 있었다.

도끼는 두 번째 역사들에게 건네졌고 다시 힘차게 아래로 내리찍혔다. 돌변이 일어난 것은 바로 그때였다.

두 개의 도끼는 나란히 땅바닥을 찍었고, 어느 순간 몸을 튕겨 일어난 무백들이 그대로 역사들의 머리통을 후려쳤다.

순간 붉고 허여멀건 뇌수가 허공에 확 번졌다. 그러나 그것들이 미처 땅바닥을 낭자하게 적시기도 전에 무백들은 다시 나머지 네 명의 역사들을 덮쳐 갔다.

백리화천이 대경실색한 중에도 번개처럼 쌍장을 떨쳐냈다.

파팡!

묵직한 장력이 동시에 두 기의 무백을 때렸다. 그러나 그것들은 잠시 휘청거렸을 뿐 이내 우뚝 버티고 섰다. 그리고 그때 여섯 명의 역사들 전부는 이미 흥건하게 바닥을 적신 자신들의 핏속에 누워 있었다. 순식간에 벌어진 끔찍한 참사였다.

"어찌된 일이오?"

양측을 향해 백리화천의 노호가 터졌다. 그러나 양측의 인원들 또한

전혀 예상하지 못한 일인 듯이 크게 당황해하는 모습들이었다.

혼란은 짧았다.

"전열을 정비하라!"

"모두 대비하라!"

양측 진영에서 나직한 호통들이 발해졌고, 얼음처럼 서 있던 무백들이 일제히 움직이기 시작했다.

챙!

검을 뽑아 든 백리화천이 있는 대로 내력을 돋구며 사자후로 일성대갈을 토했다.

"멈추시오! 양측 모두는 즉각 무백들을 멈추게 하시오!"

그러나 그때 양측의 무백들은 이미 뒤섞여 격돌하고 있는 중이었다.

4

격돌의 와중에서 빠져나온 밀영이 곁을 지키고 서자, 잔뜩 굳어 있던 상군환의 얼굴에 비로소 약간의 여유가 돌아왔다. 이어 그는 사군악을 향해 급하게 말했다.

"무백들에게 철민을 공격하게 하십시오!"

"철민을 공격하라니, 갑자기 그게 무슨 말인가?"

상군환이 차갑게 표정을 굳혔다.

"이번 일에 대한 절대의 명령권이 제게 있다는 걸 잊었습니까?"

"총수 존하의 특명을 내 어찌 잊었겠나? 그러나… 당장 잠마련의 무백들은 어찌 막을 것인가?"

"그들 또한 곧바로 공격 대상을 바꿀 것입니다. 그러니 즉시 명령대로 하십시오!"

사군악이 도저히 이해할 수 없다는 기색이었으되 곧바로 고개를 끄덕이며 복명했다.

"알겠네!"

5

양측 무백들의 격돌이 갑자기 멈췄다. 그러나 백리화천은 미처 안도할 여지를 가지지 못했다. 곧바로 그것들이 그가 있는 쪽을 향해 일제히 다가들기 시작했으므로!

"일단 피하셔야 합니다!"

예인후가 다급히 소매 자락을 잡아끌었으나 백리화천은 단호히 고개를 저었다.

"그럴 수 없네! 노부는 괜찮으니, 자네들이나 어서 몸을 피하게!"

"노가주님을 두고 어찌 저희만 갈 수 있겠습니까?"

"불가항력의 사태일세! 책임을 지는 것은 이 늙은이 혼자로도 족할 것이야!"

다시 설득하는 대신 예인후는 선뜻 백리화천의 앞으로 나섰다. 그러자 백리화천이 오히려 다급해져서 말했다.

"자네 지금 무엇을 하려는 건가?"

"노가주께서 책임을 말씀하시니, 저 또한 책임을 상기하지 않을 수 없습니다! 이곳에서 저의 책임은 바로 노가주님을 수행하는 것입니다!"

그때 다시 철민과 율도린이 불쑥 예인후를 돌아 나가며 그 앞을 가로막아 섰기에 백리화천이,

“어허!”

하고 안타까운 탄식을 뱉고는 예인후를 향해 말했다.

“알겠네! 알았으니, 일단은 피하도록 하세!”

예인후가 곧바로 돌아서며 외쳤다.

“철 형! 율 형! 갑시다!”

백리화천을 인도하여 수호천 사람들이 있는 쪽을 향해 급하게 달려가던 중에 한 사람이 뒤따라오지 않는다는 사실을 예인후가 깨달은 것은 이미 오 장여를 달린 후였다.

“철 형!”

예인후의 외침에도 철민은 뒤돌아보지도 않은 채 원래의 자리에 우뚝 버텨 서 있었고, 무백들은 이미 그의 바로 코앞까지 다가들어 있었다.

그대로 되돌아 달려가려는 예인후를 백리화천이 급하게 제지했다.

“안 되네!”

그때 율도린이 돌연 몸을 돌려서는 빠르게 왔던 길을 되짚어갔기에, 예인후가 재차 따라 나가며 외쳤다.

“율 형!”

그러나 백리화천이 갈고리 같은 손길로 손목을 낚아채 틀어잡았기에 예인후는 율도린을 쫓아가지 못했다.

그새 저만큼이나 걸어나간 율도린이 힐끗 뒤를 돌아보았다. 그리고 예인후는 볼 수 있었다. 긴장이나 두려움 대신 차라리 차가운 흥분으로 상기된 그 표정을!

“가세!”

백리화천의 완강한 손길이 예인후를 잡아끌었다.

“죽인다! …죽인다! …죽인다!”

나지막하게 철민은 중얼거리고 있었다. 헛구역질과 공포와 환멸 따위들이 마구 뒤섞이고 있었다. 그러나 그런 것들은 빠르게 스쳐 지나가 버렸고, 마침내 그를 지배해 드는 것은 역시 분노였다. 잠시 그의 속에서 죽은 듯이 침잠해 있던 분노! 그러나 일단 깨어난 이상 그 무엇으로도 도저히 억제가 되지 않는 지독스러운 분노! 그것은 차라리 주체 못할 광기였다.

몇 개의 우악스러운 주먹이 동시에 철민의 머리와 가슴을 노리고 틀어박혀 왔다. 그것들이 숱하게 누군가의 머리통을 부수고, 가슴을 짓이겨 놓던 바로 그 주먹들임을 떠올리는 순간 철민은 단말마의 비명처럼 부르짖었다.

“죽인다~!”

철민의 몸이 맹렬히 부딪쳐 나가면서 대번에 격렬한 충격을 만들어냈다.

쿵!

쿠쿵!

무백 세 기가 가랑잎처럼 나가떨어졌다. 바닥에 나동그라진 채로 그것들은 쉽게 일어서지 못하고 꿈틀거리기만 했다.

수호천이나 잠마련 측 모두에게 그것은 보면서도 믿기 어려운 광경이었지만, 특히 상군환은 경악을 금치 못하였다. 그가 마지막으로 보았던 때에 비해 지금 철민의 무력은 다시 엄청나게 달라져 있었다. 하긴 쭉 함께해 온 예인후마저도 며칠 전과는 또 확연히 달라진 철민의 무력에 대해서 다시금 놀라고 있는 중임에야!

그러나 상황은 이내 일변했다.

쾅!

콰쾅!

철민의 주먹에 다시 세 기의 무백이 나가떨어졌지만, 그 사이 바닥을 기다시피 달려든 두 기의 무백이 철민의 양다리를 낚아챘다. 속절없이 넘어가고 만 철민의 위로 무백들이 일제히 덮쳐 들었다. 양팔과 두 다리를 붙잡고, 가슴과 머리를 찍어 누르고, 그 위를 다시 겹겹이 덮쳐 누르고……

일견 무질서해 보이는 중에도, 그리고 분명 수호천과 잠마련 측의 무백들이 뒤섞여 있음에도, 그것들의 역할 분담은 제법 치밀하게까지 보였다. 무백들은 삽시간에 하나의 탑을 만들었고, 그 밑에 짓눌린 철민의 모습은 보이지도 않았다. 겹겹의 무백들만 격렬하게 들썩이고 있을 뿐이었다.

율도린이 무백들의 탑을 향해 달려든 것은 그때였다.

파아앗!

탑에서 네 걸음쯤 떨어진 곳에 멈춰 선 율도린의 몸에서 한순간 푸른 불꽃이 확! 솟아났다. 이어 그 청린(靑鱗)의 독화(毒火)는 곧장 하나의 기둥을 이루며 맹렬히 앞으로 뻗어나가 탑의 외겹을 이루고 있던 세 기의 무백에게 옮겨 붙었다.

치익!

치이익!

당장에 매캐한 독연과 지독한 노린내를 뿜어내며 독화에 닿은 무백들의 몸이 빠르게 녹아내리기 시작했다. 목불인견! 차마 눈 뜨고 볼 수 없는

끔찍한 광경이었다. 그러나 지켜보는 모두는 경악스럽기 짝이 없는 독공
의 위력 앞에 두 눈을 부릅떠야만 했다. 더욱 지독한 광경은 온몸이 녹아
내리는 중에도 무백들이 조금도 탑을 허물어뜨리지 않고 있다는 것이었
다.

그러나 마침내 맨 위의 무백 한 기가 흐느적거리는 형체로 탑 아래로
미끄러져 내렸고, 다른 두 기의 무백들도 이미 본래의 형체가 상당히 뭉
그러진 지경에 이르러 있는 중이었다. 청린독화는 넘실대며 다시 그 옆
의 무백들에게로 옮겨가고 있었다. 멀찌감치 물러서 있던 잠마련 측에서
한 인물이 돌연 앞으로 달려나온 것은 그때였다.

쿵! 쿵! 쿵! 쿵!

뛰는 걸음에서 나는 육중한 소리만으로도 그것은 인간이 아니었다. 바
로 혈마령이었다.

율도린이 멈칫 돌아보았는데, 순간 놀랍게도 그의 전신이 온통 청린독
화에 휩싸였다. 마치 그 스스로를 태우려는 듯이!

쿵! 쿵! 쿵! 쿵!

달려온 기세 그대로 혈마령이 율도린을 덮쳐 들었고, 둘은 그대로 한
덩어리로 뒤엉켜 바닥을 굴렀다. 그리고는 곧바로 푸른 불꽃에 휩싸이고
말았다.

청린의 불꽃이 백린(白鱗)의 불꽃으로 변하고 있었다. 백린은 한결 투
명해서 그 속에 갇힌 형상을 어렴풋이나마 볼 수 있었는데, 거구의 혈마
령이 율도린을 타고 앉아 목과 얼굴을 마구 짓이기고 있는 형상이었다.

"율 형!"

예인후가 비명처럼 부르짖었지만 어깨를 틀어잡은 백리화천의 완강한
손길을 뿌리치지는 못했다.

"진정하게! 자네가 간다고 해서 어떻게 해볼 도리는 없을 것이야!"

그러는 사이 백린은 거의 투명하게 변했고, 그 안의 광경이 확연히 드러났다. 혈마령은 여전히 율도린의 목과 얼굴을 짓이기고 있는 중이었으나, 놀랍게도 그것의 양팔 또한 허물거리며 녹아내리고 있었다.

"음! 노부는 어쩌면 지금껏 없던 독공의 새로운 경지를 보고 있는지도 모르겠구나!"

백리화천이 자신도 모르게 나직한 소리를 뱉어냈다.

그러나 바로 그 순간, 율도린과 혈마령을 휘감고 있던 투명의 백광이 돌연 사라지더니, 혈마령이 천천히 몸을 일으키고 있었다. 전신이 반쯤 녹아내린 끔찍한 모습이었다. 그리고 그 아래에 율도린이 미동도 없이 누워 있었다. 목이 확연히 옆으로 꺾인 채로!

"안… 돼……!"

예인후가 더듬거리며 겨우 중얼거림을 뱉어내더니, 그것은 이내 격렬한 울부짖음으로 토해졌다.

"안 돼~!"

뛰쳐나가려는 예인후의 양어깨를 백리화천의 억센 손아귀가 단단히 틀어잡았으나, 예인후가 온몸으로 거칠게 뿌리치는 바람에 백리화천은 어쩔 수 없이 그의 마혈을 짚고 말았다.

"미안하네! 그러나 제발 진정하게!"

예인후가 마비된 몸으로도 미친 듯이 용을 쓰더니, 이윽고는 넋을 놓은 듯이 중얼거렸다.

"율 형이……! 율 형이……!"

그러나 한순간 예인후의 정신은 이상할 정도로 또렷해졌다. 이십여 장이나 되는 거리를 훌쩍 뛰어넘어 율도린의 얼굴이 바로 가까이에 있는 듯

했다. 오관을 구분할 수 없을 정도로 짓이겨진 그의 얼굴에서 차마 감기
지 못한 두 눈이 그를 보고 있었다. 비록 부릅떴을지라도 그 두 눈은 마지
막 미소를 떠올리고 있었다. 그리고 소리없는 말을 전하고 있었다.

'당신은 처음으로, 그리고 지금껏 한번도 변함없이 나를 한 사람의 사
내로서 대우해 준 유일한 사람입니다! 내가 그처럼 악착같이 강해지고자
했던 한 이유는 오로지 자존을 위해서였습니다. 이제 나를 인정해 준 당
신을 위해 싸우다가 당신이 지켜보는 앞에서 죽으니, 나는 끝내 자존을
지킨 것입니다!'

두 눈에서 저절로 흘러 넘치는 뜨거운 눈물 줄기를 느끼고 나서야 예
인후는 비로소 슬픔을 절감하였다. 그리고는 곧바로 칼날처럼 온 가슴을
저미어 오는 서러움에 오열하며 울부짖었다.

"율 형이… 율 형이 죽었습니다! 율 형이 죽었습니다~!"

그것은 차라리 하소연이었다. 아무리 가슴을 쥐어뜯어도 혼자서는 도
저히 감당 못할 지독한 비통과 서러움을 함께 나눠줄 누군가에게 하는!

7

반쯤 녹아내린 기괴한 몰골의 혈마령이 흐느적거리며 다가오는 것을
보고, 수호천 측 사람들은 대번에 공포에 질리고 말았다.

상군환 역시도 잔뜩 질려 있었다. 비록 밀영이 그의 곁을 지키고는 있
었으나 혈마령을 막기에는 어림도 없었다.

"안 되겠군! 즉시 우리 쪽 무백들을 복귀시켜야겠네!"

사군악이 앞을 노려보며 무겁게 말했다. 그러나 그 소리에 오히려 정
신을 수습한 듯이 상군환이 단호하게 고개를 가로저었다.

“아직은 아닙니다! 아직 밀황령이 등장하지 않았습니다!”

“밀황령? 밀황령이 나타날 거란 말인가? 이곳에? 그러나 그것을 어찌 장담한다는 말인가?”

“총수께서 그렇게 말씀하셨습니다. 그러니…….”

상군환이 한결 침착한 투로 말하다 말고 흠칫 긴장하며 눈짓으로 한쪽을 가리키는 바람에, 사군악이 덩달아서 긴장하며 급하게 시선을 돌렸다.

그들의 시선이 향한 곳에 일노일소(一老一少)가 홀연히 나타나 있다. 마치 원래부터 그 자리에 있었던 듯이!

“드디어 나타났습니다!”

상군환의 목소리가 가늘게 떨려 나왔다. 상군환의 뇌리에 아직도 섬뜩한 공포로 각인되어 있는 그들은, 바로 노야와 밀황이었다.

第九十章
붕괴

몽상가

몽상가

그것들은 악착같았다. 아무리 떨쳐내려 해도 들썩거리기만 할 뿐 도무지 떨어져 나가지 않았다. 오히려 악착같이 얽혀 들었다. 손과 발이 칭칭 얽매이고, 머리와 가슴과 온몸을 온통 짓누르는 태산 같은 무게! 철민은 고통이나 공포를 느끼기보다는 차라리 지독한 답답함에 짓눌렸다. 그러나 사실 그 답답함의 이유는 지금 그를 얽어매어 짓누르고 있는 그것들 때문이라기보다는, 그 자신으로 인한 때문이 더 컸다.

'하려면 할 수도 있겠다!'

그런 생각이 분명 있었다. 지금 그를 억제하고 구속하는 모든 것들을 일거에 떨쳐내 버릴 수도 있겠다는 막연한 가능성, 혹은 그 스스로에 대한 근원적인 믿음 같은 것이었다.

그러나 정작으로는 불신이 더욱 컸다. 분노와 증오에 종속되어 있는 지금의 그 자신에 대한 불신이었다. 그런 까닭에 철민은 그 막연한 가능성을 정말로 확인해 보고자 하는 욕구를 좀체 불러일으키지 못하고 있었다. 누군가 울부짖는 소리를 들은 것은 바로 그때였다.

"율 형이… 율 형이 죽었습니다! 율 형이 죽었습니다~!"

그 애통한 울부짖음은, 그 서러운 하소연은, 주위의 다른 모든 기괴하고 끔찍스러운 소음들 속에서 이상하게도 선명하게 들렸다. 아니, 아예 철민의 마음속에 직접 와 닿았다. 그리고 곧바로 그의 것이 되었고, 그럼으로써 일순 그를 도저히 주체할 수 없도록 복받치게 만들었다.

'무언가 해야만 한다!'

간절함은 그로 하여금 저절로 성큼 한 걸음을 나아가게 했다. 시도의 첫걸음이었다, 그 막연한 가능성에 대한!

그리고 한 걸음 더! 다시 한 걸음 더! 힘겨웠다. 한 걸음씩 나아갈수록 점점 더 힘겨워졌다. 그러나 점점 더 분명히 보였다. 이제 몇 걸음만 더 나아가면 그 너머에는 분명 무한한 힘의 원천이 있을 것이었다.

그 궁극의 힘에 대해 어렴풋이는 느끼지만 막상 표현하기는 어려웠다. 뭐랄까? 굳이 기억의 한 조각을 빌리자면, 천화(天化)라는 것과 비슷할까?

마침내 구 벽을 이룬다면 능히 무적을 구가할 수 있으리라! 만약에 다시 나아가 천화(天化)를 이룬다면, 그 경지에서야말로 피아(彼我)는 물론이고 육합(六合)의 기를 온전히 한 가닥의 의지하에 둘 수도 있으리라!

철민은 온 힘을 다하여 다시 한 걸음을 내디뎠다.

'아아! 한 걸음만 더!'

이제 마지막 한 걸음만 더 내디디면 바로 거기였다. 무한한 힘의 원천이자 모든 억제와 구속을 단숨에 떨쳐 버릴 수 있는 궁극의 힘이 존재하는 바로 거기!

그러나 바로 그 절정의 순간에 누군가 아주 나직한 속삭임으로 말을 걸어왔다.

—너는 왜 천마령을 소환하지 않느냐?

익숙한 목소리였다.

'일령……?

순간 온 힘을 다해 마지막 한 걸음을 내디디려던 철민의 간절함은 대번에 날아가 버렸다. 동시에 숨죽이며 사라져 가던 분노와 증오와 다급함 따위들이 돌연 터질 듯한 치열함과 처절함으로 되살아났다.

일령이 조용히 외쳤다.

—천마현신(天魔現身)!

그것은 철민이 예전에 이미 경험해 본 바 있는 존재였으며, 또한 전과는 비할 바 없이 강력해진 그 존재의 힘을 벌써 느낄 수 있었으므로, 그럼으로써 충분히 믿을 만한 탈출구였다. 좀 전까지 그가 그처럼 온 힘을 다해 나아가려던 그 새로운 신천지의 궁극과는 달리 다만 한마디 외치기만 하면 되는 아주 손쉬운 탈출구!

철민은 받아들일 수밖에 없었다. 모든 혼란과 무언지 모를 진한 아쉬움까지도 일거에 담아서 외칠 수밖에 없었다.

"천마현신!"

2

웅~!

우웅~!

거친 뇌성(雷聲)을 흘리는 물체는 은은한 광택의 한 자루 길고 무거워 보이는 방망이었다. 바로 매봉이었다.

매봉은 냉막한 인상의 갈의(褐衣)청년의 손에 들려 있었다. 아니, 정확하게는 청년의 가슴 앞쪽 허공에 저 홀로 떠 있었다.

"천마령!"

나직이 뱉는 노야의 얼굴은 차라리 흥분으로 가득했다.

번뜩!

매봉이 돌연 사라졌다가 찰나간 다시 나타난 곳은 무백들의 탑 바로 위쪽이었다.

우우웅~!

짙은 마성(魔性)을 담은 울부짖음을 토해내며 매봉은 맹렬히 공간을 후려치기 시작했다.

퍽!

퍼퍼퍽!

무백들의 머리통이 그대로 터져 나갔다. 도검불침의 몸들이 그대로 으스러져 나갔다. 마치 철벽 같았던 무백들의 탑이 순식간에 와해되며 남은 무백들이 놀란 메뚜기처럼 사방으로 튀어나갔다.

철민은 천천히 몸을 일으켰다.

'죽인다……!'

분노와 살의와 파괴로 가득 찬 그의 일념은 그대로 천마령에게로 이어졌다. 천마령의 손끝이 가볍게 까딱거리는 순간,

번뜩!

매봉은 어느새 공간을 축약하며 무백 한 기의 머리통을 후려치고 있었다.

퍽!

매봉은 귀신같은 번뜩임으로 순식간에 일대의 허공을 지배했다.

우웅!

퍽!

우우웅!

퍼퍽!

단순한 유형의 파괴가 반복되는 동안 그것과 직접적으로 관계되는 기이하고 끔찍한 소음들을 제외하고 천붕곡 전체는 차라리 조용했다. 다만 경악만이 흐를 뿐 누구도 감히 외마디 놀람의 외침도, 탄식의 무거운 숨소리조차도 마음대로 내지 못했다.

매봉의 절대위력 앞에서는 인급과 지급의 차이조차도 무의미하기만 했다. 가히 절대였다. 도무지 비교하여 묘사할 만한 것을 찾지 못할, 의미 그대로의 절대(絶對)!

3

노야에게서는 흥분의 기색이 사라져 있었다. 대신 그의 얼굴은 딱딱하게 굳어 있었다. 더 이상 지면을 딛고 서 있는 무백은 없었다. 밀황과 혈마령, 그리고 밀영을 제외하고는!

노야의 시선이 힐끗 뒤쪽을 향했다. 잠마련의 대장로 인창걸을 향해서였다. 퍼뜩 정신을 차린 듯이 흠칫 몸을 떨고 난 인창걸의 시선이 혈마령에게로 향했고, 곧바로 혈마령이 성큼성큼 천마령을 향해 다가들었다.

노야의 얼굴에 다시금 약간의 흥분과 기대가 떠올랐다. 그러나 그것은 이내 의아함으로, 그리고 다시 격렬한 분노로 바뀌었다.

천마령 앞에서 두 손을 모으고 선 혈마령의 모습은 마치 경외감을 표하는 듯했다.

"놈!"

노야의 나직한 호통과 동시에 밀황이 번개처럼 공간을 단축하며 인창걸에게로 쏘아갔다.

팍!

화경의 경지에 들어섰을 인창걸이었지만, 밀황의 일권에 가슴을 통타당하며 그대로 즉사하고 말았다. 그리고 이미 혼이 떠난 그의 육신이 미처 다 무너져 내리기도 전에 밀황은 어느새 노야의 곁으로 돌아가 있었다. 그리고 그때,

퍽!

다시 한 번의 가벼운 파열음이 들렸다. 혈마령이 무너지고 있었다. 매봉의 가차없는 후려침 한 번에 그것의 머리통은 이미 형체가 없었다.

노야의 입매가 일자로 굳어졌고, 순간 밀황의 신형이 빛살처럼 공간을 단축해 갔다.

파우웅!

푸른색의 거대한 강기의 칼 하나가 홀연히 허공에 걸렸고, 그것은 그대로 천지양단의 기세로 천마령을 찍어 내렸다.

그런데 순간 아래쪽으로부터,

파룽!

기이한 공명이 일며 커다란 비늘 모양의 묵강(墨罡) 한 조각이 유유히 쏘아 올라왔다. 이어,

파르룽!

파르르룽!

기이한 공명이 무수히 잇달았고, 수십 수백의 묵강이 첩첩이 밀려 올라왔다.

파아~ 앙!

그 두 종류의 엄청난 강기의 격돌은 차라리 차분했다. 그러나 순간 노야는 두 눈을 부릅뜨고 말았다. 격돌의 두 주체 중 하나가 벼락같이 튕겨 나가 협곡의 절벽에 처박히고 있었는데, 바로 밀황이었다. 경악과 충격을 겨우 추스르며 그가 떨리는 목소리로 중얼거렸다.

"천마묵강……! 하지만 어떻게……?"

방금 밀황의 파황천도(破荒天刀)는 노야 자신의 무공을 밀황의 거대한 내력으로 펼친 결과였다. 즉, 노야 자신이 모르는 밀황 생전의 무공을 펼칠 방법이 그에게는 없는 것이었는데, 바로 그런 점에서 방금 천마령이 펼친 천마묵강(天魔墨罡)은 경악스러웠다. 천마의 최고절기 중 하나인 천마묵강은 천마당대(天魔當代) 이후에 곧바로 절전되어 전설로만 전해지는 것인데, 설령 그것이 어떻게 철민에게 전해졌다고 하더라도, 그가 그것을 단시간 내에 깨닫고 익힐 가능성은 도저히 생각할 수가 없는 일이었다.

'그렇다면… 설마 진정한 천마의 부활이란 말인가?

순간 노야는 새삼 치밀어 오르는 경악과 뒤이어 와락 덮쳐 드는 불안감에 자신도 모르게 주춤 뒤로 한 걸음을 물러서고 말았다.

[밀황!]

다급한 소환에 밀황이 바람처럼 돌아와 노야의 곁에 버티고 섰다.

그러나 곧바로 천붕곡을 빠져나가려던 노야는 움찔 멈춰 서고 말았다. 어느 틈엔지 기이한 공간 하나가 그를 가두고 있었다. 그리고 굳이 부딪쳐 보지 않아도 능히 짐작할 수 있었다. 그 기이한 공간이 무한히 중첩되었으며, 한없는 두터움을 가졌다는 것을!

그때 다시 그를 바라보고 있는 지독한 분노와 증오가 담긴 눈길 하나
를 문득 느끼고서 노야는 하릴없이 좀 전 천마령에게, 아니, 천마에게 가
졌던 것과 비슷한 종류의 경악과 의혹을 다시금 떠올리고 말았다.

'저 아이가 어떻게……?

4

'죽인다!

철민의 살심은 이미 정점을 넘어섰다. 눈앞의 인물, 노야야말로 그의
분노와 증오의 극점이 되는 인물이었다. 그러나 그는 막상 아무것도 하
지 못한 채 노야를 노려보고만 있었다.

—그리해서는 안 되네!

그가 온 힘으로 극한에 이른 분노와 살심을 폭발시키려는 순간에 느닷
없이 울려 나온 그 소리는, 바로 그의 마음속으로부터 비롯된 소리였다.
그리고 그 소리가 누군가와 닮았다는 찰나 간의 생각만으로도 철민은 멈
칫 멈추지 않을 수 없었다.

—형님?

그러나 그것은 전혀 근거없고 가능하지도 않은, 기껏 순간의 망상이나
착각에 불과할 터였다. 그러나 그가 다시 살심을 피워 올릴 때,

—안 되네!

하고 다시 소리가 울렸다. 이번에 그것은 좀 더 확연히 누군가의 느낌
과 닮았다.

5

팟!

상군환의 손끝에서 작은 불길이 일었고, 그는 그것을 곧장 밀영의 소매 속으로 가져갔다. 곧 밀영의 소매 안에서 한줄기의 가느다란 연기가 새어 나왔고, 밀영은 그런 채로 천천히 앞으로 걸어나갔다.

예인후가 퍼뜩 정신을 차린 것은 눈앞에 펼쳐진 전대미문의 광경이 주는 경악과 충격에 피아 모두가 굳어 있는 중에 홀로 협곡의 안쪽을 향해 천천히 걸어가고 있는 밀영을 언뜻 발견하고서였다. 좀 더 자세히는, 밀영이 그의 부근을 스쳐 지나갈 때 희미하게 코끝을 스친 한 가닥의 냄새 때문이었다.

'이것은……?

희미하였지만 낯설지 않은 냄새였다. 아니, 그의 뇌리에 강력히 각인되어 결코 잊을 수 없는 냄새였다. 그리고 밀영의 소매 안으로부터 가늘게 피어오르는 한줄기의 연기를 발견하는 순간 예인후의 확신은 굳어졌다.

'도화선이다!

예인후가 반사적으로 뒤를 돌아보았을 때, 그 두 사람은 이미 저만큼이나 협곡의 입구를 향해 조심스럽게 물러나고 있는 중이었다. 상군환과 사군악이었다.

"무슨 일인가?"

예인후의 갑작스러운 긴장을 느꼈던지 곁에 서 있던 백리화천이 나직이 물었다.

"저들, 저들을 제지해야 합니다!"

다급히 뱉는 말에 백리화천이 영문을 모르겠다는 기색으로 되는데, 예인후는 설명할 틈을 가지지 못하고 그대로 신형을 쏘아 갔다. 그런 예인후에게서 무모함보다는 뭔가 심상치 않음을 느낀 백리화천이 침착하게 그 뒤를 따라 신형을 날렸다. 그러나 그때쯤 상군환과 사군악이 본격적으로 신법을 펼치며 빠르게 협곡을 빠져나가는 모양새인 것을 발견하고 백리화천이,

"찻!"

하고 나직이 기합을 토해내는 순간, 그의 신형은 마치 한줄기 빛살처럼 쭉 허공을 가로질러 갔다.

강호삼대신법의 하나인 백리세가의 일기섬전(一氣閃電)은 과연 그 명성에 조금도 손색이 없었다. 백리화천은 어느새 상군환과 사군악을 따라잡아 그 앞을 가로막고 있었다.

"두 분은 잠시 멈추시오! 노부가 확인해 볼 것이 있소!"

백리화천의 목소리에 완고한 위엄이 서렸다.

[백리화천을 막으세요!]

상군환의 전음에 사군악이 멈칫하고 마는데, 다시 상군환의 전음이 차갑게 전해졌다.

[지금 나의 명은 곧 총수의 명이니, 즉시 이행하지 않는다면 추후에 반역의 죄로 다스려질 것입니다!]

챙!

발검하는 기세 그대로 찔러오는 사군악의 쾌일검(快一劍)에 백리화천이,

"어허!"

하고 놀람과 질타의 호통을 터뜨렸다. 그러나 그는 미리 대비하고 있었으므로, 크게 한 걸음을 물러서는 것으로 피하고 나서 천천히 발검하였다. 그러나 사군악이 선공은 하였으되 막상 적극적인 공세를 이어갈 마

음은 없는지 다만 검을 겨누고만 있었으므로, 그렇게 두 사람은 첨예한 대치에 돌입했다.

그 틈을 타 상군환이 재빨리 몸을 빼려 했지만 그때 막 현장에 당도한 예인후가 성큼 그의 앞을 막아섰다.

"상 단주! 즉각 밀영을 멈추시오!"

예인후의 무거운 외침을 상군환이 날카롭게 받아쳤다.

"밀영을 멈추라니? 내가 왜 그래야 하는가?"

"앙천뢰(殃天雷)를 터뜨리려 한다는 것을 알고 있소!"

순간 상군환의 표정이 확 굳어졌으나, 그는 이내 정색을 하며 급하게 말투를 바꾸었다.

"예 대주! 사정이 촉박하여 지금은 자세한 설명을 하기 어렵소! 그러니 일단 나와 함께 이곳을 빠져나가도록 합시다!"

"그 전에 일단 폭파부터 중지하시오!"

"진정 모르겠소? 내가 왜 그 지독한 수모를 감수하면서까지 수호전단에서 빠졌는지? 오로지 오늘을 위해서였소! 오로지 오늘의 이 한 가지 사명을 수행하기 위해서였단 말이오!"

상군환이 호소하는 투로 되었지만 예인후는 여전히 단호하기만 했다.

"그 어떤 이유로도 지금 이 안에 있는 모든 이들을 무차별적으로 희생시킬 수는 없소!"

잔뜩 일그러진 얼굴로 상군환은 힐끗 뒤쪽을 돌아보았다. 그때 밀영은 천마령과 철민, 그리고 노야와 밀황 등이 있는 곳에 거의 근접해 있었는데, 한 걸음씩 아주 느릿하게 다가가고 있는 중이었다. 그런 밀영의 어깨 부근에서 아지랑이 같은 한 가닥의 희미한 연기가 비치고 있었다.

상군환의 안색이 크게 다급해졌다.

"지금 밀영의 몸 속에는 자그마치 여섯 개의 앙천뢰가 설치되어 있소!
지난 번에 나와 예 대주가 겪었던 그 가공할 대폭발의 두 배란 말이오! 이
미 도화선이 거의 다 타들어 갔으니, 일을 돌이킬 수는 없게 되었소! 지금
나와 예 대주가 할 수 있는 일은 촌각이라도 빨리 이곳을 빠져나가는 것
밖에 없단 말이오!"

그러나 예인후는 여전히 조금도 동요하지 않았다.

"밀영으로 하여금 도화선의 불을 끄게 하시오!"

이윽고 상군환이 버럭 고함을 쳤다.

"본 천의 존망을 좌우할 중대사명을 망치려 하는 것이냐? 그것이 곧 반
역임을 모른다는 말이냐?"

예안후 또한 이를 악물고 외쳤다.

"멈출 수 없다면 당신도 이곳에서 함께 죽는 수밖에!"

"이런 미친 놈!

발작적으로 외치며 발검한 상군환의 검이 그대로 예인후의 목을 찔러
갔다. 그러나 그때,

핏!

한 점 빛 방울이 번뜩하더니 찰나지간에 이미 상군환의 코앞까지 이르
렀기에,

"헛?"

기겁한 상군환이 찔러가던 검세를 돌변시키며 그 빛 방울을 베었다.
그러나,

탱!

그의 검이 그대로 부러져 나갔고, 그러고도 남은 기파가,

찌르르!

울리며 상군환의 내장까지 파고들었다.

"윽!"

다급한 신음을 토해내며 휘청휘청 잇달아 세 걸음을 뒤로 물러선 상군환이 믿지 못하겠다는 얼굴로 중얼거렸다.

"설마… 검강이란 말이냐?"

그때 예인후의 검극에 다시 한 방울의 선명한 빛이 맺히는 걸 보고 상군환은 차라리 탄식하고 말았다.

"아아! 네가 이미 검강을 자유로이 쓰는 경지를 이루었다는 말이냐?"

점강(點罡)을 발현시킨 채로 예인후가 다시 외쳤다.

"즉시 밀영을 멈추어라!"

그러나 그 소리에 오히려 화들짝 놀란 듯이 상군환은 황급히 뒤를 돌아보았다. 그리고 밀영의 가슴어림에서 짙은 연기가 뿜어지고 있는 걸 보고 상군환의 안색은 창백하게 질리고 말았다. 그가 부르짖지도 못하고 혼이 나간 듯이 중얼거렸다.

"아아……! 늦었다……!"

6

쿠쿠쿠쿠~ 쿵!

천지 간의 모든 것이 산산이 부서져 나가는 중에 예인후가 마지막으로 느낀 것은 무언지 모를 기이한 무형의 막 같은 것이 자신의 온몸을 감싸는 듯한 느낌이었다. 마치 꿈결처럼 부드럽게!

第九十一章
막장

몽상가

1

　음침하던 지하실에 환하게 불이 밝혀졌을 때, 한영주와 손강호는 한쪽 구석에 짐짝처럼 처박혀 있는 철민의 모습을 발견하고는 기겁할 듯이 놀라고 말았다. 앉은 채로 겨우 몸을 가누며 두 사람과 눈을 마주치고도 차라리 절망 가득한 눈빛이 되어버리는 철민은 몰라볼 정도로 초췌해진 몰골이었다. 더욱이 그의 어깨와 가슴에 칭칭 감긴 붕대는 온통 벌겋게 물이 들어 있었다.

　"어떻게 된 거예요? 얼마나 다친 거예요?"

　한영주가 절규하듯 외치며 철민에게 달려가려는 것을 조승태가 거칠게 팔을 낚아채며 빈정거렸다.

　"이거 제법 눈물겨운데?"

　"그 손 치우지 못해?"

　손강호가 외치며 달려들었으나 미처 조승태에게 다가가지도 못하고 두 명의 사내들에게 붙잡히고 말았다.

한영주를 한쪽으로 밀쳐놓은 조승태가 사내들에게 두 팔을 틀어잡힌 손강호에게로 천천히 다가섰다. 그리고 가차없이 주먹을 날렸다.

퍽!

턱에 일격을 당한 손강호의 머리가 홱 돌아갔다.

"퉤!"

입 안에 고이는 피를 뱉어내며 손강호가 조승태를 똑바로 노려보았다. 그러나 그는 곧 씨익 웃으며 농담처럼 던졌다.

"이봐! 나하고 일대일로 한판 뜨자! 남자답게 말이야!"

조승태가 비릿하게 웃으며 받았다.

"남자답게? 좋아! 니가 얼마나 남자다운지 한번 봐주도록 하지! 얘들아! 이 새끼 좀 주물러 줘라!"

그러자 손강호를 붙잡고 있던 두 사내 외에, 다시 두 명의 사내가 달려들어서는 손강호의 온몸에 무차별적으로 주먹과 발길질을 가하기 시작했다.

퍽!

퍼퍽!

손강호가 잠깐은 이를 악물며 버티는 모습이었지만 이내 바닥으로 쓰러지고 말았고, 그 위로 사내들의 거친 발길질이 사정없이 가해졌다.

한영주가 차마 지켜보지 못해 두 손으로 얼굴을 가리고는 울음을 터뜨렸으나, 철민은 차라리 넋을 놓은 듯이 멍한 모습이었다.

"김철민! 똑바로 봐라! 그리고 한영주! 너도 두 눈 크게 뜨고 똑바로 봐!"

조승태가 버럭 외치는 서슬에 한영주가 흠칫하며 얼굴을 가렸던 손을 내렸다.

조승태가 웃는 소리로 다시 외쳤다.

"그래! 그렇게 똑바로 지켜보고 있으란 말이야! 만약 내가 그만 봐도 좋다고 하기 전에 둘 중 하나라도 다시 눈길을 돌리면, 그때는 저 새끼 정말로 죽을지도 모른다? 알았어?"

2

처음에 목표했던 김철민의 파멸을 언제든지 집행할 수 있는 상황이 되고 보자 조승태는 막상 그것만으로는 도저히 만족할 수가 없게 되었다. 한영주와 손강호를 데려온 것도 그 때문이었다.

그것이 집착이라는 것은 조승태 자신도 잘 알고 있었다. 김철민이 파멸하는 모습을 그와 가장 가까운 사이인 한영주와 손강호에게까지 적나라하게 보여줌으로써, 그가 조승태 자신에 의해서 파멸되었음을, 조승태 자신이 전쟁을 주도하고 결국 승리했음을 확실히 보여주고 싶다는 집요한 집착! 나아가 김철민의 파멸 과정을 고스란히 목격하면서 한영주와 손강호가 괴로워하는 모습과 반대로 자신이 파멸하는 과정을 한영주와 손강호가 보고 있다는 데서 철민이 더욱 고통스러워하는 모습을 지켜보면서 최대한의 쾌감을 즐기고 싶다는 지독히도 잔인한 집착!

그러나 조승태는 도무지 성이 차지 않았다. 도무지 만족스럽지가 않았고 시들하기만 하였다. 좀 더 신선한 자극에 대한 욕구를 도저히 참을 수가 없었다.

3

"흑교!"

다만 이름을 불리고 조승태의 간단한 눈짓을 보는 것만으로도 흑교는 조승태가 원하는 것이 무엇인지 간파하였다. 천천히 손강호에게로 다가서며 그는 삼십 센티미터쯤의 길이에 온통 검은색을 띠는 장침(長針) 한 자루를 꺼내 들었다. 아주 느긋하게!

"안 돼!"

철민의 절규는 흑교가 기대하던 것이었다. 그리고 조승태의 기대 또한 충족시키는 것이었다.

그러나 다음 순간 흑교는 상당히 이채로운 광경을 보았다. 철민이 힘겨운 모습으로 몸을 일으켜 세우고 있었다. 그리고 무기력하기만 할 두 다리로 버티어 서고 있었다.

"조승태! 내가 잘못했다! 모든 게 다 내 잘못이다! 용서해라! 제발 용서해라!"

조승태는 일단 손짓으로 흑교를 멈추게 했다. 그리고 철민을 향해 나직하고도 차분하게 말했다.

"김철민! 이미 늦었다! 이제는 네가 아무리 빌어도 나는 용서가 안 돼!"

철민이 저절로 무너지려는 몸을 힘겹게 추스르고 나서 간절하게 다시 말했다.

"난… 마음대로 해도 좋다! 하지만 저 두 사람은 그만 돌려보내라! 제발……!"

조승태가 짐짓 고개를 갸웃거리더니 문득 웃는 얼굴이 되며 말했다.

"넌 마음대로 해도 좋으니 저 두 사람은 돌려보내라고? 오호! 이거 제법 감동적인 장면인데? 마치 영웅이라도 탄생한 것 같지 않아?"

동의를 구한다는 듯이 주변을 한 바퀴 돌아보고 나서 조승태가 다시 물었다.

"그런데 말이야! 영화 같은 데서 보면 영웅은 남을 위해 자기 목숨쯤 가볍게 내던지잖아? 어때? 너도 기왕에 이렇게 된 거, 제대로 영웅 행세 한번 해볼래? 저 두 사람을 위해서 말이야?"

철민이 힘겨운 눈길로 손강호와 한영주를 한번 스쳐보고 나서 대답했다.

"두 사람을 보내만 준다면… 무엇이라도 하겠다!"

철민은 정말로 그런 심정이었다. 한영주와 손강호만이라도 이 지옥 같은 곳에서 빠져나가게 해야겠다는 생각 외에, 그 스스로도 어떻게 하든지 이 상황을 끝내고 싶었다, 이 지독한 악몽을! 악몽에서 깨는 유일한 방법을 그는 이미 알고 있었다, 또 다른 악몽을 통하여!

"그래? 하하하! 이거 갑자기 흥미로워지는데?"

조승태는 정말로 흥미롭다는 표정이었다. 그리고 그는 문득 무엇을 떠올렸는지 흑교를 향해 물었다.

"흑교! 지난 번에는 불만이 많았다며? 어때?"

그 물음에 대해 흑교는 대답 대신 희미한 웃음기를 떠올렸다.

"좋았어!"

조승태가 신이 난 것처럼 뱉고 나서 다시 철민을 향했다.

"이봐, 김철민! 흑교와 붙어서 네가 이기면 일단 저기 손강호란 놈은 살려준다! 어때?"

철민은 굳이 대답하지 않았다. 그로서는 어떤 선택의 여지도 없었다.

4

철민이 버티고 서 있는 것만으로도 힘에 겨워하는 모습임에도 흑교는 사뭇 신중하게 철민의 주위를 천천히 돌기 시작했다.

팟!

팟!

거리를 둔 채 잽으로 가볍게 던지는 흑교의 펀치가 철민의 얼굴과 몸으로 틀어박혔고, 그때마다 철민은 여지없이 비틀거렸다. 그러나 철민으로서는 전신이 물먹은 솜처럼 무겁고 무기력할 뿐더러, 총상을 당한 왼쪽 어깨와 팔은 아예 움직이지도 못하는 상태였다. 다만 악착같이 버틸 뿐이었다. 지금 그가 할 수 있는 것이라곤 그것뿐이었으므로! 이길 수 있는 싸움이 결코 아니었다. 다만 조금이라도 더 버티려는 싸움이었다. 그리하여 조승태에게 약간의 동정이라도 살 수 있다면, 그것이 그가 손강호를 위해 해줄 수 있는 최선일 것이었다.

만약 흑교의 몸에서 밀려나오는, 철민이 이미 한 번 겪어본 바 있는 예의 그 끈적거리는 듯한 기이한 기운이 아니었다면 철민은 벌써 무너지고 말았을 것이다. 그 기이한 기운은 지금 철민을 압박하기보다는 오히려 그가 쉽게 무너지지 못하도록 붙잡고 있는 듯했다. 그리고 정말로 그렇다면 그것은 그에 대한 흑교의 의도적인 조롱일 것이었다.

팟!

팟!

어느 순간부터인가 흑교의 타격에서는 마치 손바닥으로 배구공을 때리는 듯한 소리가 났다.

그리고 철민이 스스로의 몸에서 일어나기 시작하는 미묘한 현상을 느낀 것은 그때부터였다. 활기였다. 고통과 함께 그의 내부로부터 약간씩의 활기가 피어나기 시작한 것이었다. 그것은 마치 몽환적인 쾌감과도 같았다. 그리고 활기는 텅 빈 그의 내부를 조금씩, 아주 조금씩 채워가기 시작했다.

"김철민! 싸워라! 같이 때리라고!"

조승태의 고함에서 잔뜩 불만스럽다는 느낌이 묻어났고, 그것을 재촉으로 여겼던지 흑교가 미끄러지듯이 거리를 좁혀들며 철민의 명치에다 주먹을 틀어박았다.

순간 철민은 이를 악물고 왼팔로 흑교의 손목을 낚아채 갔다. 그러나 흑교는 미리 예상하고 있었다는 듯이 오히려 양손으로 철민의 손을 역으로 낚아채며 꺾었다. 그렇지만 그 순간 철민이 발휘한 힘은 흑교가 상상했던 것보다 훨씬 강해서, 흑교는 양손으로도 철민의 한 손을 꺾기는커녕 오히려 비틀 중심을 빼앗기고 말았다.

그때였다. 철민이 순간적으로 오른팔을 뻗어 흑교의 머리를 확 잡아당겼고, 속절없이 당겨 온 흑교의 목을 그대로 겨드랑이 사이로 끼워서 감아버렸다. 그리고 다시 왼손으로 오른 손목을 잡아 고리 형태로 잠가 버리자, 곧 헤드락을 거꾸로 건 것과 같은 형태가 되었다.

철민은 온 힘으로 흑교의 목을 조였다. 흑교가 빠져나가려고 발버둥치며 저항하였으나, 이미 완전한 형태를 갖춰 버린 철민의 헤드락은 그야말로 요지부동이었다. 채 몇 초도 견디지 못하고 흑교가,

"컥~! 커어~ 억!"

절박한 숨막힘을 호소하더니 이윽고는 철민의 팔을 다급하게 쳤다. 무조건 항복의 표시였다.

그러나 철민은 아주 약간만 조임을 느슨하게 만든 상태에서 조승태를 돌아보며 외쳤다.

"이자가 항복했으니, 약속대로 사람을 풀어줘라!'

조승태 짜증스럽게 받았다.

"싸움이 아직 끝나지 않았는데?"

순간 섬뜩함을 느낀 철민이 눈으로 물었고 조승태는 태연히 외쳤다.

"죽여!'

철민이 움찔 몸을 굳히자, 조건반사이듯이 흑교의 몸이 또한 부르르 떨렸다.

그러나 철민은 곧바로 이를 악물었다.

'그래야만 한다면……!'

철민이 지그시 힘을 가해가자, 그의 겨드랑이 아래에서 흑교가 다급한 투로 뭐라고 외쳤다. 그러나 그 외침은 제대로 말이 되어 나오지 못하였고, 다만 잔뜩 공포와 절망에 절은 비명 이외의 의미를 담지는 못했다. 흑교의 팔이 철민의 팔을 필사적으로 붙잡았다.

그때였다.

"안 돼요~!'

비명 같은 외침은 한영주의 것이었다.

철민이 주춤하고 마는 순간이었다. 조승태가 갑자기 한영주를 덮쳐 가서는 거칠게 그녀의 머리채를 잡아챘고, 이어 짧은 칼 한 자루를 꺼내 들었다.

"이 년의 목에 칼이 들어가는 걸 보고 싶지 않으면 싸움을 마저 끝내!'

외치는 조승태의 두 눈이 번득였다. 그리고 그는 그대로 칼끝을 한영주의 목에 가져다 댔고; 그녀의 긴 목 선에는 대번에 붉은 선이 그어졌다.

조승태의 광기에서 철민은 문득, 차라리 익숙함을 느꼈다. 그도 언제인가 그런 광기에 젖었던 적이 있었던 것처럼! 그랬기에 그 광기가 결코

위협만이 아니란 것을, 조승태가 정말로 그렇게 하리라는 것을 절박하게
예감하지 않을 수 없었다.

"끄… 으으… 으……!"

철민의 팔 안에서 마지막 절망이 토해졌다. 흑교의 몸에서 스르르 힘
이 풀렸고, 철민이 팔을 풀자 축 늘어진 그의 몸이 그대로 바닥으로 널브
러졌다.

털썩!

엉덩방아를 찧듯이 철민은 그 자리에 주저앉고 말았다. 왼 어깨의 상
처에서 흘러나온 피가 온몸을 적시다 못해 이내 바닥을 흥건하게 만들었
지만, 그는 조금도 느끼지 못했다.

목에 칼이 대어진 채로 한영주의 두 눈이 더 이상 커질 수 없을 정도로
부릅떠졌다.

손강호는 차라리 멍한 모습으로 입을 반쯤 벌리고 있었다.

조승태는 흥분을 떠올리고 있는 중이었다. 흥분은 이내 그의 얼굴 가
득히 번졌다. 그러고도 점점 주체할 바를 모르겠다는 듯이 그는 이윽고
전율하듯이 부르르 몸을 떨었다.

5

"좋아! 저 친구는 살려주지!"

조승태의 지시를 받은 사내 둘이 손강호를 끌고 지하실을 나갔다. 손
강호는 처음에 나가길 거부했으나, 이내 생각을 바꿨는지 순순히 사내들
을 따라갔다.

"자! 그럼 이제부터 본 게임을 시작해볼까?"

조승태가 빙글거리며 철민과 한영주를 번갈아 보더니, 문득 사내 하나를 지목했다.

"이봐! 너!"

"예!"

사내가 대답하며 다가서자 조승태가 느긋한 눈짓으로 한영주를 가리켰다.

"이 아가씨 좀 즐겁게 해줘라!"

"예?"

사내가 당황하며 반문하자 조승태가 짜증스럽게 다그쳤다.

"무슨 말인지 몰라? 여자를 즐겁게 해주란 말이 무슨 뜻인지 모르느냐고, 새꺄?"

"아, 아닙니다! 그런데 지, 지금 말입니까?"

"그래! 지금! 이 자리에서! 포르노 찍는다고 생각하고 실감나게 해!"

사내의 갈등은 짧았다.

"예, 알겠습니다!"

대답과 동시에 사내는 곧바로 상의부터 벗기 시작했다.

"악~!"

사내의 옷 벗는 모습만으로도 한영주가 날카로운 비명을 토했다.

철민이 벌떡 몸을 일으키며 소리쳤다.

"무슨 짓이야?"

그러나 한영주와 철민의 그런 반응에서 조승태는 오히려 쾌감이 더한 듯 느긋하게 제지했다.

"쯧! 좋은 구경 좀 하자는데? 자꾸 방해하면 확 쏴 버리는 수가 있어?"

조승태가 꺼내 든 권총이 그를 겨눴다가 다시 한영주의 머리로 향하는 것을 보고 철민은 멈칫 멈춰 설 수밖에 없었다.

그 사이 알몸으로 화한 사내를 옆에 세워 둔 채 조승태가 두 손으로 얼굴을 가리고 무릎에다 얼굴을 파묻은 채로 있는 한영주에게 속삭이듯이 말했다.

"니 옷은 내가 벗겨주지!"

차갑고 날카로운 칼끝이 한영주의 목 뒷덜미를 훑었다. 그리고 순간 옷자락을 확 뜯어내는 거친 손길에 한영주는 다급한 숨을 들이키고 말았다.

"헉!"

잔뜩 웅크린 채로 얼음처럼 굳어버린 한영주의 몸이 파르르 진저리를 쳤다.

철민 또한 진저리를 쳤다. 그리고 그 순간 온몸의 남은 힘을 모조리 폭발시키며 그는 조승태를 덮쳐 갔다.

조승태가 황급히 권총을 겨누며 외쳤다.

"멈춰, 새끼야! 쏜다?"

그리고,

탕!

단발의 총성이 지하실의 공기를 찢었다.

가슴에 불을 지지는 듯한 화끈한 느낌과 동시에 마치 번개에 맞은 듯이 감당할 수 없는 충격이 철민의 몸을 번쩍 들었다가 그대로 바닥에다 내동댕이쳤다.

"이런… 미친 놈!"

조승태가 당황한 외침을 토해냈다. 그러나 그의 당황에는 끝내 짙은 불만이 녹아 있었다.

“안 돼~!”

한영주가 뒤늦은 절규를 토해낼 때, 철민은 바닥에 쓰러진 채로 새우처럼 몸을 말았다. 끔찍한 고통의 진원지는 오른쪽 가슴 즈음이었다. 그곳에 난 작고 시커먼 구멍이 울컥울컥 피를 게워내고 있었다.

금방 의식이 아득해져 왔기에 철민은 순순히 포기했다.

‘그래! 자는 거다! 한숨 푹 자고 나서 원래의 나로 돌아가는 거다!’

第九十二章
부활

몽상가

1

철민은 반듯하게 누워 있었다. 가만히 흙 냄새가 다가왔다. 진한 황토의 향이었다. 그러나 지독히도 외로운 느낌이었다. 마치 천지 간에 홀로 떨어져 있는 것 같은! 이윽고 길고 격렬했던 방황의 강을 건넜으나, 그곳은 안식의 땅이 아닌 망망한 허무의 땅이었다.

충격은 갑자기 찾아왔다. 마치 오랜 기간 무게없는 부유물처럼 허공을 떠다니는 중에 갑자기 엄습해 드는 전율처럼!

하나씩 죽음들이 엄습해 왔다.

철위강의 죽음!

예인화의 죽음!

율도린의 죽음!

그리고 철민 자신이 죽인 무수한 죽음들!

'아아! 나는 살인귀이고, 괴물이다!'

회한(悔恨)이 습한 안개처럼 슬그머니 일어났다. 분노와 증오의 대상들을 모조리 죽인다고 해서 철위강이 다시 살아오고, 예인화가 다시 살아 돌아오는 것은 결코 아닐 터인데, 그는 너무나 많은 죽음들을 만들어 버렸다.

눈물이 났다. 슬프지 않은데도 하염없이 눈물이 흘러내렸다. 그것은 인간 본성을 상실하고 괴물이 되어버린 그 스스로에게 보내는 마지막 동정인지도 몰랐다.

'이 지독한 꿈에서 깬다고 하더라도 원래의 나로 되돌아가지는 못하리라! 영원히!'

충동 하나가 불쑥 솟았다. 스스로를 파괴해 버리고 싶은 강렬한 욕구였다.

'차라리… 이 꿈에서 깨지 않기를! 죽음마저도 넘어 완전한 소멸에 이르기를! 완전한 무(無)가 되길!'

철민은 조금의 주저도 없이 곧장 황폐의 길로 나아갔다. 그의 정신과 영혼이 와르르 무너지기 시작했다. 시간이 갑자기 빨라지고, 공간이 파노라마처럼 스쳐 지나갔다. 자괴(自壞)이리라! 그의 꿈이 산산이 파괴되고 있었다. 조각난 파편들이 절대허무의 바다 속으로 빠져 끝없이 가라앉아 갔다.

2

"멈춰!"

누군가 외쳤다. 그 외침은 지독한 위기감에 휩싸여 있었지만 철민은 조금도 상관하지 않았다. 그것은 결국 그가 아니었고, 그럼으로써 그와

는 아주 무관하게 여겨졌다. 그러나,

—너는 왜 시도해 보지 않느냐?

그 누군가가 지독한 갈구로 다시 호통쳤고, 그것이 일령임을 보다 확연히 인지하면서 철민은 언뜻 약간의 공감을 느꼈다. 그런데 단지 '약간일' 뿐인 그 공감은 문득 끝없는 침잠으로부터 그를 멈추게 했다.

—무엇을 말이오?

철민의 무심하고도 권태롭기까지 한 물음에 일령은 가느다란 떨림부터 표시했다. 마치 마지막 순간에 한가닥 소생의 동아줄을 잡은 자의 벅찬 격동처럼!

—심동!

촉박하게 외친 일령의 그 한마디는 절대허무의 바다 깊은 곳에 멈추어 있던 철민을 단번에 수면 밖으로 낚아올리는 놀라운 기적을 일으켰다.

—심동을 시도하라고……? 누구와 말이오?

—내가 아는 한 사람 외에, 너와 심동이 통하는 사람이 또 있더냐?

일령은 한결 여유를 찾은 느낌이었다.

—심동은 실제로 구현할 수 있는 행위가 결코 아니다. 그럼에도 너와 다른 누군가의 사이에 심동이 통했다면, 그 누군가는 이미 타인이 아닌 너 자신의 다른 형태, 혹은 너의 일부가 된 것이다!

—그게 무슨 뜻이오?

—허허허! 그리 어려운 이치가 아니다. 지금 너와 내가 통하고 있는 경우에 비추어 보면 될 것이니 말이다!

—…일령 당신이 나의 다른 형태, 혹은 나의 일부라는 뜻이오?

—그렇다! 처음에는 아니었지만, 점차 그렇게 되었고, 이제는 확연히 그렇다. 그렇지 않다면 너와 나는 아마도 지금과 같은 상호소통의 관계

가 아닌, 일방적인 주종(主從)의 관계가 되었을 것이다!

—…결국 하고자 하는 말이 무엇이오?

—네가 살아 있는 한, 그녀 또한 죽은 게 아니란 걸 깨우쳐 주려는 것이다. 곧 너의 일부로서, 네 안에 그녀가 살아 있다는 말이다!

순간 철민은 마음속에서 거대한 종이 울리는 굉음을 들었다. 그녀가, 예인화가 살아 있다니? 도저히 믿을 수 없는 말이었다. 그러나 믿고 싶었다. 거짓이라도! 그가 가장 간절하게 소원하는 일이었기에! 세상에서 가장 허황된 거짓일지라도 일단은 믿고 싶었다. 일단은 매달리기라도 해보고 싶었다.

그때 일령은 가만히 침묵의 그림자 속으로 들어갔다. 철민 스스로 확인해 보라는 듯이!

3

—인화야……!

철민은 나직이 불러보았다. 그의 의식이 떨렸다. 그의 영혼마저 떨렸다.

타는 듯한 갈구로, 그는 다시 외쳤다.

—너, 너 거기 있니?

내부로의 소리없는 외침이었다. 그리고 영원과도 같은 갈망의 촌각이 흐른 다음,

—네……!

아주 희미한, 그래서 정말로 그녀인지, 혹은 그의 갈망이 만들어낸 환각인지 모를 대답이 돌아왔다.

─너……?

심장이 멎을 듯한 조심스러움과 영혼이 멎을 듯한 기대와 흥분으로, 철민은 천천히 그의 내부를 밝혔다.

─저 여기 있어요!

보다 분명하고도 확연한 울림이 전해왔다.

─아아! 너……! 너로구나! 정말 너로구나

철민은 볼이 간지러웠다. 눈물이 흐드러지나 보았다. 그 중 한 줄기는 성가시게도 귓속으로 흘러들어 갔다.

─전 내내 여기 있었는걸요!

예인화가 달래듯이 전해왔다.

─그래……! 그래! 호호, 호호호… 으호호호……!

철민은 저도 모르게 웃음이 흘러나왔다. 웃음인지 흐느낌인지 애매했지만! 그는 문득 걱정이 되었다.

'음흉하다고 하는 거 아냐?

4

예인화의 부활이 어떻게 해서 이루어졌는지 철민은 알지 못했다. 아니, 감히 알려는 욕구조차 가지지 못했다. 그것은 기적이었으므로!

철민은 문득 조심스러운 욕심 하나가 생겼다. 아주 간절한 욕심이었다. 예인화처럼 철위강도 언젠가는 부활할 수 있을지 모른다는!

그러나 철민은 그 욕심을 스스로의 마음속에서라도 감히 함부로 드러내지는 못했다. 이미 이루어진 기적에 대한 불경이 될까 하여!

철민은 그저 평온해지고자 했다. 그토록 치열했던 분노와 증오는 이제

의식 밑바닥에 찌꺼기로만 남아 있었지만, 그는 그 잔재들마저 완전히 정화되기를 바랐다. 그리고 그 자리에 조심스럽고도 간절한 그 욕심을, 아주 작고 경건한 희망으로 심고 싶었다.

5

평온해질수록 철민의 내부는 자연스럽게 예인화로 가득 차 갔다. 그녀야말로 그의 평온의 발원지였다. 그런데 한 가지 기이한 현상이 일어났다. 그의 의식 공간에서 돌연 존재들 간의 대치가 벌어지기 시작한 것이다.

처음에 철민은 그것이 다만 일령의 변덕인 줄로만 알았다. 기껏 예인화의 부활을 종용해 놓고는, 막상 예인화가 살아나니 이제는 또 자신이 홀대받는다고 괜한 투정을 부리는 것으로!

그런데 대치의 주동(主動)은 일령이 아니었다. 아니, 또 하나의 일령이었다. 하나는 철민에게 익숙한 일령이었으나, 또 다른 하나는 철민이 미처 모르고 있던, 그것이 그의 의식 내부에 있는지조차도 몰랐던 또 다른 일령이었다. 일령이되 일령이 아닌 또 하나의 존재, 그것은 바로 천마였다. 지금 그의 곁에 누워 있는 껍데기의 천마령이 아닌, 천마 본래의 의식이었다.

기이하게도 본래 하나였을 천마와 일령은 지금 각각 존재하고 있었다. 일령은 일령대로, 천마는 천마대로! 둘은 아주 비슷했지만 무언가 조금은 달랐고, 그래서 결코 동일한 존재가 아닌 분명히 다른 존재로 분리되어 있는 것이었다.

또 한 가지 기이하다고 할 것은 예인화의 존재가 대치의 발단이 된 것

이 분명한데, 막상 대치는 예인화와는 무관하게 일령과 천마 간에 이루어
지고 있다는 점이었다.

그럼으로써 철민에게 그런 상황들은 그렇게 기이하지도 않았다. 그는
그저 바라보고만 있을 뿐이었다. 상황이 되어가는 대로, 어떻게 되어가
는지에 대한 별다른 감상도 없이 그저 바라보고만 있을 뿐이었다. 다만
그렇더라도 의식 공간을 주관하고 있는 입장으로서, 철민은 곧 일령과 천
마 각각의 처지와 입장을 인지할 수는 있었다.

6 •

철민이 스스로의 정신과 영혼을 파괴시키며 자괴로 나아갈 시점까지
만 해도 일령은 곧 천마 자체였다. 좀 더 정확하게는 천마의 일부로서 완
전하게 종속적인 존재였다.

천마는 곧장 철민의 모든 정기와 의식까지를 통째로 흡수하려는 시도
에 돌입했었다. 그것은 이미 수천 년 이전에 예정된 위대한 천마의 부활
이었다.

그런데 바로 그때 천마는 전혀 얘기치 못했던 하나의 저항에 부딪치고
말았다. 전혀 예정되지 않았던 저항이었다. 바로 돌연히 독립적인 존재
로 분리되어 나간 일령이었다.

일령은 처음에 다만 천마의 의지의 한 조각으로 시작되었고, 삼천 년
후 천마의 부활과 동시에 사라지도록 운명 지어진 존재에 불과했다.

그러나 삼천 년이란 긴 시간이 흐르는 동안에 일령은 미약하게나마 천
마 본래의 의지와는 차별되는 주체적 자아의 싹을 틔우게 되었고, 나중에
철민의 의식 공간 내에 자리잡고도 그를 완전히 지배하지 못하면서부터

는 갈등과 대립, 그리고 타협을 이루어 나가는 과정 중에서 서서히 그 자아의 싹이 본격적으로 배양되었던 것이다.

그런 것은 삼천 년 전의 천마가 미처 예상하지 못하였던 상황이었으니, 마침내 천마가 부활을 시도하는 시점에서 돌변이 일어나고야 만 것이었다. 즉, 일령은 철민에게 예인화가 여전히 존재해 있음을 일깨움으로써 철민의 소멸을 막는 동시에 천마의 부활을 저지하였고, 또한 그럼으로써 스스로의 존재를 지켜낸 것이었다.

7

사실 그것을 대치라고 하기는 어려웠다. 근본이 되는 천마에 대해 태생적 한계를 지닐 수밖에 없었으니, 일령은 지금 다만 천마의 거대한 끌어당김으로부터 악착같이 도망쳐 철민의 의식 가장 깊숙한 구석에 잔뜩 웅크려 버티고 있을 뿐이었다.

일령의 악착같은 저항에 대해 천마는 이내 무시해 버리기로 했다. 비록 완전한 부활에는 실패했다고 하더라도 그에게 기회는 여전히 남아 있었다.

─거역하지 말라! 이것은 삼천 년의 안배이자 천마의 뜻이니, 너는 결코 거역할 수 없다! 이제 너의 모든 것은 천마에게 귀속될 것이다!

내부로부터 실로 엄청난 기세와 압박이 굴복을 강요하고 있었다. 기꺼이 정복당하기를 강요하고 있었다. 그러나 철민은 조금도 위축되지 않았다. 그저 담담할 수 있었다. 그가 이미 믿게 되었기 때문이다. 아무리 거대하고, 아무리 엄청나더라도 그것은 다만 그 자신으로부터 일어나는 일일 뿐이란 사실을!

―아니오! 나는 누구에게도 귀속되지 않소! 나는 다만 나일 뿐이오!

철민은 그저 담담하고도 조용하게 선언했다. 그러나 순간 천마로부터 비롯되던 기세와 압박은 크게 축소되고 말았다. 당황을 감추지 못한 채 천마가 물었다.

―너는… 방금 어떻게 한 것이냐?

―나는 이제 알고 있소! 당신도 결국 나의 일부라는 사실을 말이오!

―무슨 헛소리를 지껄이는 것이냐?

―일령이 내게 깨우쳐 주었소! 나의 내부에 있는 누군가와 소통이 가능하다면, 그 누군가는 결국 나 자신의 다른 형태이든지, 혹은 나 자신의 일부가 되는 것이라고 말이오!

천마가 흠칫하더니, 이내 대소하며 받았다.

―으하하하하! 일령의 창조주가 바로 나, 천마임을 모른다는 말이냐? 나는 불멸의 존재이며, 모든 불가능을 벗어난 존재이니, 너는 결코 나를 거역하지 못하리라!

철민이 천천히 고개를 가로저었다.

―아니오! 당신이 아무리 엄청난 존재라고 해도, 설령 신이라고 해도, 지금 당신이 존재하고 있는 그곳에서만큼은 결코 당신 마음대로 할 수 없소! 그곳이 바로 나의 마음속이기 때문이오! 내 마음의 주인은 오직 나요! 당신이 신이라고 해도, 내 마음속에 있는 이상에는 결코 나를 거역할 수 없소!

철민이 그저 받아치려고 하는 말은 아니었다. 예인화의 부활을 통해 철민이 얻은 깨달음은 컸다. 거대했다. 그의 마음에 관한 한 어떤 경우에도 그가 주인이었다. 그리고 그가 이미 그러한 진리에 대해 명확하게 깨달은 이상에는, 그의 마음속에 들어와 있는 것이 천마가 아니라 그 무엇이라도 그에게 대항할 수는 없었다.

천마는 곧바로 궁지로 몰렸고, 밀려나지 않으려고 안간힘을 썼다. 그러나 저항할 수 있는 일이 아니었다.

─아아~!

긴 탄식과 함께 천마는 마침내 밀려나고 말았다. 철민의 마음 바깥으로!

마음속에서 누군가 가만히 내뱉는 안도의 한숨을 느끼면서 철민은 완전한 평정을 찾았다.

8

철민과 나란히 누워 있던 천마령이 느릿하게 몸을 일으켰다. 그러나 그것은 이미 철민과 교감하던 천마령이 아니었다. 자신의 죽은 육신으로 돌아간 천마 그 자체였다.

콰르르르릉!

철민을 중심으로 천지 간의 기류가 마구 요동쳤다. 하늘이 무너질 듯, 땅이 뒤집힐 듯 실로 엄청난 힘의 분출이었다.

철민은 누운 채로 일어나지 않았다. 이대로 잠시 더 평온을 즐기고 싶었다. 지금은!

─본좌는 불멸이며 무한이다! 천지간의 그 무엇도 본좌 앞에 서지 못한다!

수직의 허공 높이에서 내려다보며 천마가 포효했다.

그러나 잠시 간 극심한 갈등에 휩싸이는 듯하더니 천마는 문득 공간 중으로 스며들듯이 사라져 버렸다. 오연한 한자락 미소의 잔상과 한 자루 쇠방망이 매봉을 남긴 채로!

철민은 천마에 대해서는 이미 감흥이 사라진 채로 새로운 느낌에 대해 음미하고 있는 중이었다. 그것은 무한한 흐름이었다. 그러나 거대하지도 격렬하지도 않은, 조금의 격랑도 넘침도 없이 잔잔하고 평온하기 이를 데 없는 충만함이었다. 그리고 그것은 아주 자연스럽게 그의 것이 되고 있었다.

철민의 입가에 잔잔한 미소 한가닥이 피어올랐다.

9

"어떻게 된 것입니까?"

부스스 깨어난 예인후가 망연한 모습으로 물었다.

"글쎄……! 어떻게 된 일인지… 실은 나도 잘 모르겠소!"

철민이 약간은 당황스럽게 대답하고 나서 굳이 흥분을 감추지 않으며 덧붙였다.

"예 형! 내 말 믿을지 모르겠지만……."

예인후가 희미하게 고소를 떠올리면서도 짐짓 흔쾌하게 고개를 끄덕였다.

"믿습니다! 형의 말씀이라면 무엇이라도 믿습니다! 설령 그것이 거짓 말이라고 해도!"

"인화가 살아 있소!"

"예? 그게 무슨……?"

화들짝 놀라는 예인후에게 철민이 활짝 웃으며 다시 또박또박 확인시켜 주었다.

"인화가 돌아왔소!"

"어디 있습니까? 그 아이는 지금 어디에 있습니까?"

"여기요!"

철민이 자신의 가슴을 가리켰고, 순간 예인후의 얼굴은 방금의 놀람과 흥분을 지우지도 못한 채로 그대로 굳어들고 말았다.

"여기, 내 마음속에 인화가 있소!"

다시금 강조하는 철민을 보며 예인후의 얼굴에는 이윽고 슬픔과 안타까움이 빠르게 교차하였다. 그러나 그는 이내 차분하게 표정을 추슬렀다.

"예! 그렇군요!"

철민의 목소리가 조금 높아졌다.

"예 형! 쉽게 믿기 어려울 것이란 건 알지만, 정말이오! 정말로 이 속에 인화가 살아 있소!"

예인후가 애써 미소지으며 고개를 끄덕였다.

"믿습니다! 형의 말씀이라면 무엇이라도 믿는다고 하지 않았습니까?"

철민이 다시 목소리를 높이려 하다가는 그만두고 말았다. 당장에 어떻게 확인시켜 줄 방법은 도무지 없는데, 예인후의 입장에서 보자면 무조건 믿으라는 말만으로 믿을 수 있는 문제가 아니긴 했다.

그때 예인후는 차라리 애처로운 눈빛이 되어 사뭇 처연하게 그를 바라보고 있었는데, 그럼에도 철민은 문득 빙긋이 미소가 그려지는 것을 어쩔 수가 없었다. 어쨌든 예인화가 그의 마음속에 살아 있는 것은 사실이었다. 결코 변할 수 없는!

"이제 어떻게 할 것이오?"

문득 질문을 받고 예인후는 순간적으로 생각이 많아지는 눈치였다. 그러나 대답은 어차피 정해져 있었다.

"수호천으로 돌아가야지요!"

"그들이 반기지 않는다고 해도……?"

예인후가 쓰게 웃으며 말했다.

"그래도 소제는 가야만 합니다. 수호천은 제게 전부인 곳이니까요!"

그리고 예인후는 다시 담담히 덧붙였다.

"그러나 형은 굳이 저와 함께 가실 필요가 없을 것입니다."

철민이 싱긋 웃으며 받았다.

"어떻게 예 형 혼자 보낼 수야 있겠소? 만약 그랬다간 당장에 인화가 가만히 있지 않을 텐데……. 하하하!"

말끝에 짐짓 밝게 소리내어 웃는 철민에 대해 예인후가 새삼 짠해지는 듯한 기색이더니, 이내 잔잔한 미소를 떠올렸다.

철민이 슬쩍 이마를 찡그렸다.

"대신 너무 서두르진 맙시다?"

"……?"

"전쟁은 전쟁을 원하는 자들에게 맡겨두고, 우리는 잠시 비켜나 있어 보자는 거지요!"

"음!"

"하하하! 그렇게 심각하게 받아들일 것까진 없고, 그냥 서둘지 말고 쉬엄쉬엄 좀 가자는 뜻이오!"

第九十三章

본연

몽상가

1

—당신! 바보 같이 왜 또 이러고 있나요?

누군가 울림을 전해왔다. 도무지 그 근원을 알 수 없도록 아련하고도 모호하게! 그러나 그 울림이 몹시도 익숙한 것이었기에 철민이,

—뭐?

하고 얼떨결에, 그러나 마치 오래된 습관처럼 대꾸했다. 그러고 나서야 그는 문득 황당해하며 퍼뜩 스스로에게 반문했다.

'하지만 어떻게……?'

2

조승태는 권총의 총구로 툭툭 철민의 얼굴을 건드렸다. 숨이 붙어 있는지 확인하려는 듯이!

바로 그 순간이었다. 새우처럼 몸을 만 채 움직임이 없던 철민이 갑자기 손을 휘둘러 조승태의 권총을 떨쳐 버렸다. 권총이 멀찌감치 날아갔고, 화들짝 놀란 조승태가 펄쩍 뒤로 물러서려는데 철민이 다시 그의 한 팔을 낚아챘다. 그런데 그 힘이 엄청나서 조승태는 어떻게 버텨볼 새도 없이 그대로 확 끌려가 바닥으로 엎어지고 말았다. 그런 중에 철민이 다시 한 바퀴 몸을 굴려 조승태를 찍어 눌렀고, 동시에 그의 한 팔을 등 뒤로 꺾어버렸다. 그러한 일련의 상황은 그야말로 순식간에 벌어졌다.

"모두 뒤로 물러서라고 해!"

인두로 지지는 것처럼 발작적으로 밀려드는 왼 어깨와 오른 가슴의 통증에 철민이 헐떡이며 외쳤다. 그의 몸에서 뚝! 뚝! 떨어지는 피가 조승태의 등을 금세 흠뻑 적시고 있었다.

그러나 조승태는 곧바로 침착함을 되찾았다. 바닥에 얼굴을 박은 채로 나직이 웃음을 흘리며 그가 속삭였다.

"흐흐흐! 몇 번을 말해야 알겠어? 언제나, 모든 결정은 내가 한다니까? 네가 할 수 있는 건 오직 내 명령에 따르는 것뿐이야. 알겠어?"

"개새끼!"

철민이 시리게 뱉으며 놈의 팔을 확 꺾어 올렸다.

우드득!

뼈 부러지는 소리와 함께 조승태가 진저리를 치며 비명을 토해냈다.

"악!"

철민이 놓아주자 조승태의 팔은 힘없이 허물거리며 바닥으로 늘어졌다.

"크으으~!"

조승태가 고통스러운 신음을 흘렸다. 그러나 그의 신음은 곧 흐느끼는 듯한 웃음소리로 바뀌었다.

"으, 흐흐… 흐흐흐!"

이어 조승태가 발작적으로 외쳤다.

"야! 다 죽여 버려! 총으로 확 갈겨 버려! 여자부터 쏴!"

순간 사내들이 일제히 권총을 뽑아 들며 철민과 한영주를 향해 겨누었
다.

철민은 온몸을 떨고 말았다. 전율이었다. 지독한 증오였다. 스멀거리
며 온몸의 핏줄을 타고 오르는 그것은 차라리 치열한 살의(殺意)였다.

'놈은 인간이 아니다! 악마다! 놈을 놓아준다고 해도, 오히려 더욱 지
독한 꼴을 당하게 될 것이다! 그렇다면 차라리……!'

비록 엉망진창이 된 몸이었지만 조승태를 죽이는 것에 대해 철민은 지
극히 간단하게 여겨졌다. 그냥 팔꿈치로 한번 찍어 내리는 것으로 놈의
머리를 산산이 부숴 버릴 수 있을 것만 같았다. 그리고 철민의 살의는 곧
바로 정점을 향해 치달았다.

'그래, 죽여 버리자!'

그러나 팔꿈치를 세워 그대로 놈의 뒤통수를 찍어 내리던 중에 철민은
돌연 흠칫 놀라며 멈추고 말았다. 다시 그의 내부로부터 전해진 모호한
울림 때문이었다.

—내게 맡겨보지 않겠나?

좀 전의 꿈결 같았던 울림과는 달랐지만 역시나 몹시도 익숙한 울림이
었다. 그러나 또한 도저히 가능하지 않은 일이었다. 지금, 너무도 확연한
이 현실에서는!

3

"뭐해, 새끼들아! 그냥 쏴버리라니까?"

조승태의 날카로운 독촉에 사내들의 총구가 움찔거렸다. 그러나 다음 순간 사내들의 총구는 일제히 바닥을 향해 내려졌다.

"이 새끼들이? 지금 뭣들 하는 거야?"

조승태가 다시 악을 썼지만 사내들은 하나같이 멍한 시선들을 바닥으로만 떨궈놓고 있었다.

—호호호! 천마제혼술(天魔制魂術)이란 수법이다!

내부의 울림은 철민의 궁금증을 해소시키려는 듯했으나, 오히려 철민의 혼란을 더욱 키웠다. 일령이었다. 그렇다면 좀 전에 그가 꿈결처럼 들었던 심동은 정말로 예인화였단 말인가?

"으아아아~!"

철민을 흠칫 혼란에서 벗어나게 만든 것은 조승태의 발악이었다. 그러나 악을 쓰고 온몸을 비틀어댔지만, 조승태는 철민이 누르는 힘에서 조금도 벗어나지 못했다. 오히려 철민의 살의에 다시금 불을 붙였을 뿐이었다.

다시금 치솟아오르는 주체 못할 살의에 철민은 치열하게 상상했다. 목을 조여 두 눈에 흰자위만 가득한 모습으로 숨이 넘어가는 조승태의 모습을! 한 주먹에 수박 통처럼 부서져 나간 조승태의 머리에서 붉은 핏물과 허여멀건 뇌수가 쏟아지는 광경을!

"죽인다……! 죽여 버린다……!"

철민이 저도 모르게 악물린 이 사이로 나직이 뱉어냈고, 그 소리에 일순 조승태의 몸이 부르르 전율을 일으켰다.

그때였다.

─안 돼요!

내부로부터의 차분히 타이르는 듯한 울림은 바로 예인화였다. 정말로 예인화였다. 그럼으로써 철민은 순간 다시금 극도의 혼란 속으로 빠져들고 말았다.

'아아! 나는 지금 꿈을 꾸고 있는 것인가?

이번에도 철민을 혼란에서 꺼낸 것은 조승태였다.

"흐흐흐! 죽인다고? 나를? 그래! 죽여봐, 새꺄! 죽여보라고! 대신 지금 날 못 죽이면 넌 결국 내 손에 죽어! 알아, 새꺄?"

순간 철민의 분노는 마침내 폭발하고 말았다.

"개새끼!"

치 떨리는 소리로 뱉으며 철민은 오른팔로 조승태의 목을 휘감아 그대로 조였다.

"커어~ 억!"

조승태는 대번에 절박한 숨막힘을 호소했다. 그러나 절망을 토해내는 중에도 그는 끝까지 독기를 버리지 않았다.

"죽… 여… 새… 끼… 야……!"

철민은 차라리 무심한 채로 더욱 힘을 가했다.

"끄으으으……!"

조승태의 소리가 끊어질 듯이 희미해져 가면서 예인화의 느낌이 다급한 안타까움을 띠었으나, 철민의 차가운 분노에 눌려서인지 차마 나서지는 못하였다. 그때,

─이번에도 내게 한번 맡겨보지 않겠나?

불쑥 나선 것은 다시 일령이었다. 그리고 막상 철민의 동의를 기다리지도 않고, 그는 이미 무엇인가를 한 것 같았다.

철민의 머릿속으로 마치 새겨지듯이 무언가가 빠르게 주입되고 있었
다.

─칠맥참혼술(七脈斬魂術)이라는 것일세! 단언하건대, 인간에게 가장
지독한 고통을 선사하는 수법이지!

4

"넌 정말로 악마 같은 놈이다!"

조승태를 뒤집어 위를 보도록 눕힌 철민이 내려다보며 말하자, 그를
올려다보며 조승태가 나직이 으르렁댔다.

"개소리 지껄이지 말고, 어서 죽여보라니까? 그런데 과연 네가 날 죽일
수 있을까? 사람이 사람을 죽인다는 게, 그렇게 쉬운 일은 아니거든? 특
히 너 같은 새끼들한테는 말이다!"

철민은 선뜻 고개를 끄덕였다.

"그래! 난 널 죽이지 않겠다! 대신 너에게 마지막으로 선물을 하나 주
마!"

조승태가 차갑게 웃으며 받았다.

"흐흐흐! 선물? 좋지! 무슨 선물이라도 기꺼이 받아주지! 그러나 난 널
죽일 거야! 반드시!"

철민은 가만히 고개를 저었다.

"아니! 넌 그럴 수 없을 거다! 넌 다시는 내게 그 어떤 짓도 할 수 없을
거다, 결코!"

조승태의 눈에 언뜻 한가닥의 의혹이 떠올랐다. 그러나 그는 곧 차갑
게 비웃으며 툭 뱉었다.

"미친 새끼!"

5

쾅!

거센 발길질에 지하실의 문이 거칠게 열렸다. 그리고,

"야, 이 새끼들아~!"

고함을 치며 구르듯이 지하실로 뛰어들어 온 사람은 손강호였다. 그는 사내들에게 끌려 밖으로 나가던 중에 무슨 이유에선지 그를 끌고 가던 사내들이 돌연히 마약에 취하기라도 한 것처럼 멍하니 넋을 놓아버렸기에, 앞뒤 살필 여유도 없이 곧바로 지하실로 달려온 참이었다. 그러나 그는 미처 예상하지 못했던 지하실 내의 광경들을 대하고는 흠칫 멈춰 서고 말았다.

조승태는 한쪽 벽에 기댄 채로 서 있었는데, 마치 마네킹이라도 된 듯이 뻣뻣하게 선 채로 눈빛만 날카로웠다. 그 외에 사내들 다섯 명은 모두 권총의 총구를 땅으로 향하게 늘어뜨린 채로 멍하니 서 있는 모습들이었다.

그러나 이윽고 한영주와 철민이 나란히 서 있는 모습을 보는 순간, 손강호는 그대로 휘청하니 다리가 풀리고 말았다. 긴장이 풀리면서 그제야 온몸의 상처들이 마구 비명을 질러댔다.

"손 형!"

철민의 그 부름에서는 낯설다는 느낌이 확 들었지만, 손강호는 얼떨결이다시피 대답을 하고 말았다.

"예!"

“한영주 씨와 함께 밖으로 나가십시오!”

하는 말에 대해서도 손강호는 미처 이유를 묻거나 걱정의 말을 해볼 생각조차 못하고 얼른 다가가서 대뜸 한영주의 손을 잡아 이끌었다.

한영주 또한 조금의 이의도 없다는 듯이 순순히 손강호를 따라 나섰다.

그렇게 손강호와 한영주가 마치 최면에 걸리기라도 한 것처럼 지하실의 공간을 가로질러 밖으로 나가는 동안, 조승태는 여전히 뻣뻣한 채로, 그의 부하들은 멍한 상태로 우두커니 서 있기만 했다.

6

“컥! 너……?”

철민이 손가락으로 조승태의 목 어느 부분을 가볍게 찌르자 조승태는 고통스러운 소리를 토해내다가, 문득 자신이 소리를 낼 수 있게 된 것이 새삼스럽기라도 하다는 듯이 다시 버럭 소리를 질렀다.

“너 이 새끼! 나한테 무슨 짓을 한 거야?”

그러나 고함만 지를 뿐 조승태는 여전히 벽에 기대선 자세에서 조금도 움직이지 못했다.

“이제부터 네게 선물을 주마!”

철민의 무표정한 말을 조승태가 독살스럽게 받았다.

“뭐, 선물? 그래, 줘봐! 줘보라고, 새꺄!”

순간 철민의 주먹이 빠르게 조승태의 가슴 한가운데를 내질렀다.

퍽!

그러나 조승태는 움찔 놀라는 모습이되 막상 별다른 충격을 받지는 않은 듯했고, 오히려 철민 자신이 심한 어지러움증에 비틀하였다가 겨우 몸을 바로 세웠다. 그의 왼 어깨와 오른 가슴의 총상부에서 다시 울컥거리며 피가 솟구치고 있었다.

그러나 철민은 이 지독한 악몽을 끝내는 마지막 의식을 잠시라도 지체하고 싶지 않았다.

팡!

두 번째의 타격에서는 기격음(氣擊音)이 났다.

철민은 좀 더 빠른 속도로 주먹을 쳐냈다.

팡!

파팡!

"윽~!"

다섯 번째의 타격에서 조승태는 처음으로 고통스러운 신음을 뱉었다.

"으으~!"

그리고 조승태는 뭐라고 소리치려는 듯했으나 말이 되어 나오지는 못했다.

철민의 얼굴은 하얗게 탈색이 되어 있었다. 그러나 그는 가쁜 숨을 몰아쉬며 여섯 번째의 주먹을 쳐냈다.

팡!

"끅~! 끄윽~!"

조승태의 목에서 가래 끓는 소리가 심해졌다. 그리고 문득 눈동자가 돌아가더니 입에서 부글거리며 거품이 일기 시작했다.

철민은 부들부들 떨리는 몸을 겨우 추스르며 남은 기력을 모두 짜내 다시 한 주먹을 쳐냈다.

팡!

　마지막 일곱 번째의 주먹이었다. 그렇게 칠맥참혼술을 완성하는 순간, 철민은 그대로 무너지다시피 바닥에 주저앉고 말았다.

　조승태 역시도 그때까지 그를 금제하고 있던 마혈이 풀렸는지 스르르 바닥으로 무너져 내렸다.

　"끄으~ 윽!"

　"끄으으으~!"

　바닥에 널브러진 채 조승태는 온몸에 잔 경련을 일으키며 푸들거리고 있었다. 그의 얼굴에서는 연신 콩알만 한 땀방울이 솟아나고 있었다. 그의 온몸은 이미 흠뻑 젖었고, 역겨운 냄새까지 풍겨내고 있었다.

　조승태의 얼굴이 제멋대로 비틀려 갔다. 그러나 그는 제대로 울부짖지도 못하고 있었다. 이제는 신음 소리조차 제대로 내지 못한 채, 다만 격렬한 숨소리만으로 처절하게 울부짖고 있었다.

　이윽고 팔과 다리의 관절들까지 마구 비틀리기 시작하자 조승태는 눈물로 범벅이 되다못해 피를 머금은 듯이 시뻘겋게 변한 두 눈을 필사적으로 철민에게로 맞췄다.

　바닥에 주저앉은 채 철민은 무심하게 조승태의 눈빛을 마주 받았다. 그러나 이윽고 조승태의 어깨와 허리, 목 등 온몸의 관절이란 관절이 모조리 다 꺾이고 비틀리면서, 조승태의 눈빛이 '제발 죽여 달라!' 고 참혹하게 애원하는 것으로 바뀌었을 때는, 철민도 더 이상은 지켜볼 수 없어서 고개를 돌려 외면하고 말았다.

　잠시 후 조승태의 숨소리가 문득 차분해졌기에 철민은 다시 고개를 돌렸다. 조승태는 위를 보는 자세로 반듯이 누워 있었고, 얼굴과 온몸의 뒤틀림은 멈춰 있었다.

　온몸의 기력이 다 빠진 듯이 꼼짝도 하지 못하는 채로 조승태는 눈동자만 굴려서 철민과 눈빛을 마주쳐 왔다. 맑은 눈빛이었다. 마치 아기의 눈빛처럼 티 하나 없는, 세상에서 가장 순수한 심성을 담고 있는 듯한 그런 눈빛이었다. 그리고 그가 문득 웃었다.

"까르르!"

천진난만한 아기 같은 웃음소리였다. 그 모습조차도!

철민이 저도 모르게 다시 외면하고 마는데, 그의 눈길을 되돌리려는 듯이 조승태는 더욱 자지러지게 웃어젖혔다.

"까르르!"

"까르르!"

7

사이렌 소리들이 급박하게 다가들더니, 잠시 후 바깥에서 확성기 소리가 울렸다.

"너희들은 포위됐다! 모두 무기를 버리고 투항하라!"

조승태는 누운 채 어느덧 잠이 든 듯했다.

조승태의 부하들은 여전히 멍한 눈빛들을 바닥으로 던져 놓고만 있었다.

그때였다.

"크으윽!"

고통스러운 신음 소리를 흘려낸 것은 흑교였다. 그는 여전히 쓰러진 채로 꼼짝도 하지 않았는데, 다만 그의 손가락 몇 개가 바닥을 긁듯이 꼼지락거렸다.

철민은 문득 길게 한숨을 내쉬었다. 안도였다. 순간 온몸의 맥이 풀려

버린 그는 천천히 조승태의 곁으로 누웠다. 조승태의 쌔근거리는 숨소리
가 문득 편안하게 느껴지더니 갑자기 잠이 쏟아졌다. 예인화와 일령이
감쪽같이 사라져 버렸다는 데 대해 그제야 생각이 미쳤지만, 그 생각마저
도 붙들 수 없을 만큼 잠은 맹렬하게 들이닥쳤다.

콰!

지하실의 문이 부서질 듯이 열리며 경찰들이 우르르 들이닥치고, 조승
태의 부하들이 화들짝 깨어나며 우왕좌왕하는 모습이 비쳤다.

"모두 꼼짝 마! 무릎 꿇고 손은 머리 위로!"

경찰들이 외치며 놈들을 제압하고, 한영주와 손강호가 달려와 그에게
뭐라고 외치는 광경도 비쳤다. 그러나 그런 광경들은 마치 흐릿한 파노
라마처럼 아득하게만 흘렀고, 어느 순간 철민은 이윽고 깊고도 완전한 잠
속으로 빠져들었다.

'다시 눈을 떴을 때, 그때는 정말로 본래의 내가 되어 있으면 좋겠다!'

철민의 눈가로 한 방울의 눈물이 매달렸다.

第九十四章
무위

몽상가

1

천붕곡이 있던 일대는 마치 거대한 화산 폭발이 일어난 것 같아서, 바로 얼마 전까지 그곳에 그처럼 장관의 경관이 펼쳐져 있었다는 사실을 도저히 믿을 수 없을 지경이었다.

이리저리 헤매며 무언가 흔적을 찾는 듯하다가 이내 망연한 기색이 되고 마는 예인후를 철민이 잡아끌다시피 하여 둘은 그 참담한 폐허의 현장을 벗어났다.

예인후는 일단 무림맹부터 들르자고 했다. 무림맹으로부터 임무를 맡았던 처지로서 어떻든 그 마무리를 지어야겠다는 의지인 것 같았고, 무엇보다도 백리세가 사람들에게 백리화천의 마지막에 대해, 그의 마지막 모습이 얼마나 당당하고 명예로웠는지에 대해 반드시 전해주어야 한다는 강한 의무감 같은 것을 느끼는 듯이 보였다.

예인후처럼 분명한 의지나 의무감 같은 것은 없었지만, 그곳에 들른다면 철민 또한 하고 싶은 일이 있기는 했다.

2

올 때는 한나절 남짓밖에 안 걸렸던 길을 예인후와 철민은 벌써 사흘째나 걷고 있는 중이었다. 예인후의 발걸음이 자꾸만 급해지려 했지만, 그때마다 철민이 일부러 한껏 여유를 부려댄 까닭이었다.

두 사람은 천천히 걸었다. 그러나 걷는 때보다는 멈추어 쉴 때가 훨씬 더 많았다. 맘껏 먹고는 배불러서 소화시킬 겸 쉬고, 퍼 마시고는 얼큰한 취기를 깨기 위해 쉬고, 경치 좋아 구경하기 위해 쉬고!

그러나 미리 해둔 말이 있어서인지, 예인후는 조급한 기색이면서도 말없이 철민의 느긋함에 보조를 맞추었다.

철민은 은자를 쓸 수 있는 곳이면 빼놓지 않고 들렀다. 그의 품속에 들어 있는 거금의 전표를 이번 참에 다 쓰고 말 요량이었다. 이전까지 그 전표들은 그에게 너무도 소중한 추억과 그리움이었었다. 그것을 천 조각에다 꼼꼼하게 싸서 그의 품속에다 넣어준 한 사람에 대한! 그러나 이제는 굳이 그 종이 조각들에다 그런 의미들을 두지 않아도 좋았다. 소중한 추억과 그리움은 이미 그의 가슴속에다 온전히 옮겨 두었다. 그럼으로써 전표는 전표일 뿐이었다. 혹은 칙칙한 미련이던지!

3

걸을 때도, 쉴 때도 둘은 거의 말이 없었다. 예인후는 늘 깊은 생각에 잠긴 모습이었고, 철민은 유유자적한 중에 혼자만의 어떤 흥취에 내내 빠져 있는 모습이었다.

여유만만하고 느릿한 행보 중에도 사실 철민의 오감은 내내 바빴다. 보이는 모든 것들에 대해 가능하면 자세히 보고, 귀 기울이고, 만져 보고…….

사실은 예인화 때문이었다. 철민은 지금 가능하면 예인화와 함께 모든 것을 보고 듣고 느끼려 하고 있었다. 그럼으로써 그녀와의 공감을 늘려 가고 있는 중이었다. 그녀의 의지는 그의 의지보다 사뭇 더 순수하고 진지하였다. 하늘과 땅과 꽃과 풀과 나무와 강……. 그의 시각을 통해 그녀가 보고 느끼는 자연과 사물들은 보다 밝고, 긍정적이고, 선하고, 뜻깊고…… 그럼으로써 보다 가치있고 평화로웠다.

4

천붕곡의 대폭발이 전해지면서 강호는 그대로 경악에 빠졌다. 그러나 언제나 그렇듯이 강호는 다시 빠르게 평정을 되찾았고, 다만 강호의 평화를 위해 장렬히 산화한 몇몇의 이름들을 영웅신화로 만들었다. 혈신, 폭풍대주, 독마, 그리고 백리화천 등의 이름들이었다.

그러나 예인후와 철민이 벌써 사흘이 넘도록 강호를 활보하는 중에 많은 사람들을 스쳐 지났고 굳이 얼굴을 감추려 하지도 않았지만, 두 사람을 알아보거나 관심을 주는 사람은 없었다. 신화가 됨으로써 그들의 이름은 더욱 유명해졌지만, 막상 세상 사람들의 현실적인 관심에서는 오히려 순식간에 멀어져 버린 것 같았다. 어쨌든 덕분에 두 사람은 원하지 않는 번거로움을 피할 수 있었다.

사실은 예인후의 모습이 많이 변해 있기는 했다. 단 며칠 동안에 콧수염과 구레나룻이 덥수룩하게 자라 아주 털보가 되어버렸으니 말이다. 늘 깔끔한 용모이던 예인후가 사실은 그처럼 수염이 많이 나는 체질이며, 또한 평상시에 그 깔끔함을 유지하기 위해 얼마나 신경을 써왔을까 하는 점에 대해 철민은 비로소 알게 되었다.

다만 그렇더라도 철민은 안쓰러운 중에 슬며시 불만이 생기는 것만은 어쩔 수가 없었다.

'멋진 놈은 어떻게 해도 멋지군!'

예인후의 더부룩한 콧수염과 구레나룻은 묘한 매력을 풍기는 데가 있었다. 야성미라고 할까?

구레나룻까지는 아니더라도 철민의 코밑과 턱밑에도 부슬부슬한 느낌이 있긴 하였다. 그러나 굳이 동경에 비쳐 보지 않았어도 그것이 다만 지저분한 모습이리라는 것을 철민은 익히 알고 있었다.

물론 철민이 정말로 불만인 것은 아니었다. 그에겐 그녀가 있는 것이다. 그만의 그녀가!

5

꼬불꼬불 이어진 관도의 앞쪽에 짐을 잔뜩 실은 말 한 마리와 짐꾼인 듯한 사람이 걸어가고 있었다. 그런데 말 등에 제법 높다랗게 쌓아 실은 짐의 무게에다 길까지 약간의 경사가 이어지고 있어서인지, 그들 한 쌍의 인마(人馬)는 서로 씨름하는 중에 영 앞으로 나가지를 못하고 있었고, 때문에 급할 것 하나 없이 느긋하기만 한 예인후와 철민의 걸음에도 금세 따라 잡히고 말았다.

"이랴! 이놈의 말 새끼가 또 똥고집을 피우는구나!"

허름한 차림의 늙은이가 거칠게 말고삐를 잡아당기며 짜증스럽게 외쳤다.

이히히~ 힝!

말은 말대로 커다란 대가리를 뒤로 젖히며 힘껏 뻗대고 있었다.

그런데 가까이에서 보니 늙고 비루한 모양새와는 사뭇 다르게 말은 제법 힘이 좋고 억세어서 늙은이가 어떻게 감당할 방도를 내지 못하고 죽어라 말고삐만 잡아당기고 있는 중이었다.

늙은이가 말과 씨름하며 진땀을 빼는 모습을 보고 있다가 철민은 저도 모르게 피식 웃고 말았다. 예전 어느 때 그도 늙은이와 똑같이 말에게 휘둘렸던 기억을 떠올린 때문이었다. 그리고 보니 말의 모습은 사뭇 눈에 익은 데가 있었다. 외양이 아니라 그 느낌이 낯설지 않았다. 특히 늙고 고집 세다는 점에서!

"예 형! 저놈, 눈에 좀 익은 것 같지 않소?"

철민이 문득 묻는 바람에 여전히 자신만의 생각에 빠져 있던 예인후가 그제야 퍼뜩 말에게 눈길을 주었지만, 그에게는 그저 늙은 말로만 보일 뿐 딱히 눈에 익은 모습은 아니었다.

"말이 꽤나 고집이 센 것 같습니다!"

철민이 슬쩍 말을 건넸더니 늙은이는 경계하는 기색도 없이 말을 받았다.

"아이고, 말도 마슈, 젊은 양반! 내 살다 살다 이런 고집쟁이는 처음이오!"

늙은이가 절레절레 고개를 젓더니 연이어 한숨 타령이었다.

"에휴~! 그저 처음에 작정했던 대로 당나귀나 한 마리 살 것을, 싼 맛에 덜컥 이놈을 사버리는 통에……. 에휴~! 내가 잠깐 눈에 뭣이 썬 게

지! 그나저나 이 고집불통을 길들이기는 애시당초 글러먹은 것 같
고……. 에휴~! 내 이놈의 말 새끼 그냥 확 도살장으로 보내 버려야지!"

늙은이가 죽을상으로 하소연을 늘어놓고 있는데, 철민은 자꾸만 새어
나오려는 웃음을 억지로 참아야 했다.

철민이 짐짓 정색을 했다.

"기왕 그러실 작정이라면 번거로울 것 없이 제게 파시는 것이 어떻겠
습니까?"

"뭐요?"

늙은이가 눈이 확 커졌다가는 이내 핀잔조로 뱉었다.

"에끼, 여보슈! 안 그래도 짜증이 만발인데, 거 괜히 늙은이 놀리려 들
지 마슈!"

"하하하! 정말입니다! 값은 섭섭하지 않게 쳐드리겠습니다!"

늙은이가 다시 솔깃해하며 은근한 투로 물어왔다.

"정말이우? 에이! 하지만 고기도 질겨서 못 먹을 이런 쓸모없는 놈을
대체 어디에 쓸려고 사려 한단 말이우?"

철민이 등 뒤의 봇짐에 길게 질러놓은 매봉을 툭 치며 답했다.

"짐도 실을 겸, 다리 아플 땐 타기도 하려고요!"

"허! 이 지랄 같은 놈을 탄다고? 에이, 아예 마슈! 괜히 병신 되기 십상
이오!"

"다행히 제가 말을 조금 다룰 줄 압니다. 흠! 그리고 영 말을 안 들으
면… 그때는 저도 그냥 확 도살장으로 보내 버리겠습니다. 하하하!"

늙은이가 그제야 어느 정도는 믿기는지 투박하니 웃었다.

"흘흘흘! 젊은이가 말을 참 재밌게도 하는구랴! 뭐, 정히 이놈이 필요
하다면 좋도록 하슈! 다만 셈은 제대로 쳐줘야 하우?"

늙은이는 와중에 퍼뜩 이문 생각이 난 기색인데 철민이 빙그레 웃으며 짐짓 흔쾌히 받아주었다.

"물론입니다!"

"좋소! 그럼 은자 닷 푼만 내슈!"

늙은이가 선뜻 가격을 부르고는 곧바로 철민의 반응을 살피는데, 철민이 언뜻 곤란한 기색이 되는 것을 보고는 역시 너무 높게 불렀다 싶었는지 다시 입을 떼려다가, 철민이 품속에서 뭔가를 꺼내는 것을 보고는 침을 꿀꺽 삼켰다.

철민이 돌돌 말린 천 뭉치 안에서 전표 한 장을 골라 건네자, 늙은이가 일단 받아 들고는 액수를 확인하더니 곧바로 두 눈이 휘둥그레지고 말았다.

"이거… 이걸 나한테 주면 날더러 대체 어떻게 하라는 거유?"

"죄송합니다. 지금 제가 가진 것 중에서는 그게 제일 작은 거라서……!"

늙은이가 고개를 절레절레 젓다가는 전표를 도로 철민에게 내밀며 투덜거렸다.

"에끼, 여보슈! 겨우 은자 닷 푼 거래에 이런 큰 전표를 들이미는 법이 어디에 있단 말이우! 거, 젊은 사람이 함부로 늙은이 놀리다가는 천벌 받을 거유!"

그러나 철민이 얼른 다시 전표를 늙은이의 손에 쥐어주며 말했다.

"아닙니다! 거슬러 주실 필요 없습니다!"

"뭐요? 그럼 설마 이 열 냥짜리 전표를 통째로 주겠다는 거유?"

늙은이가 마치 성을 내듯이 따져 묻더니 이내 기대로 가득한 얼굴이 되며 다시 물었다.

“정말이우?”

철민이 빙그레 웃으며 고개를 끄덕여 주었다.

“허! 이게 대체 무슨 영문인지, 원!”

늙은이가 여전히 자신에게 닥친 횡재가 믿기지 않는다는 투로 중얼거리면서도 철민의 마음이 바뀌기라도 할까 겁이 나는지 얼른 전표부터 소매 속으로 챙겨 넣고는 급하게 말 등의 짐을 풀어 던지듯이 길가로 부렸다.

그런데 늙은이가 서둘러 자리를 뜨려는 모양새이더니, 몇 걸음을 걷고는 다시 돌아서는 것이었다. 기색을 보아하니 철민이 과연 어떻게 말을 다룰지 궁금해서 도저히 발길이 떨어지지 않는 모양이었다.

“반갑다!”

철민의 한마디에 그 늙은 말은 곧장 대가리를 아래로 떨구었다. 그리고 철민이 목덜미를 쓰다듬는데도 놈은 순순했고, 매봉을 옆구리에다 매다는 동안에도 내내 얌전하기만 했다.

“그럼 어디 한번 타볼까?”

이윽고 철민이 훌쩍 등에 올라탔을 때도 말은 그저,

푸르륵!

하고 가볍게 투레질을 했을 뿐이었다. 그리고 철민이 고삐를 채지도 않고 다만,

“가자!”

하고 나직이 한마디를 했을 뿐인데도 말은,

두득!

두득!

걷기 시작했다. 지극히 조심스럽고 얌전한 걸음걸이로!

그랬다. 놈은 바로 충마(忠馬)였다. 이런 곳에서 이처럼 우연하게도 다
시 만나게 되다니, 철민과 놈의 인연은 참으로 간단하지가 않은 모양이었
다.

뒤쪽에서 연신 놀람과 감탄을 금치 못하던 늙은이는 철민과 예인후와
그리고 말의 모습이 완전히 사라질 때까지도 여전히 그 자리를 떠나지 못
했다.

6

예인후는 절로 나오는 한숨을 어쩔 수가 없었다. 늙고 볼품없는 말 한
마리를 느닷없이 동행으로 끼워놓고 보니, 그들의 행색이 마치 정처없이
떠도는 유랑자들처럼 되어버린 감마저 드는 것이었다.

놈이 예전의 그 충마라는 것에 대해서는 예인후가 처음에는 아무래도
미심쩍어 했지만, 고삐를 채지 않아도 제 스스로 눈치껏 움직이고, 심지
어는 주인의 느긋함에 십분 동조하여 지루할 정도로 느리게 걷는 걸음걸
이에서는 이윽고 그도 인정하지 않을 수가 없었다.

날씨가 갑자기 우중충해지더니 손등에 비 한 방울이 툭 떨어졌다. 그
러더니 이내,

후두둑!

세찬 빗방울이 쏟아졌다. 여름 소나기였다.

예인후의 발걸음이 퍼뜩 빨라졌지만, 이내 다시 원래의 걸음걸이로 돌
아가고 말았다. 말 등 위의 철민이 두 팔을 활짝 펼치고 있었다. 마치 맘
껏 소나기를 즐기겠다는 듯이!

철민은 금세 흥건히 젖었다.

두득! 두득!

충마는 여전히 천천한 걸음을 옮기고 있었다. 또한 비에 흠뻑 젖은 채로!

정겹고 귀여운 느낌이 살그머니 다가섰기에 철민이 사실은 잔뜩 기대하고 있던 터라 와락 품속으로 끌어당겼다.

바르르!

철민의 가슴 깊숙이 안긴 그녀가 수줍게 떨었다.

—따뜻해요!

가만히 머리를 기대며 그녀가 속삭였다. 가늘게 떨리는 목소리로!

예인후는 이상한 광경을 보고 있었다. 철민과 충마의 몸에서 뿌연 김이 몽글몽글 솟아나고 있었다. 그러더니 이내 흠뻑 젖었던 몸들이 확연히 마르는 것 같았다. 소나기는 여전히 쏟아지는 중이었다. 그러나 놀랍게도 철민과 충마의 주변으로는 마치 투명한 막이라도 씌워진 듯이 빗방울이 튕겨나고 있었다.

그러나 예인후는 이내 이상할 것도, 놀라울 것도 없다고 생각했다. 그는 이미 철민의 능력을 알고 있었다. 아니, 제대로 알지는 못했다. 그의 능력이 이제쯤에는 도대체 어디까지 닿아 있는지에 대해!

예인후가 망연히 바라보고 있는 중에 철민이 문득 뒤를 돌아보았다. 순간 예인후는 저도 모르게 부르르 몸을 떨고 말았다. 시야를 흐리는 빗줄기 때문이었을까? 예인후는 철민에게서 언뜻 다른 한 사람을 보고 있었다.

'아아! 인화야!'

그러나 예인화는 이내 철민으로 돌아갔고, 예인후는 눈으로 흘러드는 빗물을 털기 위해 세차게 고개를 흔들었다. 결코 있을 수 없는 일이었다.

자신의 가슴속에 예인화가 살아 있다고 했던 철민의 그 얘기는!

7

철민에게 지난번 그가 마지막 한 걸음을 남겨두고 결국 도달하지 못했던 무한한 힘의 원천, 혹은 궁극의 힘, 또 혹은 천화(天化)에 이르는 일은, 이제 그리 힘겹게 여겨지지 않았다. 다만 굳이 시도를 하지 않고 있을 뿐이었다. 사실은 저절로 그러한 경지로 들어서려는 것을 그 자연스러운 흐름을 그가 일부러 멈추어놓고 있는 중이었다.

예인화도 일령도 알지 못하는 그러한 사정은 바로 천마와 연관이 되어 있었다. 철민과 천마 사이에는 여전히 한 가닥의 끈이 연결되어 있었고, 그럼으로써 서로를 읽을 수 있었다.

철민은 천마가 자신을 경계하고 있음을 알고 있었다. 그가 천화의 경지로 들어서는 순간 천마 또한 하나의 경계를 넘어설 것이고, 그것은 아마도 무차별적인 파괴의 도래를 의미할 것이었다.

그러한 일들에 대해 철민이 어떻게 알고, 혹은 짐작할 수 있는지에 대해서는 철민으로서도 설명할 수 없었다. 그로서도 다만 저절로 알아지는 일이었으니까!

그렇듯이 철민이 부자연스러움을 감수하면서까지 스스로를 멈추어두고 있는 데는 간절함이 있었다. 조금 더! 그가 지금 누리고 있는 잔잔한 행복과 평온을 조금이라도 더 향유하고 싶은 간절함이었다. 언제나 깨기를 바라왔던 꿈이지만, 이제 철민은 그 꿈이 제발 깨지 않기를, 이대로 영원히 꿈꾸기를 소원하고 있었다.

第九十五章

회귀

몽상가

1

　무림맹의 본부가 되면서 공손세가는 날로 대단하게 변해가는 것 같았다. 우선 대문 앞에서 십여 명으로 늘어난 경비무사가 부리는 위세부터가 얼마 전과는 또 확연히 달라져 있었다.

　구레나룻이 제법 무성한 경비대장 앞에는 안으로 들어가려는 사람들이 이미 긴 줄을 이루어 한 명씩 절차를 밟고 있는 중이었다. 예인후는 철민에게 충마를 끌고 나무 그늘 쪽으로 가서 쉬고 있으라 하고 자신은 줄을 섰다.

　"소생은 예인후라 하고, 저쪽 나무 밑에 있는 일행은 철민이라고 합니다. 무림맹주께 직접 보고 드려야 할 긴한 사항이 있어 왔습니다!"

　이윽고 차례가 된 예인후가 몸에 배인 대로 예의를 차리며 정중히 말한 데 대해, 경비대장은 이미 많이 시달렸다는 기색을 굳이 감추지 않으며 시큰둥하니 받았다.

"비표가 있으시오? 혹은 사전에 출입 신청을 하셨소?"

"그런 것은 아닙니다만……!"

예인후가 다시 급한 사정을 말하려고 하였으나 경비대장은 그럴 틈을 주지 않고서,

"그럼 저쪽에 출입 신청서가 비치되어 있으니 만날 사람과 용무를 간단히 적어 제출한 뒤, 두 시진 후에 다시 오도록 하시오!"

하고 일방적으로 뱉고는 곧바로 뒤 차례를 불렀다.

"다음!"

순간 예인후가 몹시 당혹스러워하다가 문득 저쪽 나무 그늘 밑의 철민을 가리키며 경비대장에게 외쳤다.

"잠깐! 저기 제 일행은 강호에서 혈신으로 불리는 사람인데, 모르시오?"

그러나 그 한마디로 대번에 상황이 달라지기를 바랐던 예인후의 기대와는 전혀 다르게 철민과 또 그 곁의 늙고 비루한 말 한 마리까지를 설핏 훑어본 경비대장은 실실 웃는 얼굴로 되받았다.

"아, 그렇소? 이거 반갑소이다! 난 강호에서 폭풍대주로 불리는 사람이외다!"

옆에서 보조하고 있던 무사가 실없이 장단을 맞추었다.

"그럼 전 독마지요!"

"푸하하하!"

간만에 웃어본다는 듯이 한바탕 흐드러지게 웃고 난 경비대장이 문득 정색을 하며 말했다.

"이보시오! 여기 줄선 사람들이 하나같이 다 급하고 긴요한 용무들이 있는 사람들이오! 그러니 정해진 절차대로 신청서부터 작성하여 제출하

고, 두 시진 뒤에 다시 오도록 하시오!”

그러는 데야 예인후가 끝내 물러나지 않을 수는 없었다.

어깨를 늘어뜨린 채로 걸어오는 예인후를 보고 있던 중에 철민은 문득 한쪽으로 시선을 끌리고 말았다. 그쪽에 갑자기 주변이 확 밝아지는 것 같은 느낌이 들 정도로 훤칠하고 잘생긴 한 쌍의 미남미녀가 등장한 때문이었다.

더욱이 그들 남녀는 철민이 아는 얼굴들이었다. 제법 시간이 지난 까닭에 이름은 잘 생각나지 않았지만, 예전 그들을 처음 보았을 때 그가 특징했던 이미지들은 선명히 떠올랐다. ‘영준’과 ‘미태’! 바로 그들이었다. 그리고 그때 그들을 발견하고 마치 구세주라도 만난 듯이 반갑게 소리치는 예인후로 인해 철민의 기억은 불쑥 돌아왔다.

“영호 공자!”

“화문 소저!”

그랬다. 그들은 영호헌과 화문희였다. 사대세가의 용봉(龍鳳)들!

“누구신지……?”

영호헌은 언뜻 예인후를 알아보지 못하는 듯한데, 화문희가 먼저 알아보고는 놀라 외쳤다.

“어머! 예 대주님!”

뒤늦게 영호헌도 알아보았는지 두 눈을 휘둥그레 뜨는데, 그들의 놀람이 무엇 때문인지 짐작 못할 것은 아니었기에 예인후는 쓴웃음을 짓고 말았다.

그런데 그때였다.

“아! 철… 공자님!”

가까이 다가서는 철민을 보고 화문희가 숫제 비명이다시피 외쳤다. 뒤이어 화들짝 돌아본 영호헌은 그대로 얼굴이 창백하게 굳어버렸다.

철민 또한 그들을 어떻게 대해야 할지 딱히 생각을 정하지 못하고 있는 중에 재빠르게 놀람과 당황을 추스른 화문희와 영호헌이 그를 향해 정중히 예를 갖추었다. 특히 영호헌의 허리가 좀 과하다 싶을 정도로 꺾였기에, 철민이 예인후를 흉내내기라도 하는 듯이 쓴웃음을 떠올리고 말았다. 그 또한 영호헌의 그 같은 깍듯함이 무엇 때문인지 짐작 못할 것이 아니었기 때문이다.

그러나 철민은 이내 빙그레 웃으며 답례했다. 과거에 영호헌과 영호세가의 사람들이 그들의 이익에만 영합하여 매몰차게 그를 대했던 기억을 당장에 지워 버릴 수야 없는 일이지만, 어쨌든 지나간 과거의 일인데 새삼 정색을 하는 것은 영 속 좁은 짓일 터였다.

철민이 수수롭게 대한다고 했어도 화문희와 영호헌은 쉽게 그와 눈을 마주치지 못하는 모습들이었다. 역시 혈신이라는 철민의 또 다른 이름에 대해 크게 위압감을 느끼는 모양이었다.

"사실은 몹시 난감하던 중이었는데, 마침 두 분을 만났으니 도움을 좀 청해야겠습니다!"

예인후가 사뭇 아쉬운 처지처럼 부탁을 하는데도 영호헌은 감당하지 못하겠다는 듯이 허리를 펴지 못했다. 예인후 또한 그 명성이 이미 영웅 신화의 반열에 올라 있으니, 그로서는 조심스럽지 않을 수 없는 것이리라!

사정을 듣자마자 영호헌은 단박에 경비대장에게로 달려갔다.

"저분들은 혈신과 폭풍대주이신데, 혹시 무례를 범한 것은 아닙니까?"

사뭇 위엄을 세운 영호헌의 호령에 경비대장과 무사들이 펄쩍 뛸 듯이 놀란 데 이어 아예 사색이 되고 말았다.

2

　무림맹의 수뇌부에 천붕곡의 일을 보고한 뒤 예인후는 따로 백리세가의 인물들과 만나는 자리를 가졌다. 노가주 백리화천의 마지막 모습을 정중히 전하기 위함이었다. 가주 백리장무를 위시하여 총관 백리진무와 오로(五老) 등 백리세가의 인물들은 깊은 슬픔 중에도 감정을 절제하며 예인후의 말 한마디 한마디를 가슴에 새기듯이 엄숙하게 들었다.

　철민도 만남을 가졌다. 백리일웅과 백리소란은 조부를 잃은 슬픔 중에서도 철민과의 재회를 몹시도 반가워했다. 그리고 '준수' 공손일준은 여전히 정중하고도 기품있는 모습으로 철민을 반겨주었는데, 철민이 공손일준에 대해서는 특별히 예전에 받았던 도움과 호의를 잊지 않고 있었으니, 두 사람의 해후는 사뭇 뜨겁고 뭉클한 데가 있었다.

　어색한 만남도 있었다. 영호세가의 가주 영호상, 그리고 호가십영 등과의 재회는 아무래도 어색하였다. 물론 철민은 담담히 대했지만 그들 쪽에서는 몹시도 어려워하는 기색들이 확연했다.

　무림맹에서 해야 할 일을 다했다면서도 예인후는 막상 떠나겠다는 말을 좀처럼 꺼내지 못하는 눈치였다. 특히 조부 백리화천의 마지막 모습에 대해 좀 더 자세히 말해 달라며 몇 번이고 되풀이해서 말을 시키는 백리소란과 백리일웅 남매의 애절한 부탁을 차마 거절하지 못하여, 결국 그들은 무림맹에서 하룻밤을 머물게 되었다. 심지 굳고 자신의 가치관에 대해서는 단호하기 이를 데 없는 예인후였지만, 이럴 때는 또 얼마나 순후하고 여린 심성의 소유자인지! 어쨌거나 철민으로서는 토를 달 이유가 조금도 없었다.

다음날 아침에도 예인후는 떠나겠다는 말을 꺼내지 못했다. 무림맹에서 예인후와 철민에게 공식적으로 며칠만 더 머물러 줄 것을 요청했기 때문이다. 두 사람에게 천붕곡의 일을 직접 듣고 싶어하는 강호 각계의 전서들이 속속 날아들고 있다고 했다. 수호천에는 이미 협조문을 보냈거니와 강호의 안정과 평화를 위한 대의지심(大義之心)으로 꼭 좀 협조해 달라고 했다.

대의(大義)! 그 한마디는 예인후의 발목을 꼼짝없이 붙잡았다.

3

혈신과 폭풍대주가 천붕곡에서 생환했다는 소식이 빠르게 강호 전역으로 퍼져 나가는 중에 누구도 생각지 못했던 한 가지 의외의 상황이 일어나고 있었다.

백강! 곧 강호신진백강이 속속 무림맹으로 모여든 것이다. 이미 모인 숫자가 오십여에 달했고, 계속해서 불어나는 중이었다.

누구도 나서서 말하지 않았으며, 어떤 체계가 있는 것 같지도 않았지만, 백강은 점차로 행동을 통일해 갔다. 우선 가시적으로는 철민을 그들의 중심에다 두기 시작했는데, 철민이 언제, 어디에 어떤 상황으로 있든지를 불문하고, 마치 결코 깨뜨릴 수 없는 철칙처럼 그렇게 했다. 그것은 추종이었다. 아주 조용하고도 자연스러운 공감으로 이루어지는, 그러나 지독히도 철저한 추종이었다.

철민을 백강의 제일좌(第一座)로 인정하기로 했다는 소문은 백강의 내부가 아닌 외부로부터 나왔다. 그렇더라도 백강 중의 누구도 거기에 대해 조금의 이의도 제기하지 않았기에, 그것은 금세 혈신을 중심으로 한 백강의 새로운 완성으로 받아들여졌다.

그리고 다시 의미를 확대할 여지는 다분했다. 이를테면, 사대세가와의 연계성이다. 영호헌과 공손일준이 비록 적극적으로 백강에 참여하는 것을 자제하고는 있었으나, 영호세가주 영호상 같은 경우에는 오히려 사적인 자리들을 통해 은연중 백강에 대한 적극적인 지지를 표명하곤 했기에 사대세가, 나아가 무림맹이 백강의 후원세력을 자처하고 있다는 추측들이 생겨나기도 했다.

사실은 예인후도 자신과 철민의 생환에 관한 소문이 그처럼 빠르게 강호 전역으로 퍼져 나가고, 또한 그처럼 빠르게 백강이 집결하는 등의 일련의 상황들에는 어쩌면 사대세가의 어떤 의도 내지는 영향력이 작용하였을지도 모른다는 짐작을 해보기도 했다.

어쨌든 예인후로서는 지금의 상황에 대해 난감한 심정이었다. 철민으로 인해 어쩔 수 없이 함께 백강의 중심에 서 있어야 하는 상황이 부담스러웠고, 그 또한 백강의 한 사람이면서도 따로 본분이 있기에 함부로 그들에게 동조하기 어려운 입장이 당혹스러웠다.

한편 철민은 자신을 중심으로 일어나고 있는 그러한 상황들에 대해 그의 의지와는 상관없이 일어나고 벌어진 그것들이 역시 그와는 무관하게 흐르도록 놓아둘 작정이었다. 다만 그런 속에서 그 스스로의 평온을 지키려 애쓸 뿐이었다.

4

철민이 무림맹을 떠나기 전에 공손일준과 백리소란, 백리일웅 남매에게는 꼭 고마운 마음을 표시하고 싶었으므로, 꽤나 신중하게 생각한 끝에 나름대로의 의미를 부여할 만한 두 가지의 선물을 정했다.

다섯 명만의 자리에 자신이 포함되었다는 사실에 대해 백리일웅은 홍분을 감추지 못하는 모습이었다. 하긴 약관의 그로서는 지금 드러나지 않는 중에 사방에 포진한 백강의 존재만으로도 주체하기 어려울 정도로 가슴이 뛸 것이었다.

철민이 공손일준과 백리소란, 두 사람을 위해 준비한 선물은 모두에게 뜻밖이었는데, 바로 충마였다.

"이놈의 이름은 충마인데, 생긴 게 이렇긴 해도 영특하고 충성스러운 놈입니다. 두 분께서 받아주신다면 이놈을 선물로 드리고 싶습니다!"

갑작스러운 철민의 말에 공손일준과 백리소란은 우선 당황해하는 모습이었다. 그러나 곧 공손일준이 흔쾌한 빛으로 감사를 표했다.

"철 형께서 이처럼 저희를 생각해 주시니 감읍할 따름입니다!"

철민이 빙그레 웃으며 충마를 향해 말했다.

"이제부터 너의 주인은 이 두 분이시니, 충성을 다해 모셔야 한다!"

그러자 충마가,

푸르륵!

가벼운 투레질로 답한 데 이어, 백리소란과 공손일준에게 다가서서 차례로 그 큰 대가리를 조심스럽게 주억거리는데, 그 모양이 마치 두 사람에게 복종을 맹세하는 것 같기도 해서 백리소란이 몹시 신기해했다. 그런데 그녀가 충마를 쓰다듬을 듯이 손을 내밀면서도 막상 만지기를 망설이자 공손일준이 빙그레 웃으며 말고삐를 잡아주었고, 그제야 그녀가 조심스럽게 충마의 갈기를 쓰다듬으며 곱게 웃었다.

우아한 자태로 밝게 웃음 짓는 백리소란의 모습에 철민이 사뭇 흐뭇해하는 중에 문득 그의 내부로부터,

―칫!

하고 차가운 울림이 일었고, 흠칫 놀란 철민이 당황하여 미처 다듬지 못한 말을 반사적으로 내뱉고 말았다.

"아무쪼록 두 분의 사랑이 아름다운 결실을 맺기를 기원합니다!"

순간 백리소란의 얼굴이 확 붉어졌고, 공손일준 역시도 크게 당황해하였다. 그러나 이내 두 사람은 마치 자석에 이끌리듯이 서로를 마주 보며 몹시도 가슴 벅차하는 기색이 되었다. 그동안에도 두 사람이 정인 사이라는 것을 짐작하는 이가 없지는 않았겠지만, 이처럼 분명하게 인정하고 확인해 준 것은 철민이 처음이었다면, 두 사람에게 지금 이 순간 자체야말로 가장 가슴 벅찬 선물일지도 모를 일이었다.

철민이 충마에게로 다가가 그 옆구리에 묶여 있는 매봉을 풀어내자 백리일웅은 벌써 흥분을 주체하지 못하는 모습이더니, 이윽고 철민이,

"아우에게는 이걸 줌세!"

하고 말하는 순간 백리일웅은 온통 붉어진 얼굴로 숫제 울음을 터뜨릴 듯이 감격해했다.

밤이 깊어가고 있었다. 흐뭇하고도 훈훈한 밤이었다.

5

이미 밤이 꽤 깊었음에도 예인후는 철민에게 술 한잔 같이하기를 청했다.

철민은 흔쾌히 고개를 끄덕였다. 안 그래도 아까 공손일준과 백리소란의 다정한 모습을 보면서 쓸쓸한 빛이던 예인후의 모습이 마음에 걸렸던 참인데, 예인후의 마음속에 한 여인이 자리잡고 있음과 그 여인에 대한

예인후의 연모가 얼마나 절절한지를 철민이 익히 알고 있는 바였다.

“날이 밝는 대로 소제는 떠나려고 합니다!”

잔뜩 가라앉은 예인후의 말을 철민이 짐짓 가볍게 받았다.

“꼭 혼자 떠나겠다는 말로 들리는군요?”

“형께는 이미 많은 사람들이 따르고 있지 않습니까?”

“훗! 그게 무슨 문제가 되겠소?”

“……?”

“그들이 오로지 자신들의 의지대로 그렇게 하고 있듯이, 나 또한 내 의지대로 하면 되는 것이지요!”

예인후의 눈빛이 잠깐 흔들리는 것을 보고 철민이 싱긋 웃으며,

“내일 아침에 우리 함께 가는 겁니다?”

하고 가볍게 못을 박으려는 말에 예인후는 대답하지 않았다. 다만 그는 가만히 고개를 숙였다.

第九十六章

표 용

몽상가

1

철민은 구급차에 실려 병원 응급실로 후송되었다. 긴급으로 엑스레이와 몇 가지 검사들을 거친 후 의사는 철민의 총상에 대해 고개를 갸웃거렸다. 두 군데 다 관통된 흔적이 없음에도 총알이 발견되지 않는다는 것이었다. 그러나 과다한 출혈에다 뼈와 근육 조직의 상당한 손상이 의심되니 보다 정밀한 추가 검사와 상당 기간의 입원 치료가 불가피하겠다고 했다.

손강호는 당장에라도 야구장으로 달려가려고 안달했지만, 그 또한 병원 신세를 면하지는 못하였다. 골절된 곳이 없는 것은 그나마 다행이었지만, 그의 전신은 온통 찢어지고 멍들고 부은 상처투성이였다.

2

병실의 TV에서는 불스와 드래건스 간의 코리안 시리즈 5차전이 중계되고 있는 중이었다.

중계가 이어지는 내내 손강호는 TV 화면에서 잠시도 눈을 떼지 못했다. TV 속 그곳은 그와 철민도 함께 있어야만 할 자리였다. 절망일지라도 함께 나누고 있어야 할 자리였다.

이윽고 경기가 끝났다. 그러나 손강호는 광고가 흘러나오는 TV 화면에서 못이라도 박힌 듯이 여전히 눈을 떼지 못하고 있었다. 불스의 패배였다. 2승 3패! 불스는 마침내 벼랑 끝에 몰리고 말았다.

손강호의 눈에서 언뜻 습기가 비쳤다. 그 엷은 물기의 막에 힘없이 축 처진 어깨로 고개를 떨군 불스 선수들의 모습이 잔상으로 남아 있었다. 마침내 눈물이 맺혔기에 손강호는 슬쩍 철민을 외면하고 눈물을 훔쳐 냈다. 그러나 손강호는 철민을 의식할 필요가 없었다. 철민은 애초부터 중계를 보고 있지 않았으니까!

철민은 내내 눈을 감고 있는 중이었다. 그에게는 보다 절박한 문제가 있었다.

철민은 다시금 크게 심호흡을 했다. 숨을 조금만 크게 쉬어도 상반신을 온통 칭칭 감고 있는 붕대 속에서 아릿한 고통이 전해졌지만, 그 고통을 보다 분명히 확인하겠다는 듯이 철민은 심호흡을 반복하고 있었다. 고통은 분명히 현실이었다. 그럼으로써 그의 혼란은 커져만 갔다.

'이 고통이 현실이라면, 이 고통의 과정에 분명 함께했던 예인화와 일령 또한 현실이라고 해야 하는가? 그럼 난 지금, 꿈과 현실 중 도대체 어느 쪽에 존재하고 있는 거지?

3

병원에서의 이틀째 아침! 아침에 눈을 뜨자마자 손강호는 야구장으로 가야겠다는 소리부터 했다. 그러더니 죽어도 가야겠다며 부득부득 고집을 피워댔다.

철민은 말리지 못했다. 다만 지켜보다가 짧게 한마디는 했다.

"같이 나갑시다!"

손강호는 대번에 펄쩍 뛰었다. 그 몸으로 나가긴 어딜 나가느냐고! 그러나 손강호가 철민의 고집을 감당할 수 없게 된 것은 이미 오래전부터였다. 담당 의사의 회진이 끝나고 난 뒤, 두 사람은 퇴원 수속도 없이 슬그머니 병원을 빠져나갔다.

철민이 따로 갈 곳이 있다고 하는데 대해 손강호는 다시 태산 같은 걱정을 늘어놓았다. 그러나 역시 철민의 고집을 이기지는 못하였고, 둘은 각자 택시를 잡아탔다.

4

철민은 장동국 감독에게 꼭 하고 싶은 말이 있었다. 더 이상 야구를 계속할 수 없게 되었다는 말을! 당장의 총상 때문이 아니라 그의 본래 체력과는 전혀 다른 종류의 힘이 이제 너무도 확연히 느껴지기 때문이라는 말을! 그 힘이 내공이든 혹은 다른 무엇이든, 그가 더 이상 야구를 한다는 것은 그 스스로와 선수들과 수많은 야구팬들 모두를 우롱하는 일이 될 것이고, 그럼으로써 그는 이제 야구를 할 자격을 잃은 것이란 말을!

그러나 병상에 누운 채 인공호흡기를 통해 힘겨운 호흡을 이어가는 모습으로 그를 맞은 장 감독에게 철민이 할 수 있었던 말은 한마디뿐이었다.

"죄송합니다!"

철민이 병원을 나와서 정처도 없이 무작정 걷기를 얼마나 했을까? 그는 언뜻 한영주를 떠올렸다. 그리고 갑자기 그녀가 보고 싶어졌다. 아니, 좀 더 정확히는 그녀가 절박하도록 필요해졌다. 꼭 그녀여야 한다는 것은 아닐지도 몰랐다. 지금 그에게는 누구라도, 공황에 빠진 것처럼 정말 아무런 생각조차 할 수 없는 그에게 갈피를 잡아줄 사람이 절박하게 필요한 것이었으니까!

전화를 한 지 얼마 되지 않아 한영주는 잔뜩 화난 표정으로 철민의 앞에 나타났다.

"중환자가 제멋대로 병원을 나와 이렇게 쏘다니면 어떻게 해요?"

대뜸 쏘아붙이는 그녀에 대해 철민은 그저 무덤덤하게 말했다.

"나를 야구장으로 좀 데려다 주십시오!"

안 된다고, 당장 병원으로 돌아가야 한다고, 이러다가 상처가 덧나기라도 하면 어떻게 하려고 그러냐고, 다시 매섭게 쏘아주려다가 한영주는 언뜻 그녀를 바라보고 있는 철민의 무표정한 눈빛에서 절박감 같은 것을 보았다.

"그 몸으로 경기를 뛰기라도 하겠다는 건 설마 아니겠죠?"

한영주가 사뭇 조심스럽게 물은 데 대해 철민은 여전히 무덤덤하게 대답했다.

"그냥 보기만 할 겁니다!"

"그럼 병실에서 편안하게 TV로 보면 되지, 그 몸을 해가지고 굳이 야구장까지 가겠다는 건 또 무슨 고약한 심보인가요?"

한영주가 짐짓 입술을 삐죽거리며 빈정거리면서도 핸드폰을 꺼내 번호를 눌렀다.

"여보세요? …아, 저 한영준데요! …예! 예! 오늘 저녁 경기 있잖아요?
티켓 두 장만 좀 구했으면 해서요! …지정석이요? 음! 글쎄요! 뭐 이왕이
면 우리 팀 덕아웃에서 가까운 자리면 좋겠네요! …예! 예! 그럼 시간 맞
춰서 야구장으로 바로 갈게요!"

5

코리안 시리즈 6차전 시작을 바로 앞두고 야구장은 이미 꽉 들어찬 관
중들이 뿜어내는 열기로 뜨거웠다.
덕아웃 앞에서 마지막으로 스윙 동작을 점검하던 손강호는 무심코 덕
아웃 뒤편의 관중석으로 시선을 주다가 깜짝 놀라고 말았다.
"엇?"
옆에 있던 이종찬이,
"왜?"
하고 물었으나 손강호는 듣지 못한 듯이 잔뜩 인상을 찡그리며 다시
혼잣말을 뱉었다.
"아, 진짜 미치겠네!"
"야, 뭔데 그래?"
이종찬이 툭 어깨를 치면서 다시 물은 데 대해 손강호가 얼른 시선을
다른 곳으로 돌리며 짐짓 딴청을 부렸다.
"아무것도 아닙니다!"
이종찬이 미심쩍은 빛으로 힐끗 방금 손강호의 시선이 머물렀던 곳을
바라보았다. 그러나 딱히 특별하다고 할 광경은 없었고, 다만 관중들 속
에 일부러 맞춘 듯한 커다란 선글라스와 챙 넓은 모자를 쓴 한 쌍의 남녀

가 눈에 띄는 정도였기에 피식 웃으며 뱉었다.

"자식! 왜, 옛날 애인이 남자하고 같이 오기라도 했냐?"

그러나 이종찬은 갑자기 무슨 생각에서인지 다시금 홱 시선을 돌려 그 한 쌍의 남녀를 자세히 살펴보았다. 그러더니 돌연 손강호의 가슴팍을 잡아채며 거칠게 물었다.

"저 자식, 김철민이 맞지?"

손강호가 당황해하다가 이종찬의 잡아먹을 듯한 기세에 눌린 듯이 고개를 끄덕이고 말았다.

바로 철민이었다. 그냥은 알아보지 못할 모습으로 그가 덕아웃 바로 뒤편의 관중석에 앉아 있었던 것이다. 함께 있는 여인은 한영주였다. 물론 이종찬이 그녀까지야 알아보지는 못했겠지만!

"김철민! 너 지금 거기서 뭐하고 있는 거야?"

이종찬이 손강호를 놓아주며 관중석의 철민을 향해 크게 외쳤다. 그러나 그 외침이 관중들의 소음에 묻혀 멀리 가지 못하자 이종찬은 그대로 관중석을 향해 달려갈 태세였다.

손강호가 기겁하며 이종찬의 팔을 낚아챘다.

"왜 이러십니까? 이제 곧 경기 시작인데, 어딜 가겠다는 겁니까?"

그러자 이종찬은 사뭇 조급하게 윽박질렀다.

"너 저 자식 전화번호 알지? 핸드폰 가지고 와서 저 자식하고 통화 좀 하게 해주라! 빨리!"

"안 됩니다!"

"뭐, 안 돼? 그럼 이거 놔, 자식아! 경기고 뭐고 간에 난 저 자식부터 먼저 만날 테니까!"

"아, 참! 선배님! 지금 막가겠다는 겁니까?"

"그래, 이 자식아! 막가겠다는 거다, 어쩔래? 그래, 김철민이가 빠진 김에 나도 빠져줄 테니까 어디 너희들끼리 잘해봐라!"

이종찬이 그렇게까지 나오는 데야 손강호가 결국 어쩔 수 없다는 듯이 숙이고 말았다.

"아, 알았습니다! 전화 걸어드릴 테니까, 일단 안으로 들어갑시다!"

"이리로 가져오라니까!"

이종찬의 등쌀에 손강호가 얼른 덕아웃으로 뛰어들어 갔다가 나왔다. 그러나 철민의 번호를 눌렀으나 한참이나 신호가 가도록 철민이 전화를 받지 않는 데다, 옆에서는 이종찬이 착 달라붙어서 번뜩이는 눈빛으로 연신 윽박지르고 있었기에, 손강호는 다시 한영주의 번호를 눌렀다.

"여보세요? …예! 저 손강홉니다! 죄송합니다만, 급하게 통화할 사정이 생겨서요……. 우리 팀장님 좀 바꿔주십시오!"

관중석의 한영주가 당황하는 모습이더니 곧 철민에게 핸드폰을 건네고 있었다.

"야, 김철민! 나 이종찬이다! 나 지금 너 보고 있으니까, 지금 당장 이리로 내려와라!"

뺏듯이 핸드폰을 낚아챈 이종찬이 고함을 질러대는 것을 보다 못한 손강호가 말리려 할 때였다. 이종찬이 갑자기 덕아웃 안으로 뛰어들어 가더니 벽에 걸린 화이트보드를 벗겨내 다시 뛰어나왔다. 그 바람에 안 그래도 아까부터 두 사람의 유난스러운 모습을 지켜보고 있던 유 대행과 박 코치, 그리고 선수들이 슬슬 덕아웃 바깥으로 나왔다.

이종찬이 화이트보드를 머리 위로 번쩍 치켜들자 가까이 있던 관중들 틈에서,

"와~!"

하는 환성이 일었다. 이어 웅성거림이 번져 나가면서 중계 카메라 한 대가 이종찬 쪽으로 각도를 맞추고 있었다.

"여기 선수 명단에 네 이름이 들어가 있는데, 넌 지금 거기서 도대체 무슨 지랄을 떨고 있는 거냐고?"

화이트보드를 치커든 채 핸드폰에 대고 고함을 치는 이종찬의 목소리가 격하게 갈라져 나왔다.

그때 손강호가 이종찬을 덕아웃 쪽으로 밀어붙이며 으르렁거렸다.

"그만 좀 하십시오! 저 양반이 큰 사고를 당했다고 말했지 않았습니까? 많이 다쳤다고요! 겉으론 멀쩡해 보여도, 옷 안에는 온통 붕대로 칭칭 동여매져 있다니까요? 아직 상처가 아물지 않아서 아침저녁으로 피에 젖은 붕대를 갈아내고 있는 중이라니까요?"

"비켜봐, 새끼야!"

이종찬이 거세게 뿌리치려 했으나, 손강호는 두 팔로 이종찬을 가둔 채로 아예 번쩍 들듯이 해서 거칠게 밀어붙였다. 손강호의 억센 완력에 이종찬은 금방 저항하기를 포기한 듯했으나, 핸드폰에다 대고는 연신 악을 써댔다.

"야, 김철민! 정 내려오기 싫으면 거기 그대로 있어라! 꼼짝도 하지 말고 그 자리에 그대로 있으라고! 우리가 지더라도, 우리가 형편없이 깨지더라도, 거기 그 자리에서 끝까지 지켜보고 있으라고, 이 개자식아!"

그때 관중석에서 또다시,

"와아아~!"

하는 환성이 좀 전보다 한결 우렁차게 일어났다. 이종찬과 손강호가 벌이는 소란을 경기 직전의 작은 퍼포먼스쯤으로 여기는 분위기였다.

6

"선수 하나 빠졌다고 해서 맥없이 비실대다가 이대로 끝난다면, 결국 여기 있는 우리 모두가 바보들밖에 안 된다는 얘기다! 오늘은 분명히 보여주자! 우리가 여기까지 온 것이 결코 한두 사람의 힘에 의한 것이 아니라 우리 모두의 단합된 힘으로 만든 결과임을 말이다!"

국민의례가 끝나고 경기장으로 나가기 직전, 이종찬은 선수들에게 으르렁대듯이 말했다. 그러나 그것은 차라리 간절한 호소였다.

불스의 선발투수는 이대헌이었다. 선발투수를 공지하는 순간 모두가 놀라고 말았을 만큼, 누구도 예상치 못한 깜짝 기용이었다. 이대헌 스스로가 강력히 원한 일이었다. 그의 야구인생에서 마지막으로 서는 코리안 시리즈라고 생각한다며, 꼭 선발로 한 번 마운드에 서기를 소원한다고 했다. 공 한 개만 보고도 아니다 싶어 내려오라면 기꺼이 내려올 것이며, 그 전에 스스로 아니다 싶으면 제 발로 내려와 결코 팀에 폐를 끼치지 않겠다고도 했다.

올 시즌 다양한 변화구를 성공적으로 장착하고 노련한 경험을 더하여 불스의 뒷문을 든든히 지켜내는 데 일익을 담당한 이대헌은, 왕년의 불같은 강속구 투수에서 속된 말로 지저분한 공을 던지는 투수로 변신했다는 평가를 받았다. 물론 칭찬이었다. 투수의 공 끝이 지저분하다는 것은 스피드는 뛰어나지 않더라도 홈 플레이트 부근에서 공 끝이 살아 타자들을 괴롭힌다는 의미이니 말이다. 오늘 그의 공은 특히 지저분했다. 단순하게 들어오는 공이 하나도 없었다. 타자들의 심리를 역으로 꿰뚫는 완급 조절과 구석구석을 찌르는 현란한 변화구의 향연에 드래건스 타자들은 1회부터 철저히 농락당했다. 간혹 잔뜩 노리고 있던 구질이 들어왔더라도 뱀처럼 꿈틀거리는 공 끝에 땅볼이 되기 일쑤였다.

3회까지 산발 3안타 무실점! 화려한 삼진 퍼레이드는 없었더라도 이대헌은 드래건스의 막강 타선을 완벽히 봉쇄하는 놀라운 역투를 펼쳤다.

그러나 4회 초! 마운드에 나가기 전에 이대헌은 유 대행에게 불펜을 준비시키는 게 좋겠다고 얘기했다. 컨디션에 이상이 생겼거나 체력의 한계가 오고 있다는 스스로의 진단일 것이었다.

유 대행은 고심에 빠졌다. 불펜은 벌써부터 준비를 시켜놓았지만, 준PO부터 시작해서 그야말로 내일은 없다는 각오로 치열하게 강행군을 펼치며 달려온 터이니 이제는 누구 할 것 없이 모든 투수가 다 지쳐 있는 상태였다.

김승완이 슬그머니 다가온 것은 유 대행이 잔뜩 찌푸린 채 불펜 투구를 모니터링하고 있는 중이었다.

"이대헌 선배 다음은 제가 던지게 해주십시오!"

특유의 숫기없는 목소리로 김승완이 말한 데 대해 유 대행은 생각할 것도 없이 대번에 반응을 했다.

"뭐? 안 돼!"

바로 이틀 전에 선발투수로 7회까지 마운드를 지켰던 김승완은 오늘 당연히 예외전력이었다. 그러나 김승완이 사정하듯이 내보내 달라고 졸랐다. 열렬히 원한다고 했다. 마운드에서 팔이 부러지더라도 후회 않겠다고 했다. 그때 이대헌이 막 안타 하나를 맞았고, 예고한 대로 그만 마운드에서 내려오겠다는 사인을 보내고 있었다.

마운드에서 내려오며 이대헌은 하늘을 향해 손가락 하나를 펴 보이고 나서 슬적 눈가를 훔쳤다. 1루수 강대웅이 덩달아서 눈가를 훔쳤다.

이대헌이 덕아웃을 향해 가던 중에 달려나오는 김승완에게 손을 들어

보였다. 그러자 김승완이 멈칫 서더니 꾸벅 허리를 굽혀 인사했다.

"잘해라!"

이대헌이 그렇게 말했지만 김승완에게까지 들리지는 않았다. 그렇더라도 김승완은 이대헌에게 싱긋 웃어 보이고는 다시 마운드를 향해 달려갔다.

7

어느 순간부터 철민은 마치 꿈을 꾸고 있는 듯했다. 그처럼 열광적이던 주변의 환호는 이제 들리지 않았다. 철민의 눈앞으로 광경과 광경들이 꿈결처럼 흘러가고 있었다. 김승완의 힘있는 직구에 드래건스 타자들이 잇달아 삼진을 당하는 광경! 0—0의 행진을 계속하던 7회 초, 역투에 역투를 거듭하던 김승완의 구위가 갑자기 떨어지며 연속 안타를 맞고 2점을 내준 채 강판당하는 광경! 이후 구원으로 올라온 투수들이 혼신의 힘을 다해 역투하는 광경들! 그러나 9회 초에 마무리로 등판한 임희건이 흔들리며 결국은 다시 1점을 더 내주고 마는 광경! 갑자기 기울어진 승부에 관중들이 환호하고, 또 탄식하는 광경! 불스 선수들의 표정이 딱딱하게 굳어지는 광경! 9회 말 2사에서 강대웅과 최준덕이 잇달아 포볼로 걸어나간 뒤, 손강호가 극적인 3점 홈런을 날리는 광경! 그리고 다시 대타로 들어선 진용철이 끝내기 홈런을 날리는 광경! 주변이 온통 환호로 가득 차는 광경! 일제히 그라운드로 쏟아져 나간 불스 선수들이 펄쩍펄쩍 뛰어다니는 광경! 그 모든 광경들이 마치 딴 세상에서 일어나는 일들처럼 그저 흘러가고 있었다.

누군가 와락 목을 끌어안는 바람에 철민은 환상 같은 광경들 속에서 흠칫 빠져나왔다. 환상이 아니었다. 주변은 온통 떠나갈 듯한 환호성으로 넘실거리고 있었고, 그를 끌어안은 채 한영주는 감격의 눈물을 흘리고 있었다. 철민도 눈물을 흘리지 않을 수 없었다.

3승 3패! 승부는 다시 원점으로 돌아갔고, 코리안 시리즈의 최종 승부는 결국 내일의 마지막 7차전에서야 갈리게 되었다.

8

경기가 끝난 후 유니폼 위에다 그대로 점퍼를 걸쳐 입고 모자를 푹 눌러쓴 손강호가 급히 관중석으로 뛰어올라 와서는, 선수들이 모두 기다리고 있다며 다짜고짜 철민의 팔을 잡아끌었다. 보고 있던 한영주가 자신은 괜찮으니 어서 가보라고 했다.

라커 룸 안은 아직도 극적인 승리의 흥분이 채 가시지 않은 채였다. 철민이 안으로 들어서자 선수들이 일제히 환호하며 맞아주었다. 개중에는 격한 포옹으로 반가움을 표하려는 이들도 있었기에 손강호가 철민의 옆에 바짝 붙어 서서 일일이 주의를 주었다. 세게 안으면 큰일난다고!

이종찬이 뒤쪽에 서서 묵묵히 지켜보고만 있더니 철민이 한바탕 요란한 환영인사를 치른 다음에야 다가와 말없이 조심스러운 포옹을 했다.

모두는 벌써 몇 번은 얘기하였을 오늘의 장면 장면들을 여전히 들뜬 얼굴들로 다시금 얘기하였고, 철민은 그 왁자한 분위기 속에 녹아들고 있는 스스로를 묵묵히 즐겼다. 강영석 부장이 침통한 얼굴로 라커 룸 문을 열고 들어올 때까지!

第九十七章

신들의 장

몽상가

1

철민은 더 이상 억지로 잡아둘 수가 없었다. 무한한 힘의 원천, 혹은 궁극의 힘, 또 혹은 천화(天化)의 경지로 넘어가려는 그 거대하고도 웅혼한 흐름을!

그것을 억지로 잡아두는 것은 순리를 거스르는 일이었다. 그리고 이제는 잡아둘 이유도 없었다. 시작된 모든 일에는 반드시 그 끝이 있어야 하는 법이니까!

2

철민이 마침내 천화의 경지로 들어선 것을 가장 먼저 인식한 것은 역시 천마였다. 엄밀히 말해 인식은 아니었다. 어느 순간 철민을 인식할 수 없게 된 데서 그러하리라고 짐작한 것일 뿐이었다. 아마도 철민은 여전히 그를 인식하고 있을 것이되, 그는 철민을 인식하지 못하게 된 것이다. 그것은 곧 철민이 그를 넘어섰음을 의미했다. 다시 그것은, 그가 삼천 년의 시공을 초월해서라도 이루고 싶어하던 꿈의 경지에 철민이 이미 들어섰음을 의미하는 것이었다.

순간 천마는 극렬한 분노에 휩싸였다. 그것은 그가 이전에 한 번도 느껴보지 못했던 감정이었으므로 그는 이어 스스로에 대한 경멸감에 휩싸이고 말았다. 생사와 시공의 경계마저 초월하여 능히 신의 영역에 도달했다 자부하였건만, 지금 이 한순간에 한낱 옹졸한 질시에 무너지고 마는 스스로에 대해!

3

천마가 일으키는 거대한 공포 앞에 천지가 숨을 죽였다. 천마가 가는 앞길에 있다는 이유만으로 무수한 방파(幫派)들이 무참히 짓밟혔고, 심지어는 그의 앞에 우러러 엎드린 마도세력들까지도 참화를 면하지는 못하였다.

천마의 행보는 곧장 수호천으로 향했고, 수호천은 강호의 마지막 보루를 자처하며 결사항전의 의지를 표명했다.

그러나 수호천 최강의 무인인 진무극이 직접 선봉에 선 수호전단은 삽시간에 궤멸당했고, 총수 상조위와 부총수 위려려는 수호천을 버리고 급급히 도망쳤다.

강호에는 공포의 암흑시대가 도래했다.

4

미처 예측하지 못했던 변수들로 인해 어느 순간부터 그의 계획은 뒤틀리기 시작했고, 이윽고는 완전히 어긋나 버리고 말았다. 그로 인해 그의 유일한 혈육인 손자마저 희생되고 말았다. 흔적도 남기지 못한 채! 기약할 내일을 잃어버린 그에게 군림의 야망은 이제 의미가 없어져 버렸다. 이제 그가 원하는 것은 오로지 파괴였다.

"모든 것을 파괴시키고 말리라! 강호의 모든 것을! 나 자신까지도!"

그는 상조위였다.

5

철민은 조용히 그를 바라보았다. 잠시 복잡한 심경을 담는 듯하던 그의 눈빛에 언뜻 정광이 번뜩이더니 이윽고 그가 진중하게 입을 열었다.

"도움을 청하고자 왔네!"

철민은 가볍게 이마를 찡그리며 반문했다.

"당신은 내 형을 죽인 사람이고, 다시 나를 죽이려 했던 사람인데, 내가 왜 당신을 도와야 하오?"

"대의를 위해서이네!"

"대의? 무슨 대의 말이오?"

"강호의 평화! 천마로 인해 강호는 지금 끝없는 절망과 비탄에 빠져 있네. 천마에 맞서 강호를 구하는 일이야말로 대의일세! 한데 천마의 능력은 이미 신의 영역에 근접해 있으니 당금 강호에서 그에게 맞설 수 있는 존재는 기껏 넷 정도에 불과한 실정일세! 바로 밀황과 무황, 그리고 노부와 자네일세!"

"그래서 지금 날더러 천마와 싸워 달라는 것이오?"

"그렇네! 사실 그 넷 중에 무황과 노부의 능력은 자네와 밀황에 미치지 못하여서 자네와 밀황 중 하나만 빠진다고 해도 천마를 꺾을 가능성은 오 할에도 미치지 못하게 되네!"

노야의 목소리와 표정에서, 그리고 온몸으로 드러내는 작은 몸짓들에서조차도 절실한 호소가 우러나오고 있었다. 그러나 철민은 그 절실한 호소의 진정성에 대해 조금도 공감을 할 수가 없었다.

"싫소! 나는 지금껏 단 한 번도 그런 종류의 대의를 가져본 적이 없을 뿐더러, 앞으로도 가질 생각이 없는 사람이오! 또한 나는 천마보다는 오히려 당신에 대해 더한 거부감과 위험성을 느끼고 있소!"

"노부에 대한 복수심 때문인가?"

노야의 무거운 물음에 철민은 선뜻 고개를 끄덕였다.

"당신을 증오했던 것은 사실이오! 얼마 전까지만 해도!"

"음……!"

"내가 당신에 대한 증오를 거두기로 한 것은 오로지 내 형, 철위강 때문이오!"

노야의 눈빛이 언뜻 흔들렸다.

"무슨 뜻인가?"

"예전 누군가 그에게 그런 말을 했다고 했소! 사람이 평생을 살다 보면 부모형제가 아닌데도 처음부터 아무 까닭 없이 끌리는 상대가 한 사람 정도는 생기게 마련이라고! 만약 그런 상대를 한 사람도 만나지 못하고 일생을 마감하는 사람은 참으로 각박하고도 불행한 삶을 산 게 된다고! 그는 자신에게는 그런 사람이 둘씩이나 생겼다고 행복해했소! 둘 중 하나는 그의 사부이고, 다른 하나는 바로 나요! 내가 당신을 증오하는 것을 그가 결코 원하지 않을 것이란 믿음을 갖게 된 것은, 바로 그런 때문이오!"

노야는 잠시 망연한 눈빛으로 되었다.

"가시오!"

철민의 나직하고도 단호한 소리에 흠칫 깨어난 노야는 이내 굳은 표정
이 되며 말했다.

"자네의 생각과 신념이 노부와 다르니, 어쩔 수가 없군!"

철민이 묵묵히 뒤돌아 섰다. 그리고 멀찍이 굳은 듯이 서 있는 예인후
를 보며 말했다.

"예 형! 갑시다!"

그에 예인후가 칼날 같은 긴장으로 꾹꾹 눌러놓았던 호흡을 길게 내쉬
며 한달음에 철민의 곁으로 따라붙었다.

천천히 걸어가는 두 사람의 뒷모습을 잠시 바라보고 섰던 노야가 또한
뒤돌아 섰다. 그리고 몇 걸음을 걷는 동안 그의 모습은 홀연히 허공 중으
로 사라져 갔다.

6

상조위는 온 힘을 다해 뒤로 물러섰다. 그러나 지독히도 힘겹고 느린
걸음일 뿐이었다. 거대한 산악이 통째로 무너져 덮치는 듯한 엄청난 중
압감이 그를 짓누르고 있었다. 천마였다. 천마의 존재는 그처럼 절대적
이었다. 그러나 상조위는 천마의 파괴 의지가 우선 무황에게로 향해 있
음을 알 수 있었고, 그것은 어느 정도 그의 예측하에 있던 일이기도 했다.

"정신 차리거라!"

상조위의 외침에 하얗게 질린 채 끌려가다시피 하고 있던 위려려가 퍼

뜩 정신을 추스르며 힘겹게 중얼거렸다.

"무… 황!"

부들부들 떨리며 겨우 새어 나온 목소리였다. 그러나 순간 공간을 열어젖히듯이 무황이 나타나며 그들 앞에 우뚝 버티고 섰다. 덕분으로 천마가 일으키는 가공할 중압감에서 어느 정도 벗어난 상조위는 위려려를 부축하여 재빠르게 이십여 장이나 뒤로 물러날 수 있었다. 그리고 그가 자신이 예측했던 또 하나의 상황이 일어날 것을 고대하며 빠르게 주위를 살필 때였다. 과연 두 개의 신형이 홀연히 나타나며 무황의 좌우로 내려서고 있었다. 그들이 둘뿐이라는 데서 그의 표정에는 언뜻 약간의 실망이 교차하였지만, 그는 다시금 위려려를 일깨웠다.

"무황을 뒤로 물리거라!"

위려려가 혼란스러워하자 상조위는 빠르게 덧붙였다.

"혈신이 오지 않은 이상, 노야와 밀황의 가세만으로는 결코 천마를 상대할 수 없다. 그렇다면 지금 우리에게 최선은 저들을 제물 삼아 살아남을 방도를 모색하는 일이다. 그리하여 요행히 살아남는다면 우리는 다시 혈신과 공조하여 천마를 도모해 볼 수 있을 것이다!"

순간 위려려의 염두 또한 번개처럼 돌았다.

'아마도 노야는 이미 철민과의 공조를 시도했을 것이다. 그러나 그러한 시도가 실패하였기에 그는 지금 밀황과 무황, 그리고 자신이 합력하여 천마를 치는 차선책으로 마지막 승부수를 띄우려는 것이다. 그렇다면……! 상조위의 판단이 틀리지 않다! 노야와 밀황 또한 결국은 나와 무황에게 감당하기 버거운 적이니, 지금은 오히려 천마의 손을 빌어 저들을 제거할 기회이다! 이후 무황과 철민으로 하여금 천마를 제거하도록 하면 될 일이다!'

위려려는 빠르게 결론에 도달했고, 또한 쉽게 스스로를 정당화할 수 있었다.

'이것이 최선이다! 나를 위해! 천무가를 위해! 수호천을 위해! 그리고 강호정의를 위해!'

7

무황이 돌연 사라져 버리자 노야는 크게 당황하며 반사적으로 전력을 다해 그곳을 벗어나려고 하였다. 그러나 그는 막상 아무런 움직임도 취하지 못하였다.

쩌~엉!

마치 겹겹의 얼음이 얼듯이 노야의 주변 공간이 무수히 그를 묶어버렸다. 그 거대한 구속에 노야가 감히 벗어날 시도조차 해보지 못하고 곁의 밀황을 돌아보았으나, 밀황 역시도 이미 그와 마찬가지의 처지가 되어 있는 중이었다. 뒤이어 암담할 틈도 없이 노야는 두 눈을 부릅뜨고 말았다. 밀황에게서 돌연 수십 수백 줄기의 잿빛 기류가 뿜어지더니 그대로 천마를 향해 쏘아가고 있었다. 아니, 천마에게로 빨려들고 있었다.

'안 돼!'

노야가 경악하여 부르짖었으나, 그것은 소리가 되어 나오지 못하고 다만 부릅뜬 그의 두 눈에만 처절하게 맺혔을 뿐이었다. 천마는 지금 밀황의 모든 힘을 흡수하고 있는 중이었다. 아마도 잠마련의 신월흡공대법의 원류가 되는 수법이리라!

밀황의 엄청난 힘을 고스란히 흡수하면서도, 그럼으로써 무엇이라도 파괴할 수 있는 미증유의 힘을 얻고 있으면서도, 천마는 차라리 허탈해하

고 있었다. 지금 그는 시공마저 초월해 그토록이나 염원해 왔던 진정한
완성의 경지와는 아주 멀어지는 길을 선택하고 만 것이었다.

그때 천마는 문득 하나의 의지가 주의 깊게 지금의 상황을 지켜보고
있음을 느꼈다. 그 의지는 천마 자신의 의지로는 닿을 수 없는 먼 곳에 있
었다. 그럼으로써 그 의지의 주인이 바로 천마 자신으로 하여금 이런 막
다른 선택을 할 수밖에 없도록 강요한 존재라는 것이 분명해졌기에, 순간
천마는 도저히 주체할 수 없는 극렬한 분노에 휩싸이고 말았다.

―보아라～! 나의 힘이 얼마나 거대한지～!

파아앗!

밀황이 한 줌의 핏물로 흩어졌다. 그것은 도발이었고 과시였다, 지금
이곳에 있지 않는 누군가를 향한!

바로 뒤이어,

팟!

또 한 줌의 핏물이 허공중에 흩어졌다. 노야였다.

먼 곳의 의지가 나직이 탄식하였다. 그러나 그 먼 곳의 의지는 한순간
사라지고 말았다.

8

천마의 두 눈이 번쩍 섬광을 토하며 그녀를 돌아보자 위려려는 새파랗
게 질린 채 얼음처럼 굳고 말았다. 그때 그녀가 할 수 있었던 것은 사력을
다해 웅얼거림을 뱉어내는 일뿐이었다.

"무황… 살… 려… 줘……!"

공간을 열어젖히고 튀어나온 무황이 그녀의 앞을 가로막아 섰을 때,

그녀는 그대로 바닥에 주저앉고 말았다. 상조위가 혼자서 주춤주춤 물러나고 있었다. 그러나 그것을 보면서도 아무런 생각도 떠올리지 못할 만큼 위려려는 멍한 상태에 빠져 있었다. 무황의 몸에서 수십 줄기의 잿빛 기류가 뿜어져 나와 천마에게로 빨려드는 광경을 보면서도 그녀는 여전히 멍한 상태였다. 그리고 이윽고 무황이 한 줌의 핏물로 흩어질 때에야 그녀는 문득 소스라치며 부르짖었다.

"안 돼~!'

그러나 무황은 이미 존재하지 않았다. 그녀가 가진 가장 큰 힘이, 가장 큰 희망이 그처럼 허망하게 사라진 데 대해 위려려는 절망했다. 주변의 공간이 도저히 항거할 수 없는 거력으로 서서히 그녀를 옥죄어들고 있었지만, 그녀는 좀 전까지 무황이 딛고 서 있던 바닥에 고인 한 줌 핏물만 망연히 바라보고 있을 뿐이었다.

―멈추시오!

먼 곳의 의지가 내비치는 단호함에 천마는 반사적이다시피 흠칫 위축되고 말았다. 그리고 그런 스스로에 대해 곧바로 격노했다.

―네가 감히……! 네 따위가 감히 본좌에게 명령을 한단 말이냐?

먼 곳의 의지가 다시 말했다.

―그녀를 놓아주시오!

이번의 느낌은 한결 담담했지만 오히려 천마를 더욱 위축시켰다. 그리고 먼 곳의 그 의지가 오래지 않아 자신에게로 올 것을 알았으므로, 천마는 한순간 위려려에게서 살의를 거두어들였다. 그리고 먼 곳의 의지가 사라졌을 때 천마는 응축된 분노를 터뜨릴 새로운 대상을 찾았다. 감히 그의 신물을 숨기고 있는 자였다.

마지막까지도 예상들이 벗어나 버린 데 대해 크게 당혹스러웠지만, 그렇더라도 상조위는 더 이상 뒤로 물러서지 않았다. 다만 못내 안타까울 뿐이었다. 모든 것을 파괴시키고 말리라는 마지막 맹세를 완성시키지 못한 채, 지금 희박하다 못해 사실은 전혀 가능성이 없는 최후의 수단을 초라하게 꺼내 들 수밖에 없는 스스로에 대해!

천천히 천마경을 꺼내 들고 들여다보는 상조위의 얼굴에 잠시 회한이 서렸다. 어쩌면 천마경이야말로 그의 실패의 시발점이 되는 물건이었다. 만약 그가 처음에 자신했던 대로 천마경으로 능히 천마의 부활을 막을 수 있었더라면, 나아가 그것으로 능히 천마를 소유할 수 있었더라면, 지금의 그는 전혀 다른 상황을 누리고 있을 것이었다.

"흐흐흐, 흐흐흐… 흐흐흐……!"

나직이 흐느끼듯 웃음을 흘리다가 상조위는 문득 천마경을 치켜들며 외쳤다.

"천마여~! 나 상조위의 앞에 머리를 조아릴지어다~!"

순간,

퍽!

하고 한 줌의 핏물이 허공중에 흩어졌고, 그 자리에는 천마경만이 저 홀로 둥실 허공에 떠 있었다. 그러나 곧이어 천마경마저도 한 줌 가루로 바수어졌고, 그 고운 가루가 반짝이며 사방으로 퍼져 나갔다.

10

천마는 천천히 뒤돌아 서며 새로이 나타난 두 사람을 바라보았다.

철민은 가볍게 찡그린 얼굴로 천마의 시선을 받았다.

그때 예인후는 망연한 채로 바닥에 주저앉아 있는 위려려를 발견하고는 놀라 외치며 달려갔다.

"위 소저!"

예인후가 급히 위려려를 부축해 일으켰으나 그녀는 제대로 서지 못하여 그대로 예인후의 품에 안기고 말았다. 순간 예인후는 엉거주춤한 채로 그대로 온몸을 굳히고 말았다.

11

천지 간에서 가장 위대한 능력을 지닌 두 절대적 존재의 대결을 지켜보는 사람은 단둘에 불과했다.

그러나 예인후와 위려려로서도 막상 볼 만한 구경을 하지는 못했다. 무슨 경천동지할 광경은커녕, 대결은 오히려 고요하고 조용하기만 했다. 두 사람이 목격하고 있는 것이라곤 그들 두 절대적 존재들이 마치 그림처럼 고요히 대치해 있는 광경이 전부였다.

천마는 더 이상 거대할 수 없는 힘으로 수없이 많은 공간을 일으켜 철민을 가두어왔다. 그러나 철민이 그가 만들어낸 그 공간들과 차라리 일체가 되어버렸으므로, 천마는 이내 가두고 옥죌 목표를 잃고 말았다. 나아가 그 공간들은 오히려 천마 자신을 가두어왔다.

천마는 무작정 도망쳤다. 그러다 어느 순간 돌아보니 그는 가없이 넓고 한없이 망망한 대우주 속을 헤매고 있는 중이었다. 그가 시공을 초월해 가면서까지 이루어놓은 모든 근거와 뿌리들은 모르는 사이에 사라지고 없었다.

그렇게 천마는 무로 돌아갔다. 아무것도 아닌 것으로!

—아아~!

그 한가닥 긴 탄식은 천마의 소멸 직후에 울려 나왔다. 그것은 일령의 것이었다.

'그는 결국 종속적인 존재로서의 숙명에서 벗어나지 못한 것인가?

희미해져 가는 일령의 존재감에 대해 철민은 언뜻 안타까워했다. 그러나 마침내 일령이 완전히 사라져 가도록 철민은 굳이 그 존재감을 잡지 않았다. 그가 잡을 수 있다고 해도 인위적으로 순리의 흐름을 바꾸어서는 안 될 것 같은 숙연함이 생겼기 때문이었다.

12

위려려는 예인후의 부축을 뿌리쳤다. 그리고 예인후의 당황에는 아랑곳하지 않고 철민을 향해 호소했다.

"도와주세요!"

철민이 설핏 미간을 찌푸리고 말았으나 이내 담담한 표정으로 되며 말했다.

"나는 이제 그 어떤 일에도 관심을 가지지 않기로 했소!"

위려려가 곧바로 격정적으로 변하며 날카롭게 외쳤다.

"흥! 도와주지 않겠다는 말이로군요! 좋아요! 그럼 한 가지만 약속해 주세요!"

철민은 대답하는 대신 흘깃 예인후를 바라보았다. 마침 예인후도 철민을 보고 있는 중이었는데, 문득 그의 눈빛에 안타까움이 가득 차 올랐으므로 철민이 가늘게 한숨을 내쉬고는 다시 위려려에게로 시선을 주며 반문했다.

"어떤 약속을 원하시오?"

위려려가 노려보듯이 하며 대답했다.

"앞으로 제가 하는 일에 관여하지 마세요! 어떤 경우에도! 결코!"

"어떤 경우에도……?"

"난 수호천을 재건할 거예요! 그리고 혼란에 빠진 강호를 새로이 재편할 거예요! 그것이야말로 천무가의 후손으로서 내가 해야만 하는 일이고, 또한 어떤 난관이든 능히 헤쳐나갈 자신이 있어요! 그러나 당신이라는 존재만큼은 내가 감히 어떻게 해볼 엄두조차 낼 수 없으니, 내 편으로 만들지 못할 바에는 차라리 내가 하는 일에 결코 관여하지 않겠다는 약속을 받아두려는 것이죠!"

그런 위려려에게서 철민은 문득 상조위의 모습을 보았다. 그리고 노야의 모습도 보았다. 그러고 보니 그녀는 그 둘과 많이 닮은 것 같았다. 다시 한 번 흘깃 예인후를 보고 나서 철민은 선뜻 고개를 끄덕여 주었다.

"그런 걱정이라면 소저는 안심해도 좋겠소! 앞으로 내가 다시 소저와 얽힐 일은 생기지 않을 테니까 말이오!"

순간 위려려의 얼굴에 엷은 웃음기가 번졌고, 그럼으로써 그녀는 눈부신 아름다움을 되찾았다.

예인후의 얼굴에도 비로소 안도의 빛이 도는데 그때 위려려가 문득 그를 불렀다.

"인후 오라버니!"

낯선 호칭에 예인후가 흠칫 굳어지고 마는데, 위려려가 다시 촉촉한 눈빛으로 물었다.

"오라버니는 물론 저를 도와주시겠지요? 어떤 경우에도!"

예인후의 굳은 몸이 부르르 떨렸다. 그리고 그는 몹시도 힘에 겨운 듯이 아주 느린 고갯짓으로 철민을 돌아보았다.

철민은 볼 수 있었다. 예인후의 눈빛 속에서 출렁이고 있는 극심한 갈등을! 철민은 몸을 돌려 온전히 예인후를 향하며 애써 웃어 보였다.

"예 형! 난 이제 그만 떠나야겠소!"

예인후가 떨리는 목소리로 물었다.

"어디로 가려 하십니까?"

철민이 한결 가볍게 미소 지으며 대답했다.

"내가 원래 있던 곳이고, 앞으로도 있어야 할 곳이오! 이제 그곳으로 돌아가려 하오!"

예인후가 다시 뭐라고 말하려더니 갑자기 격정이 치미는지 차마 입을 열지 못하고서 철민을 향해 깊숙이 허리만 숙였다.

철민이 또한 예인후를 향해 마주 허리를 숙이는데, 문득 눈시울이 뜨뜻해지기에 그는 얼른 뒤돌아 섰다. 그리고는 곧장 걷기 시작했다.

예인후가 철민의 뒷모습을 보고 섰다가 자꾸만 차 오르는 눈물을 떨구지 않으려고 차라리 뒤돌아 서고 마는데, 그때 철민의 목소리가 들렸다.

"더 이상은 내 뒤를 쫓지 마시오! 나는 이제 누구도 찾을 수 없는 곳으로 가거니와, 당신들이 정히 쫓을 사람을 필요로 한다면 한 사람을 추천해 줄 수는 있소!"

위려려가 의아해하며 예인후의 손을 잡았다. 예인후가 흠칫 놀랐다가는 조심스럽게 그녀의 손을 떼어놓으며 나직이 말해주었다.

"백강이오!"

"백강……?"

위려려가 나직이 되뇔 때 멀리서 모습이 보이지 않는 가운데 누군가 크게 외쳤다.

"일좌께서는 부디 지명해 주시오!"

위려려의 얼굴로 언뜻 흥분이 스치는데, 그때 철민이 담담히 한 사람의 이름을 말했다.

"예인후!"

예인후가 화들짝 놀란 나머지,

"아니오! 난……."

하고 웅얼거리며 급하게 뒤돌아 서려는데, 위려려가 재빨리 그의 손목을 움켜잡으며 속삭였다.

"오라버니! 아무 말씀 마세요!"

예인후는 멍하니 위려려의 눈을 보았다. 그녀의 눈빛이 별처럼 빛나고 있었다. 벅찬 흥분을 담고서!

예인후가 퍼뜩 정신을 추스르고 철민의 모습을 찾았을 때 그는 이미 사라지고 없었다.

허망한 예인후의 시선이 텅 빈 대지를 이리저리 훑고 다닐 때 위려려가 혼자만의 소리로 중얼거렸다.

"언젠가는 당신마저 지배하고야 말겠어! 반드시!"

13

─함께 갈 수 있을까?

철민이 물었으나 아무 대답도 돌아오지 않았다. 그러나 철민은 차마 채근하지 못했다. 그것이 다만 허무한 기대일 뿐이란 걸 너무도 잘 알고 있으므로!
　철민은 천천히 벗어났다. 길고 험했던, 그러나 참으로 아름다웠던 한 바탕의 악몽으로부터!

第九十八章
우리는 마침내
바다에 이르렀다!

몽상가

1

장동국 감독이 타계했다는 비보에 선수들은 경황없이 병원으로 달려갔다.

"우리는 마침내 바다에 이르렀다!"

마지막 순간에 장 감독이 남겼다는 그 말을 들으면서 선수들 사이에서는 숨죽인 오열이 새어 나왔다.

끝까지 장례식장을 지키겠다는 선수들을 유승곤 대행이 달랬다.

"첫날이라 유족들끼리 치러야 할 절차들도 있고 하니, 자자! 오늘은 이만 가자! 지든 이기든 내일 경기에 최선을 다하고 나서 다시 오자! 그게 감독님이 우리들에게 진정 바라시는 일일 것이다!"

2

코리안 시리즈 7차전.

최종승자를 가리는 마지막 경기에 임하는 불스 선수단의 어깨에는 검은 리본이 달려 있었다.

철민은 관중석이 아닌 덕아웃에 있었다.

"넌 엄연히 우리 팀이다! 함께 뛰지는 못하더라도 우리와 같이 있어는 주라!"

이종찬이 그렇게 말했고, 손강호도 진지하게 거들었다.

"장 감독님도 우리가 끝까지 함께하는 모습을 보고 싶어하실 겁니다!"

그것은 부탁이 아니었다. 차라리 당당한 요구였다. 그럼으로써 철민은 끝내 거부할 수가 없었다.

3

"와~!"

"와아~!"

"드~래~건~스~! 필승!"

"오~오~오! 불~스~ 파이팅!"

뜨거운 함성과 응원구호로 야구장은 온통 들썩거렸다.

그러나 1회 1점, 2회 2점, 3회 2점, 불스가 일방적으로 실점을 거듭해 나가자 뜨겁던 야구장의 열기는 점차로 식어갔다.

5회가 끝났을 때 스코어는 6─0으로 벌어졌고, 양 팀의 승부는 이미 판가름이 난 듯한 분위기였다. 불스가 경기를 뒤집기란 불가능해 보였다.

7차전에 이르러 드래건스의 경기력은 마침내 정점에 다다른 듯했고, 반면에 불스는 이윽고 한계에 이른 듯이 투타 공히 무기력하기만 했다.

그라운드 정리가 이루어지는 동안 유 대행이 선수들을 불러 모았다.

"어깨들 펴라! 장 감독이 그러셨지 않나? 우리는 이미 바다에 이르렀다고! 지금 이 순간 우리는 바다에 와 있는 것이다! 자! 즐기는 거다! 승부에 관계없이 우리들 최고의 순간을 맘껏 즐기잔 말이다!"

선수들의 얼굴에 잠깐 웃음기가 떠올랐다.

그러나 회가 갈수록 스코어는 더욱 벌어졌고, 8회가 끝났을 때는 13—3까지 벌어졌다.

9회 초 불스의 마지막 공격. 관중들은 이제 마지막 세 개의 아웃카운트 직후에 터져 나올 승자의 환호만을 기다리고 있는 중이었다.

투 아웃 주자 없는 상황. 이종찬은 천천히, 그가 할 수 있는 한 가장 느긋한 걸음걸이로 타석을 향해 걸었다. 이제 곧 끝날 축제의 마지막 순간을 조금이라도 더 음미한다는 심정으로!

그런데 그때였다. 관중석의 한 귀퉁이에서 작은 환호성이 일기 시작했다. 그리고 그것은 곧바로 마치 파도가 밀려가듯이 순식간에 관중석 전체로 번져 나갔다.

"공~ 신~!"

"공~ 신~!"

드래건스의 응원석까지도 들불처럼 번져 나가는 그 함성은 식어 있던 관중석의 열기를 순식간에 다시 지펴서는 금세 뜨겁게 달아오르게 만들었다.

9회 말, 2사. 스코어 13—3! 이제 와서야 그 누구도 극적인 승부의 반전을 기대하는 사람은 없으리라! 그럼에도 지금 이 순간 모든 관중들이 마치 마지막 불꽃을 피워 올리듯이 열광하고 있는 것은 가장 극적인 대미를 기대하는 것이리라! 그들이 기대할 수 있는 가장 극적인 대미를 장식해 줄 수 있는 누군가를 모두가 하나 되어 열렬히 외치고 있는 것이리라!

타석 앞에서 멈춘 이종찬은 그대로 몸을 돌려 곧장 덕아웃의 유 대행을 향해 걸어갔다.

주심이 타임을 선언한 사이 관중들의 연호는 더욱 커져만 갔다.

“공~ 신~!”

“공~ 신~!”

그러더니 관중석에서는 갑자기 벼락같은 환호가 터져 나왔다.

“와아~!”

“와아아~!”

전광판에 새겨진 글자 때문이었다.

대타 김철민.

이어 온 야구장이 떠나갈 듯한 연호로 넘실거렸다.

“공~ 신~!”

“공~ 신~!”

이종찬은 철민에게로 가서 배트를 건넸다. 일 미터가 훌쩍 넘는 길이에 차원이 다른 무게, 바로 철민의 특제(特製) 도깨비방망이였다.

“지금 이 순간 우리가 바다에 있는 것이라면 너도 함께 즐겼으면 좋겠어! 복잡하게 생각할 것 없어! 그냥 즐겨!”

그렇게 말하고 싱긋 웃어 보인 이종찬은 가만히 철민의 등을 밀었다.

철민이 천천히 걸어 나와 타석으로 향하자 연호는 오히려 잦아들더니, 그가 타석에 자리를 잡고 서자 완전히 멈춰 버렸다. 그럼으로써 수만 관중이 운집한 거대한 야구장에는 일시 정적마저 감도는 듯했다. 마치 모두의 관심이 일시에 한 점으로 모여든 듯이!

타석에 선 철민의 자세는 평소보다 훨씬 더 어정쩡했다. 평소보다 반 발은 더 바깥으로 비켜 서서 마치 공을 칠 의사가 없는 것처럼 보였다.

그럼으로써 드래건스의 마무리투수 송근우의 제1구, 가운데서 아웃코스로 빠지는 슬라이드는 철민의 배트가 아예 닿을 수 없는 궤적으로 멀리 도망가는 듯한 모양새가 되고 말았다.

"우~ 우~!"

관중석에서 흘러나오는 야유 소리에 송근우는 순간 쓴웃음을 지었다. 그리고 포수의 사인에 대해 잇달아 고개를 가로저었다. 어차피 승부는 이미 갈린 상황이었다. 시즌 중이었다면 자타공인 리그 최고의 마무리투수인 그가 마운드에 오를 이유조차 없는 상황일 것이되, 코리안 시리즈의 마지막 순간을 장식하라는 감독과 동료들의 배려 차원에서 그가 서 있는 것이었다. 포수의 사인이 한가운데 직구를 표시했을 때에야 송근우는 비로소 고개를 끄덕였다.

제2구는 스트라이크! 시속 160km를 웃도는 강속구가 스트라이크존 한가운데를 꿰뚫는 것을 철민은 가만히 지켜보고만 있었다. 관중석 여기저기서 탄식과 한숨들이 새어 나왔다.

제3구! 2구와 똑같은 속도와 코스로 파고드는 공에 대해 철민의 배트가 돌아갔다. 그러나 막 터뜨려 내려던 관중들의 함성은 차마 터져 나오지 못했다.

팡!

강속구가 포수의 미트에 꽂혔을 때 철민의 방망이는 본래의 스윙 궤적을 미처 반도 이뤄내지 못하고 있었다. 느렸다. 느려도 너무 느렸다. 차라리 힘겨워 보일 정도로!

그러나 철민의 방망이는 공에 상관없이 끝까지 스윙을 완성시켰다. 그것은 사뭇 우스꽝스럽고 어이없는 광경이었으나, 웃음소리나 야유는 터져 나오지 않았다. 천천히, 힘겹게 다시 타격 자세를 취하는 철민의 모습에서는 차라리 엄숙하게까지 보이는 무엇이 있는 것만 같았다.

송근우는 흠칫 놀라고 말았다. 그는 보았다, 철민의 유니폼 한쪽이 붉게 물들어가고 있는 것을!

송근우가 모자를 벗고 가볍게 고개를 숙이는 것을 보고 주심은 무의식적으로 허리에 차고 있던 볼 주머니로 손을 가져갔다. 그러나 그가 새 공을 꺼내기도 전에 송근우가 다시 모자를 쓰고 엷게 미소 짓는 것을 보고는, 그도 그만 실없이 웃고 말았다.

철민 역시도 잠깐 싱긋한 미소를 보내주었다, 투수를 향해!

제4구! 다시 스트라이크존 한가운데를 꿰뚫는 직구가 들어왔다. 그러나 철민은 가만히 지켜보고만 있었다.

팡!

전광판에는 시속 167km의 속도가 새겨졌다. 송근우의 입가에 만족스러운 미소가 그려졌다. 그가 던질 수 있는 최고의 공이었다.

그러나 관중석에서 탄성은 나오지 않았고, 차라리 조용했다.

"스트라이크!"

마침내 주심이 볼 판정을 외쳤을 때도 관중들은 여전히 침묵했다. 주심조차도 마지막 아웃 판정을 내리지 않고 있었다. 아주 짧은 순간, 야구장에 있는 모든 이들은 무언지 모를 기이한 전율을 공감하고 있었다.

철민이 천천히 타석에서 물러나 덕아웃을 향해 걸어갈 때에야 누군가 크게 외쳤다.

"공신~!"

그리고 그것은 이내 연호되며 거대한 파도가 되었다.

"공신~!"

"공신~!"

불스의 덕아웃에서 선수들이 일제히 뛰쳐나와 철민을 둘러쌌다. 손강호가 온몸으로 철민의 앞을 막아서는 중에 선수들은 철민을 가운데다 두고 빙글빙글 돌며, 또 펄쩍펄쩍 뛰며 관중들의 연호에 맞춰 함께 외쳐댔다.

"공신~!"

"공신~!"

일시 야구장은 마치 불스가 우승이라도 한 것 같은 분위기였다.

그러나 조금 뒤늦게 드래건스의 배터리가 마운드에서 서로를 포옹하고, 이어 드래건스 선수들이 모두 달려나가 그라운드에서 한데 뒤엉키며 우승의 환희를 맘껏 만끽하는 모습에서는 관중석도 그들의 우승을 축하하는 거대한 함성에 휩싸였다.

"와아아~!"

"드~ 래~ 건~ 스~! 만세!"

불스 선수들이 덕아웃으로 돌아가려는 때였다.

"가자! 우리도 우리의 승리를 환호하자!"

이종찬이 크게 외쳤다.

순간 불스 선수들은 멈칫거렸으나, 곧바로,

"우와아~!"

일제히 고함을 내지르며 그라운드를 향해 달려나갔다. 그들이 할 수 있는 최선을 다한 이상, 그들 또한 승리자였다. 그들 또한 주인공들이었다. 관중석의 저 함성과 열기가 누구를 위한 것이든, 그들 또한 지금 이 최고의 순간을 당연히 만끽해야만 하는 것이었다.

그라운드에서 양 팀의 선수들은 한데 뒤엉켰다. 승자와 패자로서가 아닌, 최고의 순간을 함께 공유하는 동료로서 서로 부둥켜안은 채로 그들은 그라운드를 펄쩍펄쩍 뛰어다녔다.

관중들은 열광했다. 농익은 가을밤의 까만 하늘이 온통 거대한 함성으로 출렁였다.

"드~ 래~ 건~ 스~! 필승!"

"오~ 오~ 오! 불~ 스~ 파이팅!"

그것은 더 이상 응원 구호가 아니었다. 승리를 축하하는 환호성이었다. 지금 이 순간, 이 자리에 있는 모두의 승리를 축하하는 뜨거운 환호성!

몽상가

몽상가

1

철민은 간만에 깔끔한 얼굴이었다. 야구를 하는 내내 트레이드마크처럼 덥수룩하게 기르고 있던 머리와 수염을 단정하게 정리한 덕분이었다.

깔끔하다는 것 외에도 철민은 자신의 인상이 조금쯤은 달라진 것 같기도 했다. 사실은 무슨(?) 일기변안술(一氣變顔術)이라는 것의 덕을 아주아주 조금쯤은 보지 않았을까 하는 생각이 들기도 했다. 일령이 알려준 그것은 내력을 이용한 역용법, 즉 얼굴을 바꾸는 수법이었다. 물론 철민이 꿈에서나 가능할 그런 허무맹랑한 수법 따위를 현실에서까지 믿을 수야 도무지 없는 일이었다. 그러나 그가 이제 프로야구선수가 아닌 원래의 자신으로 돌아감에 있어서 이미 유명해져 버린 얼굴을 어찌할까 고민하고 있었던 터라, 한편으로는 그 '허무맹랑한 수법 따위'가 아주 조금이라도 효과가 있었으면 좋겠다 하고 은근히 기대하는 바가 아주 살짝도 없지는 않았던 것이다.

그는 지금 사람을 만나기 위해 나가는 길이었다.

2

"오랜만입니다, 사장님!"

철민이 반갑게 인사를 건넸지만, 포장마차 주인장은 철민을 바로 알아보지 못하고 언뜻 당황해하는 눈치였다. 철민이 머쓱해하면서 몇 마디 힌트를 주고 나서야 주인장은 퍼뜩 그를 알아본 모양으로, 마치 '아! 내가 왜 몰라봤지?' 하는 표정이 되었다.

철민이 기다리는 손님은 한참이 지나서야 왔다. 아직 이른 시간이라 손님이라곤 철민밖에 없는데도 그가 잠시 두리번거렸기에, 철민이 얼른 자리에서 일어나 정중히 맞았다.

"여깁니다!"

"허! 수염을 깎으니 영 몰라보겠군!"

"죄송합니다. 이런 곳으로 오시라고 해서!"

"아닐세! 내가 만나자고 했으니 찾아오는 게 당연하지! 하하하! 그리고 나도 이런 분위기에서 소주 한잔해 볼 생각을 늘 가지고 있던 참이었네!"

그때 주인장이 주문을 받으러 왔기에 철민이 슬쩍 눈짓으로 한쪽 벽면을 크게 장식한 메뉴를 가리켰더니 그 손님은 애매하게 웃으며 말했다.

"뭐든 괜찮으니, 자네가 시키게!"

"예! 그럼… 사장님! 여기 소주 한 병하고, 안주는… 그냥 오늘 재료 신선한 걸로 두어 가지 좀 주세요!"

그런데 주문을 받은 주인장이 바로 가지 않고 슬쩍 철민에게 말을 걸었다.

"진짜 사장님은 이분이신 것 같은데, 저보고 사장님이라니까 좀 쑥스럽네요?"

주인장 딴에는 아마도 좀 전에 철민을 알아봐 주지 못한 데 대한 보상성 립서비스쯤이든지, 아니면 바깥에서 대기하고 있는 한눈에도 '삐까번쩍' 해 보이는 외제차에 대한 호기심이 생겼는지도 몰랐다.

"이분은 사장님이 아니고 회장님이신데요! 대성그룹 회장님이요!"

철민이 씩 웃으며 불쑥 던진 말에 한승헌 회장은 언뜻 당혹스러운 기색이 되고 말았다. 그러나 주인장이,

"아, 예! 그러시군요!"

하고 대수롭지 않게 받고는 피식 웃음을 날리며 가는 것을 보고, 한 회장은 다시 멋쩍은 웃음을 떠올리고 말았다.

"야구를 그만두겠다고?"

"예!"

"자네 같은 대선수가 이대로 그만두기엔 너무 아깝지 않나?"

"아무래도 제 적성이 아닌 것 같아서요!"

"음……! 그럼, 앞으로는 뭘 할 건가? 안 그래도 영주하고 잠깐 얘기를 해봤는데, 자네가 원한다면 야구단을 맡아도 좋고……!"

"예? 아닙니다. 제가 어디 그럴 만한 그릇이 되겠습니까?"

"그게 싫다면 다시 회사로 돌아오게! 자리는 자네가 원하는 대로 내줄 테니까!"

"전… 당분간은 여행이나 좀 다닐 생각입니다."

그래……? 뭐, 그것도 좋겠지! 그런 연후엔……?

"아직 구체적으로 생각을 해본 건 아닙니다만……. 그냥 자그마한 개인 사업 같은 거나 한번 해볼 생각입니다!"

"개인사업이라……?"

한 회장이 가만히 되뇌다가 문득 빙그레 웃는 얼굴이 되었다.

"그전에 두 사람 청춘사업부터 먼저 해야 하는 것 아닌가?"

그러는 데야 철민이 그저 멋쩍게 술잔이나 비울 수밖에 없었다. 그리고 다시 술이 몇 순배쯤 돌고 난 다음에야 철민은 벼르고 있던 얘기를 꺼낼 수 있었다.

"선수 생활은 그만두지만, 앞으로도 전 야구를 계속할 겁니다. TV 중계로나마 불스의 경기는 꼬박꼬박 챙겨볼 것이고, 가끔씩은 야구장에 가서 응원도 할 겁니다. 그래서인데… 외람되지만, 회장님께 한 가지 확약을 받고 싶은 게 있습니다."

"확약? 무엇을 말인가?"

"시즌 전 그룹에서 돌아가신 장동국 감독님과 한 약속에 대해서입니다!"

"음?"

"이번 시즌에 불스가 목표 성적을 달성할 경우, 내년 시즌 선수단의 연봉을 삭감 이전 수준 이상으로 보장하고, 또한 향후 삼 년간 나머지 칠 개 구단 평균치 이상의 구단 운영 예산을 배정한다는 약속입니다. 물론 불스는 올 시즌 목표를 이미 달성했습니다!"

한 회장의 표정이 문득 굳어지더니 마치 쏘아보듯이 철민을 응시했다. 그러나 잠시 후, 그는 소주병을 집어 들며 짐짓 투덜거렸다.

"이런… 술병이 비었군!"

이어 그는 주인장 쪽을 돌아보며 소리쳤다.

"사장님! 여기 소주 한 병 더 주시오!"

주인장이 넉살 좋게 대답했.

"예! 회장님!"

3

철민은 이제 밤에 꿈을 꾸지 않는다.

그러나 그는 여전히 꿈을 꾼다. 낮이라도 문득문득 예인화와 얘기하고, 일령과도 만나고 있는 것이다. 그들만의 언어로!

―제가 여자로 안 보이나요?

―아직 스무 살이 되려면 먼 꼬맹이가 여자는 무슨 여자냐?

―스무 살이 되면, 그때는요?

―응? 뭐… 그거야 그때 가서 봐야지! 그때 가서도 여전히 애로 보이면 그냥 애인 거고, 여자로 보이면 여자로 인정해 주지!

―정말이죠? 그 말에 책임지는 거죠?

―뭘? 내가 뭐랬다고 뭘 책임지라는 거야?

―여자로 인정해 준다는 거요!

―그 말에 무슨 책임질 게 있는데?

―하여간요!

―뭐, 그래! 그러지 뭐!

―약속했어요?

예인화는 수시로 말을 걸어왔다. 시답지 않은 수다도 떨고, 투정도 부리고, 시시콜콜 간섭하기도 하고, 때로는 턱없이 가르치려 들기도 하고!

일령은 있는 듯 없는 듯하다가 잊을 만하면 가끔씩 툭 튀어나와서는,

―혹시 이 세상을 다 가져볼 생각은 없느냐?

하는 따위의 허황된 소리를 해서 철민을 실없이 픽픽 웃게 만들곤 했다.

　몽상이었다. 그러나 또한 현실이었다. 몽상 속의 인물들은 지금 현실 속에서 철민과 함께 하고 있었다. 그의 머릿속에, 생각 속에, 마음속에!

　철민은 인정하기로 했다. 굳이 현실이라는 세상에만 매이지 않기로 했다. 몽상 속에 살 수도 있는 일이고, 현실과 몽상을 오가며 살지 말란 법도 없을 것이다. 현실을 몽상처럼 살다가 때로 지겨워지면 다시 현실을 현실처럼 살면 될 일이었다. 그는 몽상가인 것이다! 행복한 몽상가!

「몽상가」 완결

「철혈무정로」, 「천마겁엽전」의 작가 임준후!
그가 태산처럼 거대한 남자의 이야기로 돌아왔다!

"네가 좋아하는 방식대로 살 거라.
지금까지처럼 마음이 가고 몸이 가는 대로!"

스승이 남긴 말을 가슴에 새기고 중원으로 나온 강산하.
고향으로 향하는 귀로에 하나둘씩 인연이 모여들고
어느새 그의 걸음마다 무림의 판도가 바뀌기 시작한다.

태산처럼 굳세게
산들바람처럼 유유자적하게
흔들리지 않고 올곧게 자신의 길을 걸어간
괴협 철산대공 강산하의 가슴 묵직한 일대기!

용호객잔

龍虎客棧

설경구 新무협 판타지 소설

낙양 변두리에 위치한 허름한 용호객잔.
폐업 직전까지 몰렸던 용호객잔에 복덩이,
천유강이 저절로 굴러 들어왔다.
그런데… 이 객잔 좀 수상하다?

독문병기는 낡은 주판, 중원상왕을 꿈꾸는 객잔주인, 용사등.
독문병기는 마른 걸레, 끔찍이 못생긴 점소이, 용팔.
독문병기는 식칼, 긴 독수공방 끝에 요리와 혼인한 숙수, 장유걸.
독문병기는 이 빠진 도끼, 사연 많은 남장여인, 문우령.
독문병기는 얼굴, 기억을 잃어버린 절세미남 신입 점소이, 천유강.

"중원의 상왕이 되리라!"

현실감각이라고는 찾아보기 힘든
용사등의 허황된 선언이 천하를 혼란에 빠뜨린다.
바람 잘 날 없는 용호객잔의 평범한(?) 일상에
중원의 이목이 집중된다.

Book Publishing CHUNGEORAM

유형이 아닌 자유추구 -
WWW.chungeoram.com

나를 제거할 자, 그를 다스리는 단 편의 책,
찾아 펼으리, 그리하지 않으면 나는 불타리.

세계의 근거, 그 자체인 거대한 나무, 바움.
그 아래에서 살아가는 생명들의 세상, 운터바움.
윈델은 신탁에 따라 바움을 파괴할 책을 찾아 떠나고
맨 처음 그의 손이 책에 닿는 순간 운명이 격변한다.

십 년을 모신 주인이자 친구, 세베리아를 비롯
세상 모든 것이 자신의 존재를 잊어버린 상황에서
윈델은 존재의 증명을 위하여 운명과 싸우기 시작한다!

나무의 파괴자 '엠베르크' 란 무엇인가?
모두가 잊어버린 '나' 는 대체 누구인가?

「데로드 앤드 데블랑」, 「카르마 마스터」의 뒤를 잇는
이상혁 작가의 정통 판타지 대작!

「운터바움-신들의 파괴자」!

Book Publishing CHUNGEORAM

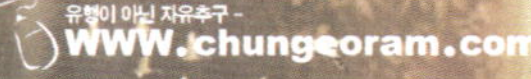

각사 新무협 판타지 소설

소년은 오직 소녀를 위하여 검을 들었다
가슴에 담긴 지키고자 하는 뜨거운 열망.

"이제는 지킬 것이다."

단 하나 남은 소중한 인연, 무유화를 지키려
악의에 휩싸인 무림을 수호하기 위하여
윤, 세상에 서다!

그의 용혈검이 떨치는 무상류와 구천류가
모든 악을 쓸어내리라!

지키는 자!
수호무사 윤, 그를 기억하라.